U0841192

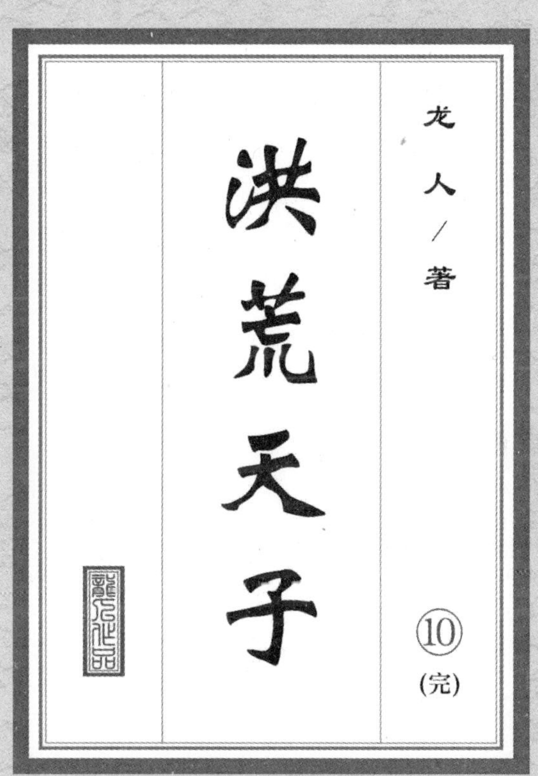

二十一世纪出版社集团
21st Century Publishing Group
全国百佳出版社

图书在版编目（CIP）数据

洪荒天子：全10册 / 龙人著. -- 南昌：二十一世纪出版社集团，2017.11

ISBN 978-7-5568-3103-6

Ⅰ. ①洪… Ⅱ. ①龙… Ⅲ. ①侠义小说－中国－当代 Ⅳ. ① I247.5

中国版本图书馆 CIP 数据核字 (2017) 第 243742 号

洪荒天子：全10册　　龙　人著

责任编辑　敖登格日乐
出版发行　二十一世纪出版社集团
（江西省南昌市子安路75号　330025）
www.21cccc.com　cc21@163.net
出 版 人　张秋林
经　　销　新华书店
印　　刷　北京龙跃印务有限公司
版　　次　2018年2月第1版　2018年2月第1次印刷
开　　本　710mm × 1000mm　1/16
印　　张　160
字　　数　1731千
书　　号　ISBN 978-7-5568-3103-6
定　　价　498.00元（全10册）

赣版权登字—04—2017—745
如发现印装质量问题，请寄本社图书发行公司调换 0791-86524997

目　录

第一百三十六章　无形之敌

少昊深深地吸了一口气，他知道所有的防备全都是多余的，抑或是形同虚设。

直觉告诉少昊，他所担心的敌人已经与他越来越近，甚至是已经越过了所有防线。

来者究竟是何人，少昊不知道，但他却明白，这个人是冲着他而来的。而且，此人将会是他所遇到的所有高手之中最为可怕的。因为直到这一刻，他的心神依然未曾安稳下来，世间能够让他心神无法安定的人实在太少，但却总有那么一个或是两个，所以少昊不得不专注。

少昊不想呆在帐中，而是缓步踱出了帐外。

帐外，风沙弥漫，寒气逼人，但是在虚空之中，仿佛有一种挥之不去的压抑之感。

天上无星无月，大漠的星空应是美丽的，可是今夜仿佛十分特别。

少昊记得夜初之时，天空依然很明朗，但是此刻的夜空却让他有些惊讶。不过，他并没有深思这意味着什么，一切，都是在发展之中进行着。

这只是因为一个人，一个可怕却仍未现身的人，但是天象已经表明了此人的存在。

人未至，天象已变，少昊长长地嘘了一口气，该来的终究会来，所以他没有回避，也不想回避。试问天下之大，何处可避？对于该来的人，永远都不可能避得了，而这更将是一个少昊不可能回避得了的人！

帐外的东夷战士，以及少昊的亲卫都有些讶异，他们不知道何以少昊在这黑暗的夜晚，竟有雅兴观天，这确实是有些意外，但却没有人敢询问少昊原因，而他们也没有资格相询。

事实上，在这群人的心中，少昊做任何事情都是天经地义的，在他们的眼中，少昊便像是不可以替代的神，东夷的支柱！

所有少昊的亲卫几乎在同一时间觉察到了少昊的表情有些不对，而就在此同时，他们听到了自己的心跳声，如同皮鼓在击撞着。

怦……怦……每个人都发现自己的心脏无可歇止地狂跳着，只从那跃动的衣衫便可以看出心脏的跳动是何等的剧烈。

声音是自每个人的心头传出的，同一个频率，同一个节奏，同样的狂烈而奇异。

少昊动了，拂袖之间，扫出一缕银白色的光芒，光芒拂过每个人的身上，这些人发现自己不再受那奇异的声音的制约，但是却有一种精疲力竭的疲惫感，仿佛是贫血的病人，恹恹欲睡。

“必须坚持！绝不可以睡！”少昊沉声喝道。声音自那银色的面具中传出，竟比秋风更寒，直让那些人打了个冷战，只好强撑着要睡的欲望。他们也知道，有强敌入侵，如果他们睡过去的话，可能便是永远也醒不了。

少昊嘬嘴一声轻啸，如龙吟凤鸣，婉转直上九霄，更传遍大营的每一个角落，甚至是方圆近十里之内都能清晰听到。

啸声一浪高过一浪，仿佛有怒潮惊涛在翻涌，天地为之色变。

怦怦……怦怦……天顶之上竟传来一阵奇异的心跳之声，如闷鼓之响。

天际的暗云之间出现了一片银晕，而这片银晕便仿佛是一个巨大的波纹向四面扩散，但是却始终被定格在一定的范围之内。

银晕的色彩与暗云呈现出鲜明的对比，形成一种奇异的天象。那里便像是一个巨大的湖面，而不断地有巨石掷入湖心，使得波纹以巨石所击之处为中心，无尽无期地扩散，只让每一个人都看得目瞪口呆。

夜空之中两种奇异的声音则主宰了一切，一是那传自天际奇异的心跳之声，另一种声音则是少昊的长啸。那心跳之声本是存在于每个人的心中，但是自少昊啸声惊起之时，心跳之声则转到了天际传出，这确实是一种奇异的现象。

此刻谁都明白，少昊已与人交手了，以一种另类的方式，至于对手是谁，仍没有人知道。可是谁都知道，对方绝对是一个极度恐怖的高手，居然能在一出手之间就控制了所有人的心神。

朱雀神将领着一群高手，立刻向少昊这里赶来，他们在强敌入侵之时，首先要确保少昊的绝对安全，尽管他们对少昊极度自信，但那是另一回事。

少昊仿佛拥有无法断绝的气力，啸声之持久令人咋舌。

事实上，从来都没有人会怀疑少昊的功力，从来都没有人怀疑少昊那惊世骇俗的气势。

良久，那奇异的心跳戛然而止，天空中的银晕再无阻碍，以狂野而无节制的形势向四周漫开，将所有的阴云尽数驱散。

月亮依然极为明亮，塞外的月亮仿佛特别大。星星稀稀落落的，虽颇有凄凉之意，但是却也亮得让人感到亲切。

“今夜的夜色原来很好。”所有人都惊讶地发现，当朱雀神将发现夜色很好之时，也倏地发现他们的身边多了一个人。

轩辕早晨出去，现已月上星空，却依然不见归返，桃红和跂燕诸女不由坐不住了。

歧富也不知道去了哪里，竟也是一天未见到人，仿佛该出现的人都不再出现了一般。

尽管此地是崆峒山，绝没有外敌敢入侵，即使是昔日神族的高手也要退避三舍。但是，作为桃红和跂燕诸女来说，她们心中的担心并不是多余的。

木青让小童子去找来五阳，可是小童子返回却说，五阳在迎霞洞，暂时不能前来。

桃红和跂燕一听，顿时有些火了，这些人仿佛是不知道她们心中的焦虑。

“我去找他！”桃红微微气恼地道。

“我陪红姐同去！”跂燕义不容辞地道，仿佛是去打架一般。

木青在一旁看得想笑，这两女的表情确实有点意思，不过他可没有笑出来。在这个时候，每个人的心情都很沉重，试问谁还有心思笑？

“再等等吧，广成子仙长或许对圣王有什么重要的事情要讲，待会儿就会回来也说不定。”剑奴出言相劝道。

“不行，我还是要去找他来问问。”桃红有些固执地道。

陶莹见桃红执意要去，也不阻拦，便对剑奴道：“你就在此等着，若轩郎回来了，你便说我们到迎霞洞找五阳去了。”

剑奴知道无法劝阻，只好点头答应。

陶莹又向那童子吩咐了一声：“带路！”便与桃红诸女及木青向迎霞洞而去。

迎霞洞也不是很远，只是小径回环，曲折幽静，山风阴冷，倒显得路途挺远。

当几人到迎霞洞外之时，陶莹诸女便听到一阵奇异的梵音传了出来，仿佛是许多人在齐声低念一种咒语，更自洞中飘出了一股浓浓的檀香味。

桃红举步便向洞内行去，突地自洞内步出两名童子挡住了她的去路，极为客气地道：“请几位夫人留步！”

“我要见五阳！”桃红有些不高兴地沉声道。

“五阳师叔暂时不能见几位，请稍等，待会儿渡过天劫后五阳师叔自会见几位。”那两名童子肃然而认真地道。

“渡过天劫？那是干什么？”桃红见这两名童子说得这般认真，倒也不敢胡乱造次，不由得讶然问道。

“至于是干什么，我们也不明白，待会儿师叔定会向你们解释的。”那两名童子道。

“让我们进去看看不就知道了吗？”跂燕提议道。

“不，几位不能进去。”那两名童子相阻道。

“他们是祖师伯的朋友，应该不会有问题吧？”那领跂燕诸人前来的童子道。

“不行，祖师伯有令，在天劫未渡之前，绝不许有任何外人踏足迎霞洞，便是祖师伯的朋友也不例外。”那两名童子坚决道。

领路的童子望了跂燕诸女一眼，无可奈何地道："既是我们祖师伯下的命令，那几位夫人还是先稍等片刻吧。"

陶莹知道，这几人口中所说的祖师伯，自然是歧富的师兄太乙子，崆峒山基本上由太乙子掌管，广成子坐关百年，太乙子便是真正的广成仙派的掌门。只不过，广成仙派强调的是与世无争，自我修行，因此太乙子更多的时间是留在崆峒山，这也使得太乙子的名气反而比歧富小。

陶莹却知道太乙子也是个不世奇人，传说此人的武功完全可与太昊和少昊之辈相媲美。因此，她也不敢太过造次，毕竟这些人都是长辈，而且她们也弄不清楚何谓渡天劫，只怕若是她们贸然进去而弄糟了反倒不妙。

桃红和跂燕本有些不甘心，但是人家既然这么说，她们也便只好勉为其难地等待下去。

朱雀神将吃了一惊，不仅仅是朱雀神将吃了一惊，所有立在朱雀神将之后的人都吃了一惊。竟然没有人发现这人究竟是自何处而来，仿佛此人亘古以来便是静立在此地，根本就不曾移动一般。

夜风瑟瑟，甚寒，且呼呼有声。

寒意对于朱雀神将诸人来说，并没有什么感觉，但是今日仿佛是有些不同。

是有些不同，只在那神秘人突然出现之际，每个人的心中或多或少地生出了一些寒意。

少昊没有动，仿佛根本就不曾看到这神秘人物的出现。不过，朱雀神将知道，少昊比谁都清楚这神秘人物的到来，只因少昊的啸声在突然之间歇止，变得沉默而冷意森然。

在篝火的映照之中，少昊的银衣银甲闪烁的光泽本就是极为森冷的，再加上他的沉默，更使这里的场面显得诡异莫名。

"什么人?"朱雀神将知道，他必须开口，至少，他要显示出少昊亲卫的威风来，不能让人看扁了。

没有人回答朱雀神将的话，那人仿佛是一截腐朽的木头。青黑的衣衫在夜色之中若隐若现，长长的头发散披着，罩住了整个头部，使人根本就看不到他的颜面，看不到头部，这更增几分神秘的色彩。

奇怪的却是此人竟是赤着双足，双足之上各系一个金环，在金环之上居然还有些铃铛。

腿上系着铃铛的人，行走之间竟然不发出任何声响，这确实是一件奇事，也不能不让人惊讶和震骇。

来者并不是很高大，但却有一股森冷而怪异的力量自其身上散出，仿佛此具躯体便像是一个巨大的充满瘴气的沼泽，使人不寒而栗。

“你究竟是什么人?”朱雀神将锵啷一声拔出了配剑，怒喝道，他身后的所有人也都拔出了兵刃，尽管少昊没有说话，可是他们已经深深地感受到了来自这神秘怪人身上的压力。

朱雀神将怒从心生，这神秘的怪人就那般立着，一动不动，一声不响，仿佛是个死物，也仿佛根本就没有将朱雀神将放在眼里。

“杀!”朱雀神将一声低喝，神秘怪人这般沉默明显是向少昊挑衅，更是对他们的一种污辱！因此，他们终于还是忍不住出剑了。

十数件兵刃几乎是同时击出，自不同的方位、角度，皆以快绝无伦的速度罩向神秘怪人。

篝火摇曳，映出一片刀光剑影，漫天凄迷，杀意凌空腾起，风啸沙扬，气势极为惊人。

神秘怪人没有动，连一根指头都没有动一下，仿佛并没有感觉到有人向他攻来，仿佛不知道生死为何物，只是那么静静地立着，如一截枯萎的木头，直到十数件兵刃攻到了面门依然静立如故。

连朱雀神将都有些讶异了，这怪人竟然一点反应也没有，仿佛真的是一具死物。

呼……朱雀神将还没有来得及细想，却倏见神秘怪人的长发突然炸开，如一根根细长的针一般，直弹而出。

神秘怪人的整个头部便像是化成了一片黑云，而在黑云之下，朱雀神将骇然发现了这人的面目！

“呀……”朱雀神将惊退，他并不是被那如针的长发逼退，而是被眼前所见的情形给吓得几乎破了胆！他从来都没想到今生今世会见到如此可怕的面孔——那是一张没有眼睛和鼻子，也看不见嘴巴的脸，整个面部便像是一块皮板，稍有凹凸的表面却是那般诡异而离奇。

朱雀神将所攻击的乃是正面，所以当神秘怪人的头发炸起之时，他看清了那曾被头发掩盖的面目，而且是近距离地看。

轰轰……朱雀神将在惊退之时，他同伴的兵刃已经与那炸开的头发相触，也就在这一瞬间，那些狂攻而上的人连同他们的兵器，也像那突然炸开的头发一样，轰然炸裂，化成一堆堆碎肉血雨向四面八方喷射而开。

朱雀神将只觉得那血肉的碎雨如热浪一般冲击着他，更有另一股无形的气浪以排山倒海之势向他包裹而来。

“呀……”朱雀神将几乎是无可抗拒地被这股气浪冲出五丈开外，轰然落地，手中的长剑碎成七截，并狂喷出一口鲜血。

一切就这样结束了，仿佛是一场噩梦，一切都是那般不真实。

神秘怪人连手指都未曾动一根，更不曾移开脚步，那炸开的长发又缓缓罩落，将那张让朱雀神将骇异莫名的面孔再重新罩定。

那群本来生龙活虎的少昊亲卫便在瞬息间化为碎肉血雨，洒遍这里的每一寸土地。

不，少昊所立周围三丈内的地面尚是一片净土，这炸开的血肉无法侵入少昊的三丈之内，但是少昊一动未动，也仿佛成了一棵静立于沙漠之中的胡杨。

没有人能看到少昊的表情，没有人知道他那银色面具之后究竟藏着一副什么样的面孔，这是一个秘密。

对于天下人而言，少昊和太昊一样，都是一个秘密，没有人知道，他们何以会有这样一身装束，何以都不以真面目示人，何以要残忍地将自己的面目隐藏在面具之后百载。

这也是对他们自己的不公，对自己的一种残忍，但是，他们却将这沉重的面具，沉重的甲胄戴了百余年。

难道这只是因为想表现自己的与众不同？难道这只是想表现自己的王者风度？难道这是一种洒脱？

不知道，没有人会这么想，也没有人知道其中的答案，因为这本身就是一个秘密，一个让人不解的谜！

朱雀神将没有死，却受伤不轻，他伤得简直是莫名其妙，他从未想过这个世间竟会有如此诡异的杀人方式，而且有如此恐怖的高手存在着。他的那群战友竟连惨哼的机会也没有。

朱雀神将知道，他没死，并不是因为他的武功高于其他人，而是因为他幸运地攻击那怪人的正面，这才在惊骇至极的情况下，一招未尽便抽身而退，也因此保住了小命。否则的话，这洒在地上的碎肉血雨之中，必定也有他的一部分。

这是什么武功？这是何等功力？朱雀明白，刚才使他们心跳不自然加快的人正是这神秘怪人，可是这人究竟是谁呢？这个世间有谁身具如此可怕的武功？即使是太昊，也不能够以这种方式杀人。

朱雀神将记忆最深刻的仍是那张不是脸的脸，居然在那面部不存在眼睛、鼻子和嘴巴，甚至连耳朵也未见到，倒像是一截长出来的脖子，只是那脖子之上竟长有如此长的头发，只看那头发，就可以判断，那应该是头部的方位。可是，头部怎会没有面孔呢？难道说，这只是一个无头的怪物？

看到刚才那可怕的杀人场面，本来有几个跃跃欲试的东夷战士给吓呆了，半晌才回过神来，一把扶起朱雀神将，惊奇地问道：“神将，你没事吧？”

朱雀的五脏六腑依然是一阵翻腾，那股冲来的气浪实在是太可怕了，以他的功力，根本就不可能阻挡得了。

“你们退下，传我之令，兵撤二十里！”少昊的语气极为冰冷，更有一种让人不敢逆抗的霸气。

朱雀神将诸人吃了一惊，他们没想到少昊竟会传出如此一道命令，难道就因为眼前这个怪人而撤军？那这个怪人究竟是谁？

在这个时候撤军，如果有鬼方的人在一旁伺机而动，那又该如何？岂不是很可能遭到覆灭性的洗劫？

朱雀神将有些犹豫，望了那怪人一眼，又望了望少昊，有些忧虑地问道：“少昊，这个……”

“这是我的命令，违令者斩！立刻给我传令！”少昊的声音之中透出一股浓浓的杀气，他似乎并不喜欢别人问为什么，更不喜欢属下对他的决定不加苟同。

“是！”朱雀神将有些虚弱地答应一声，然后退了出去。而外营的许多战士似乎感到情况有些不太对劲，全都向少昊营中赶来。

“传令所有营中的战士，立刻拔营后撤二十里，违者立斩！速度要快，北营断后，小心鬼方袭击！”朱雀神将强压下伤势向所有赶来的人呼喝着少昊的命令。

朱雀神将的话让许多人都蒙住了，不明所以，不过朱雀神将掏出了少昊的银边碧玉令，却没有人敢出言反对。

谁不知朱雀神将极得少昊的宠信？虽然朱雀神将的武功不是最好，但是其领军才能却极好，是一个极佳的战将。因此，少昊经常会将兵权交给朱雀神将掌管和调配。而这一刻，朱雀神将在少昊亲卫的相搀之下发号施令，也自不敢有人怀疑。而且，这地方似乎有一种说不出的邪异，要是向后撤退，并不是没有人赞同。

这个地方确实有些邪异，只看那天空，天黑之时，月朗星稀，可是后来在突然之间天空被乌云所遮，而且刚才每个人都经历了一场噩梦般恐怖的事情，每个人的心都完全不受控制地狂跳。那种感觉确实没有来由，更是恐怖至极。后来，当天呈异象之时，心跳才平复过来，因此这些人也确实不太想仍在这恐怖之地逗留了。

朱雀神将望着身后远去的战士，抬头看了看天空，此时乌云似乎又已渐渐掩来，像是挥之不去的魔魇。

突然朱雀神将心中生起了一种不祥的预感……

崆峒山上，风云突变，本来月朗星稀的夜空在突然之间雷电交加，闪电如一道道银蛇飞舞乱窜。

在冬日里居然有如此狂野的雷电风雨，这确实让人不得不惊讶。

桃红和跂燕诸人不禁自楼内跑到外面观看，只感狂风呼啸，枝折叶摇，石走沙飞，整个宁静而安详的夜似乎在突然之间被撕碎绞裂。

“怎么会这样?”跂燕吃惊地望着那漫天四处射落的闪电，声音却被雷声所掩。

“不知道!”桃红也吃惊非小，急忙找来那引路的童子，问道，“怎么会这样？难道崆峒山经常出现这样的天气吗?”

那小童也一脸疑惑地望着天空，似感到有些冷，却也吃惊地道：“不呀，我也不知道怎么会这样，从小到大我从未见过山上有这么大的风，以及这么多的电火。”

桃红和跂燕面面相觑，突然听到木青在喊道：“快看迎霞洞!”

“啊……”所有人都吃了一惊，只见与他们相距二十余丈外的迎霞洞仿佛成了一团烈焰，闪烁着无数的火花，所有的电火仿佛全都是落在洞顶之上，然后结成了一个巨大的光球。

“怎么会这样?”跂燕和褒弱骇然低呼。

“天劫，定是天劫!”陶莹突然有所悟，脱口而呼道。

“是的，定是天劫，难道这就是他们所要渡过的天劫吗?”跂燕本想附和陶莹的话，但是又有些疑惑地反问道。

木青和众人全都不知道怎么回答，他们也不知道何为天劫，为何刚好是在今夜渡劫？为何这天气说变就变？刚才还是月朗星稀，可是……

“还有那里!”蛟幽突然指着远处一座山头惊呼道。

众人循着蛟幽所指的方向望去，果然见到那座山头在黑夜之中犹如一堆闪光的银石，亮得刺眼，也同样全都被电火所罩，但与迎霞洞不同的却是，那座山头还升腾起一层浓浓的紫气，在电火的映照之下，光彩耀人。这哪里像是黑夜，倒像是一个阳光普照的白昼。

“可能会下雨，我们回楼台中去吧。”木青出言提醒道。

那童子突地摸了一下额头，却是一点豆大的雨滴落在他的额头上。

“嗯，真的下雨了。”那童子自言自语道。

桃红和陶莹也感觉到了，于是众人又都退回楼台，上得木质的小楼第二层。这小楼的四面都由大石柱支撑，而顶层之处四面敞开，并未设墙，刚好可做一个看台。

哗……呼……众人一入楼，雨点便已疯狂洒落，夹在狂风之中，只让枝摇叶飞，犹如瓢泼。

小楼的木顶被风吹得吱呀乱叫，如果不是以大石为基的话，几人只怕还会担心小楼会爆裂开来，被风掀走。

桃红诸人立在楼台的上层，雨也随着狂风吹入了楼台之中，但已经无伤大雅。

众人的目光依然注视着迎霞洞和远处的山头，他们似乎对这奇异的天象极感兴致。

当众人再次看向远处的山头时，却发现那山头之上的紫气在电火交加之下居然凝出了一种奇异的形状。

“你看那像什么?”燕琼惊讶地指着那升起的紫气问道。

众人异口同声道：“是蛇!”

“是的，像是一条大蛇!”木青心神一动，又突然叫道，“不，那是龙，神龙!”

“神龙？什么神龙?”众女讶然问道，她们似乎不明白木青在说什么。

“童子，那里是什么地方?”木青不答众女之问，反而向小童子问道。

“那里应该是紫霞洞天，是我们祖师静修之地!”那童子想了想，也似若有所思地道。

“是神龙，是轩辕!”木青突然有些激动地叫道，那神态只让人大为不解。

众人望了望木青，又望了望远处的山头，却没有人与木青争执，因为那紫气的形状确实让人有些惊讶。

仿佛有一条巨大无匹的紫蛇在那山头之顶翻动、腾舞，尾巴黏着山顶，巨大的头颅对天长啸！闪电则在巨蛇的腰间头顶相缠相绕，使得这条巨大的紫蛇更有一种跃跃欲飞之势，似乎只要再用一点力气就可以挣脱崆峒山的束缚腾空而去。

木青神色激动至极，他记起了曾在姬水之畔那自神潭之中蹿出的巨蛇，那条吞噬了轩辕更改变了轩辕一生的巨蛇，而此刻紫气所凝之形不正像那狂舞不休的巨蛇吗？只是这道紫气比那巨蛇更要巨大。

“看，它似乎有眼睛!”那童子惊呼道。

是的，那腾舞的紫色巨龙仿佛真的有一对巨大的眼睛，而且还闪射着一道道电火。

电火已不再只是自天顶传下，也有自那巨龙的眸子之中射出，气焰逼人，腾跃之际更有一股欲噬吞天地的王者之气。

雷雨电风越来越狂野，仿佛更为那条巨龙增添了许多气势，也使得夜空变得更为诡异。

桃红诸人这一辈子都未曾见过如此神奇的场面，不由皆看得呆了。

木青尤其兴奋，似乎感觉到已经有一些极不寻常的事情即将发生。

“看，它有脚了……”蛟幽也兴奋地惊呼，不仅如此，那巨龙更探出了两只形状奇异的角，如鹿非鹿，但四只爪子却仿佛踩着电光，在虚空之中张舞，这奇异的狂风仿佛更是那狂舞的紫色巨龙所搅起的，其威势确实惊天动地。

“真的是龙，是龙!”蛟幽也叫了起来，有侨族所崇拜的是姬水之神，但是姬水之神的坐骑却是神龙。因此，在有侨族中总流传着许多关于神龙的传说，这一刻蛟幽也情不自禁地欢呼起来。

所有人都似乎一下子忘了身边的狂风大雨，忘了这雷电交加的寒夜，心神也禁不住随着这狂舞的巨龙而摇动。

那童子更是跪下顶礼膜拜，认为这是祖师广成子显灵。

巨龙突然之间挣脱那山头的束缚，化成一道紫气腾空而起，在电光缠绕之下如一条巨蛇般在空中舞动，在黑暗的夜晚却闪烁奇异的亮光，百里之外都清晰可见。

巨龙在崆峒山上空悠然盘旋，所过之处，无不雷电交加，风雨狂洒。

“父亲，我看少昊应是遇上了强敌，不如我们此刻去给他来个以牙还牙，让他们血债血偿!”伏朗望着远方变幻莫测的天空沉声道。

太昊遥望远方的天空，却并未言语，仿佛根本就不曾听到伏朗的话。

伏朗有些奇怪，何以父亲竟然不言不语？难道说他会放弃如此绝好的机会而不出手，还要等少昊缓过一口气吗？

伏朗恨极少昊，风须句便在少昊的手下惨死，那场太昊与少昊的交手，虽然太昊以伏击的战略使少昊损失不小，但这却根本就不能解恨，因为伏羲氏的许多战士也在这伏击之中死去不少。因此，伏朗只恨找不到机会对付少昊，如果有机会的话，他绝不想错过。以他的眼力，知道此刻少昊一定是遇上了强敌，只看那天象的变化就可明了。

“父亲!”伏朗再叫了一声，但是太昊依然没有动静，似乎根本没有听到伏朗的叫唤。

伏朗无法看到父亲太昊脸部的表情，身为人子，他也完全不知道父亲太昊究竟是何模样，仿佛只是在他极小的时候，父亲太昊偶尔以真面目示他，但那种印象太过模糊，自他记事起从未见过父亲摘下面具，这确实是一种悲哀。

不过，伏朗从不敢对父亲有任何怨言，因为太昊在伏羲氏中几乎拥有神一样的地位，除了始祖伏羲之外，太昊便是伏羲氏的伟大人物之一。因此，自小伏朗便以太昊是他父亲而骄傲，也正因为他自小形成了这种骄傲的性格，才在轩辕的手中败得这么惨。当然，这与他心胸的狭隘也是分不开的。

“难道连他也重生了?”太昊喃喃自语道。

“谁?难道父亲已经知道是谁在与少昊交手?”伏朗讶然问道。

太昊扭头望了伏朗一眼，再扭头望了望远处天幕上那流动的奇异云彩和闪动的电火，悠然道：“如果真是他重生了的话，我们所要做的，不是去攻击少昊，而是立刻撤离北方，返回家乡!”

“啊!这个人究竟是什么人?难道连少昊也不是他的对手吗?”伏朗大大地吃了一惊，骇然问道。

“是的，天下间能够成为此人对手的大概唯有蚩尤而已!”太昊叹了口气道。

伏朗半晌才回过神来，他不相信世间还会有这样的高手，仍有些不信地问道：“连父亲也不是此人的对手?”

太昊没有回答，似乎在怪伏朗明知故问。

伏朗讨个没趣，心中却在寻思，他实在想不起这个世间还有比太昊和少昊更可怕的高手。当然，他也听人说蚩尤的武功已经达到了登峰造极、通天彻地之境，可是他始终不相信蚩尤能够战胜自己的父亲太昊。而此刻，太昊竟承认这个世间唯有蚩尤才可成为此人之敌，那岂不是表明连他都不可能成为此人的对手？

这人究竟是谁？伏朗想不出个头绪，不禁试探着问道："这人究竟是谁呀？"

太昊淡淡地吸了口气，吐出两个字道："刑天！"

"刑天？"伏朗似乎有些想笑，但却没有笑出来，那是因为太昊在一旁。

伏朗确实想笑，他以为父亲太昊在那里为别人吹大气吹了半天，会是个什么样的人物，原来不过就是个刑天而已。他怎会不知道刑天呢？在熊城之时，刑天还与轩辕交过手，轩辕在那一战中不仅杀了鬼魅，还擒了刑天身边的两大神将。这是熊城人人皆知的事情，那刑天再厉害又能如何？连轩辕都打不过，又怎么可能是少昊的对手？所以，伏朗想笑。

伏朗没笑，只是以不屑的口吻淡淡地道："父亲何用如此担心，刑天也不过如此而已，怎么可能是少昊和父亲之敌呢？此人连轩辕都不敌，还使自己身边的两大神将被擒，如此之人，怎么谈得上是蚩尤之敌呢？"

太昊没好气地望了伏朗一眼，微责道："小儿无知！你所说的刑天根本就不是真正的刑天，乃是刑天之弟刑地！真正的刑天当年便和蚩尤同尊为邪魔两位大帝，在神魔大战之中被伏羲祖师与女娲娘娘及王母太虚三人击得形神俱损，逃入极北绝域。而蚩尤则魔身灰飞烟灭，只剩魔魂被封神门之内。人们都以为刑天在那一战之中已经死去，但后来才知道此人将鬼方交给了天魔罗修绝，刑天部交由其弟刑地掌管，然后才死去。刑地既是刑天部之长，也便继承了刑天之名，实则乃是两个人！"

"啊！"伏朗吃了一惊，他此刻才明白之中究竟是怎么回事。

太昊没有再训伏朗，只是继续道："当时伏羲祖师以为刑天已神魂俱灭，也便没有再追至极北绝域，不过今日看来，这魔头和蚩尤一样，也得以重生了！"

说到这里，太昊轻轻叹了口气，仿佛是毫无来由，但却实实在在，连伏朗都有些惊讶，他从未见过父亲叹气。

“此人真的有这么厉害吗?”伏朗惑然问道。

“此人之可怕是常人无法知晓的，据传，此人乃是昔日天神据比的化身，当年盘古大帝仍在之时，神族中是其对手者亦是凤毛麟角，如今更是难以对付了!”太昊并不像刚才那般很烦伏朗的问话。

伏朗望了望远处雷电交加、异彩纷呈的天空，也深深地吸了一口冷气，仿佛在这一刻才知道，这个世上竟然还有如此一些可怕的人物，而以前的他竟是那么的幼稚，好像天下就唯有自己最大一样，这才连连受挫，在轩辕的手上一直都没有真正赢过，这确实是一种悲哀。

“那我们就这样放过少昊和那些东夷的贼兵吗?”伏朗心中仍有些不甘心地问道。

“他们自会有人去对付，根本就不用我们操心，如果我所料不差，他们很难顺利返回荤育城。为父此刻有伤在身，必须立刻返回神庙养伤，这才能对付即将会发生的变故，我们的真正敌人还不是少昊，而是蚩尤!”太昊冷然道。

“孩儿明白!”伏朗一听，忙恭敬地应道。

“嗯。”太昊点了点头，道，“传我之令，立刻快速撤离北方，返回本部!”

神龙竟在最后飞临迎霞洞，那庞然巨体虽是紫气所聚，但在电火的辉映之下，仿佛是真物，更仿佛有无数紫鳞闪烁，竟长达百丈，粗愈七八丈，那种感觉便像是一座大山自天顶压下。

桃红诸人几乎连呼吸都停止了，那疯狂的飓风更是几乎将功力稍浅的童子给刮走，楼台的檐子被狂风刮断了一根，巨龙所过之处，大树有的连根拔起，枝叶折断无数；有些被电火击断；有些被狂风吹断……所幸的是雨点也狂得可怕，否则也不知道有多少处火头已经燃了起来。

迎霞洞上的雷电全被紫气巨龙带走，所有人连大气都不敢出，直到那巨龙盘旋着飞回了紫霞洞天的上空，风才缓了一些。

木青诸人一个个都像是傻子，每个人的眼都看直了，那顺风飘飞进来的雨水将他们淋得透湿，却仿佛丝毫没有觉察到！他们做梦都不曾想到世间竟会有如此奇事，如此奇迹。

紫色巨龙返回紫霞洞天，在那山头之顶的上空不停地盘旋，也不知道盘旋了多久，才缓缓地降落、化散，又如最初一般，巨龙之尾粘上山顶，而后角爪全部淡化，再是眼睛淡化，最后化成一片茫茫的紫气罩定了方圆近十里。雷电也渐敛，风势雨势也小了不少，但依然淅淅沥沥地洒落着。

也不知过了多久，桃红才回过神来，一看，东方的天空出现了一抹淡淡的白光，天空也是灰蒙蒙的颜色，显然天已经亮了。

桃红再看其他人，一个个都直愣愣地望着紫霞洞天的方向，仿佛仍置身于梦中。

“天亮了！”桃红喊了一声，几人都激灵灵地吃了一惊，似乎这才回过神来。

众人的目光都望向桃红，再望向紫霞洞天的方向及不远处的迎霞洞，半晌燕琼才揉揉眼睛道：“我刚才是在做梦吗？”

众人一听，不由得全都笑了，笑过之后又傻傻地互望了一眼，几个人竟同时摇摇头道：“我不知道。”

木青没有出声，但是他也只能够回答这四个字。事实上，他的确是不知道。

陶莹也没开口，她所思的问题与木青相同，梦与现实究竟有什么区别呢？究竟隔了一些什么呢？比如刚才，她绝对是醒着的，但这难道不是只有在梦中才可能会出现的场面吗？抑或连梦中都无法出现，但是这一切却在她清醒的时候出现了，那么这究竟是梦是醒呢？

“如果刚才只是在梦中，那我们现在醒来了吗？如果醒来了，为什么梦中的场面仍残留于世间？”蛟幽突然开口问道。

众人又愣住了，谁能回答？唯一的说法便是：“刚才并不是梦，而是现实！”

“现实只是梦的延续，梦为何物？醒又为何形？梦醒仅在一线之间，人生非醒非梦，何必要强定是梦是醒呢？”一阵苍老而祥和的声音传入众人之耳。

桃红诸女及木青皆扭头而望，忙躬身行礼，说话者竟是歧富之师兄太乙子，他们竟不知道太乙子是何时到自己身后的。

歧富和五阳也同来了，不过两人的神色间皆有些倦意。

太乙子还了一礼道："让众位在此候了一夜，实是太乙之过，在此向诸位道歉了。"

"真人何必如此说？若我们昨夜不在此处，又怎能看到这比梦更让人震撼的场面呢？"陶莹客气地回应道。

太乙子笑了笑，对陶莹的话并没有过多言辞，只是淡淡地道："诸位想来是有些饿了，不如先用些早点，我们再细谈吧。"

众人经太乙子一提，倒真觉得有些饿了。昨夜众人一夜未眠，自然很容易饿，此时闻听太乙子之言倒没有反对。

"可是我们的夫君到现在仍未归返，不知道他现在怎么样了？"桃红却心中记挂着轩辕，率先问道。

桃红这么一提，众人倒将填饱肚子之事放到了一边，燕琼和褒弱忙附和问道："是啊，轩郎现在怎么样了？"

太乙子依然是神态悠然，平和地笑了笑道："几位放心，轩辕公子不会再有任何意外发生，他现在很好，但在这段日子里，可能还不能与你们相见，几位先在崆峒小住几日，待轩辕公子出关之后，才能与你们相会。"

"啊……那要多长时间？"众女一听，不由得都有些急了。

"快则五天，迟则两月，至于具体要多长时间，老朽也说不清，那就要看轩辕公子的造化和修性了！"太乙子淡淡地道。

众女不由得愣了，竟会需要这么长的时间，不过她们也不能怀疑太乙子的话。

"为何会这样呢？"陶莹有些不解地问道。

"容后再细谈吧。"歧富也出言道。

陶莹无可奈何，只得点头应允。

第一百三十七章　联手拒敌

叶皇的大军全都向九黎本部推移，多以骑兵绕袭之法而动，使得九黎本部根本不敢迎战，无论是在力量之上还是在士气之上，他们都已经处在绝对的下风。

连风沙都身受重伤，九黎本部之中虽也有几位可战之将，但根本就没有人是叶皇的对手。谈到施用诡计，风沙几乎已被叶皇杀怕了。

龙族战士大军压境，九黎便是倾全族之力，也只能与之抗衡，但全族之中，除老幼伤残妇人外，所剩的人也不多。而龙族战士加上有熊的精锐可战之士有两千余人，暗中又有共工氏和祝融氏相助，这确实让九黎感到从所未有的威胁。

龙族战士英勇善战，行动如风，其难缠之处九黎是深有感触的。虽然九黎战士也英勇无比，但是在接连数战大败之后，士气低落，哪可比龙族战士那高昂的斗志？因此只好闭门不战了。

叶皇也不甚急，他已有神堡和神谷两地作为后援，也便不怕九黎打长久的消耗战。无论是粮食还是其他的装备，他都配得极为齐全，即使是不够的话，他也可以立刻自华联盟其他诸部调运过来。而九黎的失陷，只是时间迟早的问题。

叶皇并没有死攻九黎本部，而是在一边牵制九黎本部的同时，一边去征服一些依附九黎的小部落，使九黎本部孤立起来，这样实行四面包环、直取中间的策略对付九黎，虽然时间稍缓一些，但这却是最有效，也最为彻底的方式。

东夷人从未尝过少昊被击败的滋味，但是这一次他们尝试到了。

少昊大败而退，不仅败了，更是身受重伤，连朱雀神将与那些所谓的欲阻鬼方偷袭的战士也被杀得一个不剩，唯有少昊一人败退，与守在二十里开外观望天空异象的东夷战士会合。

少昊根本就不曾向任何人解释，只是踉跄着拉了一匹巨鹿，如同丧家之犬一般，呼叫一声，便领着大军向南急撤，没有留下任何人阻敌。

少昊这次领来之军皆为骑兵，因此行动起来可谓是来去如风。

东夷人都给蒙住了，究竟是谁伤了少昊？究竟发生了什么事情？究竟是谁有如此能力让少昊这样狼狈而退？

少昊的银甲被撕开了一大片，沾满血渍，这仿佛是个好笑的闹剧，是个奇迹。居然有人能对少昊产生如此大的震慑力，怎不让东夷人给蒙住呢？要知道，少昊乃是他们心目之中不败的战神，即使是在面对太昊之时，少昊也能应付自如，可是这一刻竟然败得如此之惨。

东夷战士也没有人敢问，全都跟在少昊之后飞速撤离，却并未见到后面有追兵追来。

少昊一口气奔出二十里，刚要松口气之时，倏闻三面一阵弦响，无数箭雨自前、左、右三方如蝗雨般射来。

少昊吃了一惊，快鹿骑虽是训练有素的精锐战士，但是在这突然的袭击之下，也不由得阵脚大乱。

少昊似乎并不想带住鹿缰，依然直冲而出，他仿佛已经不在乎那些怒箭。

“杀……”鬼方的战士自三面的土丘之上冲了下来，为首者正是曾经与轩辕交过手的刑天，但他的真正身份却是刑地！

“杀……”鬼方的战士似乎是要借此机会大出心中的恶气。这段日子来，他们几乎是处处挨打，处处受制，今日终于找到了出气的机会，哪里还会对东夷战士客气？

刑地领着仅剩的数百风魔骑大肆冲杀，只杀得快鹿骑七零八落，四处落荒而逃。

少昊杀出一条血路，他仿佛完全失去了争强好胜之心，根本就不敢与刑地交手，更似害怕被人缠住，一心只想向荤育城方向逃去。

少昊虽然杀出了一条血路，但是他身边的快鹿骑却只剩下六七十骑，余者不是被战死，便是向别的方向逃去而走散，但即使是加上那些人，快鹿骑所剩也不会很多。

鬼方战士竟是早就料到他们会败北，更在归途之上设下埋伏，这确实出乎东夷人的意料之外。但是这些人仍不明白，是谁使少昊如此狼狈？就这样稀里糊涂地被鬼方人给败了，他们似乎有些不甘心。

少昊像是个闷葫芦一般，一路之上只说了几句话，但这几句话全都是与撤退有关，这使得东夷战士很迷惑。不过，他们还是很庆幸，少昊的武功和斗志依然不是一般高手可比，在鬼方的阵营中依然可以杀出一条血路逃出，这也不能不说是一种幸运。活着，便是一种幸运。

刑地似乎并不想放过少昊，驱骑在后面穷追猛赶，似乎是无论少昊逃到哪里，他都定要追到哪里，这情形便像是少昊当日追击地一样。但现在却是换了对象，真可谓是风水轮流转，鬼方也士气大振。

一种比拼速度和耐力的追击战就这样在风沙飞旋的漠野平原上拉开了序幕！

君子国的形势似乎并不如熊城那般乐观，事实上，君子国的这一段时间也挺得意，也有不少小部落相继依附，特别是自鬼方而来的，但是在突然之间，圣女雅倩却传出了全寨戒严令。

雅倩的命令是，整个君子国作最高级别的警戒，全寨上下，所有的子民只在白天太阳升起山头之时才准出去劳作，但在太阳下山之前一定要回寨，而且不能走远。

君子国还从没有过这一刻般紧张过，这使得君子国的子民很是惊讶，但既是圣女之令，谁也不会违抗，何况还有长老和护法们的决议。

事实上，许多事情子民们根本就不必要知道，轩辕不在君子国的时候，雅倩基本上就是君子国的最高首领，而且这些日子以来，雅倩都是奉行着轩辕的行事方针去对待一切，这是有目共睹的。

轩辕虽然不在君子国，但是他隐隐地成为君子国最高统帅是不可否认的。

当然，所有君子国的人都乐意奉轩辕为首领，单只轩辕的名字，便足可震慑四方，何况轩辕此刻乃是华联盟的首领。有轩辕这个首领，君子国的声望也跟着大震。

可是此刻君子国却是如临大敌，所有的战士停止了训练，全都处在高度戒备的状态。

君子国高度戒备，熊城可以在半日之内收到消息，而且是绝对可靠的。

不仅仅是熊城收到了消息，连陶唐氏也收到了消息。

蚩尤已经秘密地控制了东夷诸部之中许多曾是他旧部的部落，连太昊手下的许多部落也全都依附了蚩尤。因为这些部落本就有许多属于魔族的，乃是蚩尤的旧部，此刻蚩尤重生，这些部落一呼百应并不让人感到奇怪。

蚩尤不仅在最短的时间内联络好了各旧部，更又举兵北上，最终的目标却是熊城或是华联盟。

凤妮得到这个消息时确实吃了一惊，也难怪杜修和有悔长老的两路人马攻击得这么顺利，原来是因为东夷的主要部落已经归属了蚩尤，而蚩尤根本就不在乎这些属于少昊的部落的灭亡，因此他根本就不会派人助那些部落抗击有熊军。所以，有悔长老和杜修才会战得这般轻松，否则以东夷的力量，怎会为区区两千人马而击得七零八落，俯首称臣呢？

凤妮怎能不吃惊，她根本就不知道蚩尤究竟会耍什么诡计，但是她却明白，如果这样下去的话，杜修和有悔长老形势危矣。

凤妮以最快的速度传书杜修和有悔长老及杜圣，立刻自东夷撤兵返回熊城，这是不得已的做法，因为蚩尤实在是太可怕了，这一代绝世凶魔在这个天底之下，几乎是无人能敌。因此，凤妮不得不小心谨慎。

轩辕尚未归返熊城，凤妮绝对只想谨慎行事。她明白，自己并无轩辕那随机应变的机智，更无轩辕那种军事天赋，她便只好以稳健为上，志在紧守有熊本土。所以，凤妮便只好调杜圣等三路人马返回熊城，至于叶皇的人马她却不操心，因为那是在九黎之地，而且以龙族战士的力量为主导，自会有贰负去处理，所以她不必为叶皇担心。

当然，也要提醒一下叶皇，否则叶皇被攻得手足无措，那可不妙了。叶皇可是轩辕身边的重要人物，凤妮自不想他有失。

雅倩所收到的情报却是来自狐姬，她相信狐姬绝对不会骗她。

尽管雅倩曾背叛了狐姬而依附轩辕，但她依然不会怀疑狐姬会骗她，正因为她是狐姬的弟子，所以她才深深地明白狐姬是一个什么样的人。而且，她似乎也明白狐姬与轩辕之间似乎有一种很奇妙的关系，所以她相信狐姬的消息。

雅倩是个很细心的人，丁香和百合也很细心，每天都要到寨中各处巡视一遍，不仅如此，还会到寨中各处视察检阅。因此，君子国的战士军纪极严。

但接连几日，都没有发现蚩尤的动静，君子国的防守却没有松懈。

所幸，冬日里并无什么大的事情，农业方面基本上都收种完毕，因此并不会对君子国的生产造成多大的影响。

这日，雅倩照例巡寨，却突见远处尘土飞扬，不由得吃了一惊，忙下令戒严。

君子国严阵以待了几天，终于到了与敌交战的时刻，于是立刻寨门紧闭，弩弓石器全都搬上了数丈高的寨头。

几个月来，君子国在常山所筑的大寨皆已逐渐完善，也更具气派，在防守能力上大大地提高了一个档次。

“是骑兵！”尤冷在高高的寨楼之上极目远眺，而后向雅倩回禀道。

“是骑兵？有多少骑？”

“大概在三四百骑左右，只不知是哪一路人马。”尤冷估计道。

嗬嗬……蹄声很快便自远而近，如惊雷一般将地面践踏得惊天动地。

“是屯马谷的龙族战士！”立刻有前营之人相报，惊道。

雅倩大惊，亲自登上高台眺望，果见远来的数百骑正是龙族战士，不由得心头暗暗松了口气。

“开寨门！”雅倩呼了一声。

“圣女，不好，远处似乎还有一队人马在紧追他们！”长老思雨突然皱了皱眉头道。

“先不要管这么多，开门放行，准备强弓接应!”雅倩沉声吩咐道。

君子国的战士已经紧张戒备了许多天，今日战事终于来临了，不由全都战意昂然，人人摩拳擦掌，欲与来敌一战。

雅倩并不担心，虽然君子国的战士并不是很多，但是君子国的战士无一不是以一敌十的精锐，其基本素质比之龙族战士和有熊战士要高，皆因这些人都是自幼习武，不管是男是女，都可以作为生力军。

君子国人人配剑，武风之盛世所罕见，因为君子国本就是以剑为尊，因此这些人或多或少的会些剑术，只是境界的差异问题。

作为普通战士来说，君子国战士的单独实力绝对不容小觑。

“驾，驾……”马嘶之声伴着一路的风尘，数百骑龙族战士带着近两百余匹空骑飞驰而至，为首之将正是盖山氏的盖危。

“防备!”盖危领头，驱马扬鞭，驱逐着两百余空骑高呼，同时毫不犹豫地冲入君子寨，他身边的盖山氏儿郎们也全都与之一起驱马入寨。

盖山氏对驱马之术早已纯熟至极，驱赶马群，更是以长竹竿舞马鞭，以最快的速度涌入君子寨中，数百匹战马竟没有丝毫的阻滞。

数百匹战马的声势确实不小，蹄声更是震耳欲聋，那种气势也不能不让人心惊。

君子国的战士自然皆识得盖危这位驯马英雄，可以说是轩辕组建骑兵的大功臣，几乎改变了龙族，或君子国诸部骑兵的形势。因此，这个人确可列入轩辕身边的重要人物之一。

龙族战士也迅速拥入寨中，当最后几骑由负伤累累的郎氏兄弟组成的断后军冲入君子寨之时，他们放声高呼：“紧关寨门!”

噗……巨大而坚实的寨门在数十名君子国战士合力的推动之下轰然关上。

君子国的寨门之坚实极为罕见，相继以三层紧夹，一层尺许厚的木头，加上一层近尺厚的巨大石板，内再加一层尺许厚的木头，整个寨门高两丈宽两丈，重逾万钧。而在地面之上以石刻出两道弧形之槽，推动石门必须以石门之下两颗坚硬无比的圆球滑动，否则便是数十人也难以推动如此巨大的两扇重门。

这整个大门的轴和芯，全都是来自神族最为奇妙的建筑。

君子国本就与神族有着千丝万缕的联系，他们依然保存着许多神族的建筑风格，在陶唐氏的巧匠相助之下，经过数月的时间，对君子寨内的许多设施都加以强化，而有熊族是最擅于建造坚城强寨的，得到各方的相援，怎么可能不将君子国再变成一座进可攻、退可守的要寨呢？

君子寨门之后有一块极为宽阔的地方，这些地方足可容下数百兵马，一时之间，马嘶人叫尘扬，整个君子寨几乎一下子沸腾了起来。

情况似乎有些混乱，不过君子国的战士经过这些日子来的强化训练，使得这些人始终都能够保持最为肃整的军容。龙族战士虽有些混乱，但寨头上的君子国战士却没有一个人移动半分，只是百合、尤扬诸位君子国重要人物闻讯飞速赶来。

雅倩没敢动，她已发现了追兵，为首之人赫然是全身重铠的盘古智健，而在盘古智健之后却是数百东夷军，更有许多是来自渠瘦和花蟆。

“放箭！”雅倩一声令下，万箭齐发，直洒向盘古智健的阵中。

希聿聿……盘古智健根本就不在意，没有任何箭矢可以进入他人马的半丈之内，仿佛被一团强劲的气网所罩住。

盘古智健浑身重铠，根本就不具利器的攻击，何况他是何等功力，怎会畏惧这些玩意儿？但他身后的渠瘦战士和花蟆战士及东夷战士却被射得七零八落，难有寸进，行在前面的一些骑兵更成了刺猬。

盘古智健所领之兵竟也有很多人骑着战马，这很明显乃是抢自龙族的。

雅倩并不认识盘古智健，但她已清楚地感应到盘古智健的可怕之处，只凭那强大的功力和那强大的杀气，便可知道此人乃是个绝世高手。

龙族战士有许多人身上都挂了彩，显然是经过了一场血战，这才杀出来，而盖山氏的战士更是首先保住屯马谷之中的大量马匹，在撤走之时也不忘带着群马撤离，而使盘古智健的人不能获得更多的战马。

龙族战士一入寨中，未曾受伤的或还有战斗力的战士全都奔上君子国的寨头，加强防守。

敌军之中，似乎只有盘古智健才能够突破箭网冲到寨门之下。

“布天罡地煞大阵！”郎氏三兄弟大吼一声，那群龙族战士立刻里三层外三层地在那宽有两丈的寨头拉开阵势。

雅倩大惊，自轩辕在木神那里学得此大阵的布法后，还从未对敌过，只是曾演练过，因为这一百零八人的大阵根本就没有遇到值得出手的对手。

君子国战士也练习过阵势和配合的战术，所有的大阵只有在与对手力量悬虚之时才会用到，此刻郎氏三兄弟要布阵显然是针对盘古智健。

郎氏三兄弟这声高喝，龙族战士精锐之士迅速向盘古智健奔来的方位赶去。

“圣女小心，此人乃是蚩尤身边两大护法之一的盘古智健，不可让其登城！”盖危也在高声大吼，他是在提醒雅倩小心。

雅倩闻言大大吃了一惊，立刻明白盖危的意思，因为君子国之中根本就无人有能力与盘古智健单打独斗，更无人能独力阻止盘古智健的攻势，盖危这才提醒她。

“九子连珠众心聚，力拔山河主天地！”雅倩高喝，同时身先士卒地向盘古智健冲来之处奔去。

希聿聿……盘古智健一带马缰，竟连人带马向三丈多高的寨头飞跃而来，同时带着一股强大的罡风，以无坚不摧之势无畏地向人阵中撞去。

君子国的众战士对雅倩的话心领神会，立刻放弓，九人一组，众人借体传功，连成一串，更将所有的功力全都聚于最前方一人的身上。

刹那之间十数道强大无匹的气劲自不同的方位和角度直冲向盘古智健。

龙族战士的一百零八人分成十二组，外加由雅倩及君子国高手所组成的两组九子连珠劲气，顿时在虚空之中搅成一团巨大的风暴。

盘古智健没想到这些人训练得如此默契，只在雅倩的那一声高喝之下，仿佛是不假思索便组成了这十四组强大的攻击力，这分明是经过千百遍演练所得的最理想的结果。

“吼……”盘古智健一声狂吼，双臂一张，像是鼓起了两团巨大的雾球直撞向那自寨头之中冲来的气劲。

轰……轰……一阵惊天动地的巨响，数股气劲在虚空中毫无花巧地爆了开来，盘古智健的身子飞速向城下跌去，战马竟爆成了一阵血雨飞散。

君子国和龙族许多功力稍浅的战士，也全都震得口吐鲜血，一大堆人更是自寨墙上滚下了寨内，那气旋如炸弹般，使寨墙塌陷了一个大坑。

这一百多人的力量何其强大，便是盘古智健的功力再高也有些受不了。他毕竟是人，或许是他对自己太过自信，抑或是他不相信这一群普通士卒也能像练气者一般将气劲串起传导，但是他失望了。

盘古智健万万没有料到，这些人一入龙族，所修习的便是神风诀，而神风诀乃一门极为上乘的奇学，不练习真气根本就不可能对神风诀有半点了解。因此虽然这些人只是一些普通战士，但是人人都懂得运气调息吐纳之法，正是基于这个原因，轩辕才会利用此点而设计出一套连击之术。

“汇溪聚川”乃是轩辕针对高手而定下的战略。

这些战士都知运气吐纳之法，再指点其连气互贯之术并不是一件很难的事。

雅倩也大大地吃了一惊，盘古智健的功力之高实在出乎她的意料之外，在这一百多人联手一击之下，居然不死。

当当……盘古智健落地的躯体至少中了一百多箭，但是此人一身重铠，箭矢根本就无法穿透。

盘古智健只需护住面部就行了，当然在这种居高临下的攻势之下，若想找准盘古智健的关节，那确实是一件极难的事。

盘古智健无重铠相护的地方，只有脸面和关节之处，关节是要经常活动，而且幅度极大。因此，这些地方若也配重铠只会使行动不便。

盘古智健落地一个踉跄，显然他在刚才那一击之中吃了亏。

盘古智健的人根本就近不了君子寨，只能留在箭矢射程之外，除非他们也能如盘古智健一样，身着重铠，更有那么深厚的功力。

雅倩心道：“此人若是不除，君子寨危矣，若是以盘古智健的武功，偷偷潜入君子寨，那可就防不胜防了，后果也不堪设想！”

君子寨上的众战士见大挫盘古智健的锐气，不禁士气大振，他们本被盘古智健那狂猛的气势所震慑，此刻却再也不怕了。

雅倩回头向赶来的尤扬和思雨道："这怪物便交给几位长老和八煞了，我们出寨杀个痛快！"

尤扬也惊于盘古智健的武功，但是雅倩既然让数大长老和八煞同时出击，也是够看重盘古智健了。

尤扬眉头一掀道："没问题，有八煞相助，相信可以杀掉这怪物！"

"长老注意，多攻此人关节之处，此人功力深不可测，你们不可有丝毫大意！"雅倩提醒道。

"圣女放心，尤扬明白！"尤扬知道这只是雅倩在关心他们，心中也挺感激。

"好，有长老这句话，雅倩便放心了！"雅倩一笑，唤来丁香，让其紧守寨门，她则大喝一声："开寨门，给我杀！"

吱……呀……沉重的响声中，君子寨的大门再次洞开。

雅倩等君子国的高手如陨星一般自寨头飞射向盘古智健。

尤扬、八煞及数位长老无一不是一等一的高手，虽然不及剑奴，但是这些人的武功却要比花战诸人更胜一筹。当日轩辕在君子国之时便惊讶于八煞的剑法，八煞可以算得上是帝十级的高手，而尤扬与思雨诸长老的武功，当日便已不输给帝恨，这些日子以来，在轩辕所掀起的大潮流之下，他们的武功也是突飞猛进，其威势绝对不容小觑，但此刻他们却知道，若要对付盘古智健，便必须联手。

八煞自小一起长大，更是一起习剑，因此这八人之间最擅长联手攻击。因此，雅倩让这些人联手缠住盘古智健并不是胡乱点兵。

"杀呀……"君子寨中的骑兵在一刹那间如潮水般拥出寨门，直向盘古智健所领的数百骑兵冲去，人人奋勇争先，斗志昂扬。

未受伤的龙族战士也倒杀而出，那数百空骑则由君子国战士乘坐，加上原属君子国内的骑兵，这支劲骑几近八百余人。

盘古智健也吃了一惊，他正欲缓口气，尤扬便已杀了过来，他根本就没有缓气的机会，而君子国中的骑兵如出闸之猛虎，气吞山岳，那争先恐后的架势，一看便让人心寒。

盘古智健的骑兵不能退，因为盘古智健仍未归返，更被人缠斗住了，他们唯有战。

“杀……杀……”一时喊杀声震天，龙族战士的骑术最为娴熟，因为这些人都曾与盖山氏擒捕野马，而骑术也在这种过程中达到精绝纯熟之境，可以在马背上以任何姿势出现。君子国的战士也都训练过骑术，虽然相对于龙族战士的骑术要逊色一筹，但对驱马之术，却比盘古智健的战士厉害多了。

大战便在沸腾之时升华至最炽烈的状态。

在君子国和龙族的战士联手冲击之下，这些清一色的战马以无可思议的速度和默契的配合，使得盘古智健的战士给冲得七零八落。

刚开始他们追杀龙族战士之时，是因为有盘古智健这无人能抗的绝世高手，而且当时龙族急于保护马匹，这才逃到君子国不敢回头应战。但此刻有了君子国这支强大的生力军，而君子国中好手如云，竟可将盘古智健给缠住，这才使得龙族和君子国再大展神威，杀个痛杀。

君子国的寨头弓弩手全都小心戒备，更随时准备冲上去支援和接应。此时所动用的，不过是君子国三分之一的兵力，再加上两百多未曾受伤的龙族战士，便组成了这支七八百骑兵的劲旅。

龙族战士轻伤者也有在寨头观阵的，他们在尽快地恢复着体力，因为他们还想再战！同时也是为协助君子国的防守。在他们眼里，君子国与龙族乃是真正的一家人，根本就没有你我之分。

事实上，龙族战士与君子国子民之间已相互认同，君子国也是龙族的一部分，相互支持、相互扶助才是正理，共同进退的根本原因就是轩辕。

君子寨所建的地势极为险要，一面背依绝壁，一路东向直指有熊，那里是一道峡谷，只要在峡谷口筑起坚壁，便有一夫当关、万夫莫开之势，更可在峡谷之中设下无数埋伏，可谓易守难攻、易出难进。西面则是朝向陶唐氏，道路也微有些不平，这是一段上山之路，虽不陡峭，但却是呈仰攻之势，若敌人欲从这面相攻的话，只能处在仰面上攻的劣势。而南面则是一条大河，出入必须靠一座浮桥和一座连接浮桥的吊桥，只能自水路相攻。

常山的地势极为微妙，当日君子国的子民选了好多地方，最后还是落足于此，也可看出这确实是一块精心挑选的宝地。

此刻盘古智健便是自西面相攻，因此他们所处的位置稍低，君子国的骑兵自上而下冲杀，其气势自是强大猛悍。

君子国的数面都由人把守，驻守南面的是自龙族调来的两百龙族战士和一百君子国战士，东面则屯积有君子国的两百五十精锐战士，北面绝崖，只要设下几个哨口，留五十名君子国战士防守就行。事实上，北面绝崖之顶便是君子国重要的行宫所在，也是常山最高点，因此，君子国的防守可谓是极为森严。

只有西面大门的驻军最多，基本上所有君子国的战士都住在西面，因为西面几十里外便是屯马谷，雅倩受轩辕之命，随时准备支援屯马谷。为了应付突发事件，君子国的战士便扎营于西门之内，因此，这一刻他们冲杀自如，面对强敌而阵脚丝毫不乱。

盘古智健疯狂攻击，但是八煞和尤扬诸人都是避重就轻，皆以极为怪异的剑法切割盘古智健的关节之处，要么便是面门。这些人在君子国中修习剑道数十年，其剑术之精深都已经达到了出神入化之境，尽管他们的功力比盘古智健逊色，但是他们的剑法却都是传自神族和剑宗的绝世奇学，诡异轻灵飘逸，令人难以捉摸，便是盘古智健也为之头大。

关节似乎是盘古智健唯一的弱点，而雅倩诸人则一眼便看出了盘古智健的这个弱点，因此专攻其脆弱之处。

事实上，盘古智健的苦处并不仅于此，刚才他硬接一百余人的联手一击，强大的震荡使他五脏翻腾，而更让他痛苦的是，竟引发了上次被跂通所击的旧伤，甚至连跂燕昆吾剑的创伤也迸裂了，这使他的战斗力大减。他实在有些后悔刚才自己太莽撞了一些，如今他终于尝试到了轻视敌人的苦果，但是事已至此，已无可挽回了。

盘古智健居然败了，并不是他自己败了，虽然八煞和尤扬诸人的武功极好，其联手合击之术也十分默契，但是想要胜他还不是一件容易的事，可此刻的盘古智健却是有伤在身，使得功力大打折扣，这样一来，自然处于下风。

当然，八煞和尤扬诸人仍然不能伤盘古智健分毫，毕竟，他们的武功不止差一个档次，而盘古智健欲伤八煞等人也是不可能的事，除非他肯以自己再受伤为代价，但盘古智健绝不会傻得两败俱伤。

盘古智健的败，乃是先自他的部下败起，他属下的骑兵根本就经不起君子国几乎是他们两倍的骑兵兵力的冲击，很快便败下阵来。

盘古智健的战士一败，盘古智健自然无心再战，他似乎也知道，面对君子国这座坚寨，确实不易进攻，而且君子国的战士众多，以他眼下的实力根本就难以攻下，因此他便只好败走了。

雅倩得势不饶人，领着数百骑一阵穷追猛打，若非盘古智健这绝世高手断后，只怕那群来自渠瘦、东夷和花蟆的战士会全军覆灭，不过此刻也不会好到哪里去。

龙族战士所积下的一肚子窝火，此时似乎找到了发泄的对象，他们全都是清一色的战马，而对方却是鹿马夹合，跑起来，自然是君子国占了优势，他们在后面以强弓追杀，若非这里四处都是林子，只怕盘古智健仍会落个全军覆灭的下场。

君子国战士和龙族战士追出十余里，眼看便要追上盘古智健的人，突地传出一声巨喝："杀！"

刹那之间，箭雨漫天，直向君子国的战士和龙族战士射来。

雅倩大呼："不好！"

其实，不用雅倩呼叫，君子国战士和龙族战士谁都知道遇上了伏击之兵。

盘古智健大笑着倒杀而回，三面尽是他的箭手和伏兵。

雅倩知道上当，在乱箭之下，阵脚也大乱，不禁高呼："撤！"

君子国战士和龙族战士毕竟训练有素，立刻有人断后，余者迅速向回冲杀。

"杀呀……杀……"喊杀声漫布遍野，雅倩也不知道对方究竟有多少人马，但一旦知道己方中伏之后，她唯有回兵，返回君子国。

这一通大杀，君子国的战士大败，雅倩虽然杀出了重围，但长老思雨和八煞中的象煞、蛟煞皆战死，七八百战士只剩下三百余人返回君子寨。

君子寨寨门紧闭，以乱箭逼住欲攻城的敌方战士，人人心焦如焚。

盘古智健这回可不敢力闯坚寨，事实上，他也受伤不轻，当然，这些都是旧伤。

当日，盘古智健被跂通那可怕的功力震伤之后，又被跂燕的昆吾剑刺透肩肋，几乎失血而亡，而后又被跂通狂追百余里，这才在盘古智高舍命相护之下摆脱这个狂人。

那次，盘古智高与盘古智健一样，也受了伤，但伤势以破风最重，若非破风受云泥息壤改造了体质，只凭那些伤，就足以致命。所幸，他们及时赶回了蚩尤养伤之处。

蚩尤及时为这三大高手治伤，这才使几人脱离了危险。蚩尤却怎么也想不到，自己手下的三大绝世高手去杀轩辕，居然都负伤而回，而且是如此狼狈不堪，怎叫他不惊?

盘古智健和盘古智高谈起跂通便有些色变，这个狂人的确是狂得可怕，如此穷追猛打，几乎将他们打蒙了。而他们根本就不是跂通的对手，除非盘古氏兄弟联手，但在当时的情况下，盘古智健已经身受重伤，自然不能联手。

那一战，三人都受了伤，而盘古智健因失血过多，这一个多月来，并没有能完全恢复状态，那伤口也太深，因此今日一战之时，伤口又崩裂了，使得旧伤复发，他很难再独挑大梁，强攻君子寨。

君子寨上的戒备极严，对盘古智健的大军压境也不害怕。至少，他们占着地利的优势，整个君子国的所有子民全都自动支援，这使寨头之上的战士有了坚强的后盾。

雅倩大感沮丧，仅在这一战之中便折损了近四百精骑，对她的打击的确是很大，尽管这些都是不可避免的，但对于第一次指挥大军作战的雅倩来说，这是一个很大的挫折。

君子国立刻召集众长老商讨对策，对于这些已经兵临寨下的敌人，该如何对付。

盖危的神情也极为沮丧，他向众人说出了屯马谷遭受敌人突然袭击之事。

蚩尤似乎也知道屯马谷的重要性，那里不仅是轩辕征集良马之地，更是君子国与陶唐氏相联的枢纽，其战略性极为重要，是以他竟让盘古智健率领高手悄然杀至。

屯马谷虽然戒备森严，但却根本就不可能妨碍得了盘古智健这样的绝世高手，而盘古智健偷入屯马谷后立即四处放火，使群马惊乱，转移龙族战士的视线。而这时，盘古智健再领人杀入，如此一来，屯马谷中的龙族战士未战已乱，自然唯有败阵一途了。

盖危见机得早，驱着仍未被抢掠的战马逃出屯马谷，在一群龙族战士断后的情况下，竟然摆脱了盘古智健的追杀来到君子国。而屯马谷之中的七百余龙族战士，赶到君子国之时却只有四百余人了，这之中还包括许多伤残者。而自龙族调来养马的子民也全被盘古智健俘掳，这可算是龙族成立以来遭遇最惨的一次失败。

君子国众人闻听盖危和郎氏三兄弟的汇报，不由得大为心痛。

要知道屯马谷花费了轩辕很多心思，也花了君子国和陶唐氏不少力气，但是却在顷刻之间毁于一旦，怎不让人难过？

屯马谷的战略意义极大，至少，在对于连接陶唐氏之上，可以使华联盟结成一道极好的防守线，可是此刻便等于被蚩尤掐断了君子国和陶唐氏的脉门，这一招确实够绝。

让人骇然惊异的并不只是这些，而是何以盘古智健这么多的战士居然能够悄临屯马谷而不被人发现呢？这确实让人有些不解，难道说这些人一直都是秘密潜于屯马谷附近？

这当然是不可能的，可是除此之外，又有什么更好的解释呢？

龙族战士的整体素质很高，也便是说，这些人如果只是行军作战，那绝对算是一流的精锐，但若是要与盘古智健这样的绝世高手交手，却不知相差几许，这也是龙族战士最大的缺点。

轩辕确实是一个军事天才，尽管他能够使龙族在短短的一年时间之中以不可思议的速度发展起来，但是他却无法改变龙族战士底子薄的事实。作为一个新兴的部落，他们所缺的并不是普通作战人士，而是缺少真正的核心主力，那便是一些灵魂高手。

轩辕可以强化训练出一批精锐高手，但是他却无法训练出一批灵魂高手。因为那并不是训练就可得到的，而是需要时间的积累，这便是一个世代强横的部落何以会有慑人之处一般。在许多人眼里，龙族只是一个暴发户，尽管轩辕的优秀是无可否认的，但是仅此一人，仍难以改变千万人的命运，这是不争的事实。

当然，龙族战士人多是优势，人多，自然人才也多，如果在一圣明的首领领导之下，也不用花多长时间，就可以将这个核心的班底建立起来。而轩辕这些日子来都是在极力建立这个核心的班底，刻意地训练某些人，而使一些潜质极高的人得到更好的运用。

轩辕的才智是不可否认的，几乎是人尽其用，只要你有能力，就不会埋没你，这也是轩辕将龙族这个由许多小部落和奴隶们的组合体治理得如此井然有序的主要原因。

当然，这之中贰负的功劳自不可埋没，不过，他所施行的全都是轩辕的思想，全都是按照轩辕的设计去行事。可以说，整个龙族从头到尾，都是运行着轩辕的法则，而事实证明，轩辕的法则乃是龙族最佳最好的发展路线。

雅倩无奈，只好迅速传书陶唐氏，告之屯马谷失陷，请派高手一同夺回屯马谷。屯马谷绝不可以被蚩尤占去，若是被蚩尤占去，则会使陶唐氏与有熊这两大强族截断，首尾无法兼顾。因此，屯马谷绝不能失。

若是此刻有轩辕在就好了，在他们的心中，似乎没有轩辕做不了的事情，也没有轩辕做不好的事情。

在此种情况下，轩辕定然可以想到更好的应对方法。

“我们还得立刻通知黄叶族，让猛禽小心被偷袭！”百合突然想起了这个问题，不由得提醒道。

“嗯，我们何不让猛禽领着黄叶族的战士自盘古智健之后攻他们一个措手不及？然后内外夹击，定可让盘古智健铩羽而归！”尤扬突然兴奋地道。

“对，他们并不知道我们有飞鸟传书，根本就无法封锁我们的信息！”

丁香也赞同道。

“为防万一，我看最好让伯夷父派人接应黄叶族，这样会更保险一些。”郎大沉声插口道。

“郎大说得有理，因为我们根本就不明敌情，也不知道蚩尤派出了多少人来此，一切还是谨慎一些好，绝不能有半点差错！”盖危也赞同道。

雅倩望了望众人，她也想不出更好的办法。尽管此刻蚩尤的战士兵临寨下，但这些人并不足为惧，其总兵力并不比君子国多，只不过盘古智健的属下高手极多，如果倾全力相拼的话，君子国还占优势，但问题是，她不想全力去与敌相拼，这绝对不是最好的策略。

君子国已经经历了一次劫难，不能再受一次劫难，当然，雅倩不敢出击的原因是根本就不知道盘古智健有多少人，在攻打屯马谷之时，盖危便觉得对方有近两千人，而眼下所见却只有千余人。因此，对方定然还有千余战士不知是埋伏在哪里，这很可能是一步极险之棋。

第一百三十八章　洪荒危机

雅倩并不害怕，眼下的形势对君子国并没有什么坏处，对方的兵力根本就威胁不了君子国这座坚寨，因此说来，盘古智健想夺君子国是极为不明智的。

“我们就这么与他们耗下去好了，就不相信他们能挨多久，我们每天派人去扰他们一扰，当他们成为一支疲兵之时，再一股作气地将他们全部处理掉！”君子国左护法思过沉声道。

“我只怕这是他们的缓兵之计，他们或许也在等待主力。”雅倩有些担心地道。

众人一愣，雅倩的担心不无道理，但是思过却悠然一笑道：“他们等救兵？我们的救兵不是更多吗？只要发信至联盟各部，还不会将所有北上的路线全监视起来？他们若再想神不知鬼不觉地偷偷潜至这里，那是不可能的。而且，我们诸部全都出力，完全可以把他这支人马全部包围起来，聚而歼之，只要不是蚩尤亲来，余者何足为惧？”

众人听思过此话，不由皆点头称赞，雅倩也不能不承认，姜还是老的辣，思过被轩辕重视，成为君子国左护法并非幸至。

“我们应该自陶唐氏和黄叶族调集战士前来夹攻这群人，让有熊战士协防，防备任何敌人北上支援盘古智健，以断盘古智健的后援，而我们生力军不断，保证这群人是有来无回，我们的血也不会白流的！”思过沉声道。

“左护法的计策确实妙，那我们就这么办！”雅倩点头欣然道。

盖危和郎大也皆点头，看来君子国之中，确实有许多了不起的人才。

当凤妮又一次接到飞鸟传书时，不由大惊，这一日之中，她竟连连收到五封飞鸟传书，可谓是大出她的意料之外。

飞鸟传书有来自君子国的军情汇报，也有来自叶皇的捷报，但那却是唯一的一个好消息。另一封则是杜修在回军的途中被东夷军给伏击，死伤惨重，而被杜圣救回再与有悔长老合师同返熊城。来自高阳氏的飞鸟传书却是告诉凤妮一个惊人至极的消息，高阳王竟依附蚩尤，那是因为叶帝竟在成为蚩尤之前乃是高阳王的女婿，如此一来，当叶帝变成蚩尤之后，自然与高阳氏联成了一气。

另一封则是来自陶唐氏的，陶基亲笔写信于凤妮，要与之联军击溃夺得屯马谷的蚩尤军。

思前想后，凤妮仿佛顿悟何以当日叶帝能够拿到河图洛书而打开了神门，那只是因为他本身乃高阳氏的女婿，他应该是来协助施妙法师，共找神门的。因为施妙法师也是高阳氏的人，这之间的猜想自然成立，因而也就可以肯定，河图洛书确为施妙法师所窃，只是施妙法师没想到来相助的叶帝竟对他狠下杀手，而独得神门之秘，这才使施妙法师惨死于釜山之下。

叶帝竟然是高阳氏的乘龙快婿，这确实是个让人吃惊的消息，即使是叶皇和轩辕也不可能想到这一点，凤妮自然不知当年的详情。

当年，叶皇在神谷中假扮叶帝擒住帝恨，使得神谷帝氏兄弟与叶帝反目成仇，而令叶帝含怒而去，而且轩辕更夺走了桃红，叶帝在心中对轩辕更恨之入骨，对其弟叶皇也极恨。

叶帝恨叶皇不帮自己却帮外人，当日更将他制住，这才找到机会去神谷救了轩辕，找了帝恨这个人质，使得他在九黎部再无立足之地，因此叶帝只好离开九黎。

以叶帝这样的人才，在高阳氏时，很快便得到了高阳王的欣赏，而在叶帝刻意地讨好之下，他又得到了高阳王的重用。

当然，叶帝绝不是一个甘居人下之人，因此他不惜以各种手段骗得高阳王之女高阳凤的好感，更在肉欲之上征服了高阳凤，这一切高阳王自不知道，而后在叶帝暗中活动之下，高阳王竟真让叶帝成了高阳凤的丈夫。

高阳凤心地单纯，又对叶帝迷恋得不可自拔，她哪里知道叶帝只是在施行自己的权术计划？她只要叶帝天天陪着她，就心满意足了。

不过话又说回来，叶帝抛开其心狠手辣、阴毒邪恶之外，确实对女人有着一种无法抗拒的魅力，否则的话，当年也不可能在有邑氏中让族中许多人的妻女都与其发生关系了。如果他要刻意讨好某人，确实是让人难以拒绝。

叶帝竟然能在机缘巧合之下与蚩尤魔魂结为一体，这确实是一件连他自己也没有想到的事。

叶帝自身便有着极为邪恶的灵魂，以及与生俱来的魔性，与魔帝蚩尤一结合，竟然有着难以想象的默契和顺利，从而也更使叶帝的魔性暴涨。

高阳氏若是依附了蚩尤，也便是说有虞氏也同样依附了蚩尤，这是何等惊人之事。

高阳氏似乎已有意与有熊氏和华联盟决裂，竟然下令要杀出使高阳氏的尚九长老和陶唐氏的陶庸长老。若不是尚九长老在高阳氏有极多的朋友，早一步获得消息，只怕此刻已身死在高阳氏派出暗杀的高手之下了。

尚九长老和陶庸长老自然都不是好惹之人，领着一干亲随高手迅速逃出高阳氏，本来他们所研究的刺杀高阳王的计划自然落空。不过，他们得到了蚩尤与高阳氏的关系也不算此行一无所获。

高阳氏派高手一路追杀尚九长老和陶庸长老，但这些高阳高手尽数铩羽而归，陶庸长老和尚九长老此次所领的高手可谓全都是精锐中的精锐，这些人本是准备刺杀高阳王用的，自然不是高阳氏派出的这些高手所能比，而且尚九长老此次领人前往高阳时，皆乘战马，逃走之时方便至极，也是高阳氏不能追击的原因。

不过，尚九长老身边的高手也折损了十人，皆因高阳氏追杀的人手太多。出了高阳氏，尚九长老避于共工氏。

高阳氏虽强，但共工氏也不弱，而且青云剑宗也大力支持有熊，高阳氏自不敢大举来犯。共工氏和青云剑宗也是高手如云，岂怕他高阳氏？尤其是此刻共工氏和祝融氏和好，两部的高手更是相互协作，其威势自是不可小觑。

蚩尤并未亲自出手，他似乎还不愿意出手，抑或，蚩尤并不在高阳氏中，否则的话，高阳氏就不会不敢与共工氏、祝融氏正面交锋了。

共工氏的水神虽已不在，但新一代共工尽得水神之真传，不仅如此，水神的两大护法神将相柳和相繇也是无可挑剔的绝世高手，其辈分和武功并不在当年神族八圣的剑神青山之下，只是因为水神和火神乃是八圣之首的两人，实际上这两人比其余六圣更高一辈，也是武功最高的两人。而水神的两大护法神将，也曾名动天下，只是被水神的光芒盖住了而已。

共工氏有这几大高手坐镇，试问谁会小视？谁敢小视？虽然其部的人数并没有高阳氏多，但是其水战之勇，无人能及，没有多少部落敢与共工氏水战。

共工氏与祝融氏和好之后，其声势更是大涨，几乎控制了黄河近百里地，到处都有共工氏的舟筏。

高阳氏对水战的运用还是来自于共工氏的传授，但那只是在以前，如今高阳氏与有熊决裂，追杀尚九长老和陶庸长老，也便等于与共工氏翻脸了。因此，共工氏与高阳氏隔河对峙，高阳王也不敢轻举妄动，那只会引来无情的攻击，他绝不想与共工氏在水上作战。

黄河的水流太急，若是在普通的河湖之中还好一些，而面对黄河这种湍急流水，操筏技术是至关重要的，即使你是个绝世高手，若不懂水性，在水中也不过等于废物一个，还不如共工氏一个小卒，这便是何以共工氏能数百年屹立于黄河之畔而不倒且声名赫赫的主要原因。

共工氏的舟筏最是有名，更是许多部落最想交换的物品之一，因此共工氏与许多部落之间的关系都很好，这也是没有人愿意正面与之为敌的原因之一。

尚九长老赶到共工氏后，立刻与在九黎大战的叶皇联系，让其多加小心高阳氏。

九黎本部的人被龙族战士逼得远投穷桑，他们好不容易杀出重围，却是元气大伤，甚至是一蹶不振。风沙战死，风浪领着残兵越济水而去。

叶皇的目的已达到，他并不再穷追猛打，而是将九黎本部的财物全都转移至神谷和神堡，因为这两地的防守更坚固，尤其是神谷。

叶皇俘获了不少九黎子民，这些人全都被充作奴隶。

叶皇知道，有些人可以与他们好好谈，但是有些人却是不能够与其客气的。对敌人的仁慈，必须有一定的环境和条件，否则那只是对自己的残忍和不仁。龙族与九黎之间，早已结下了深仇大恨，这些绝对不是小恩小惠所能化解的，因此叶皇选择残酷到底。

风水轮流转，九黎人绝没想到会有这么一天，但这却是不争的事实。

在这个弱肉强食的世界中，一切都是残酷的，没有谁能够在短期内改变，除非是真正地能够求得天下的和平与安定。

叶皇此刻所要做的却是要将这个属于九黎的地方，变为龙族和华联盟强有力的基地，这个地方的战略价值极为重要。

叶皇看了尚九长老的飞鸟传书，也深深地吃了一惊，他确实没有料到叶帝竟然是高阳氏的乘龙快婿，而且高阳氏还欲大力助叶帝与有熊争霸天下，这的确令他有些头大。不过，叶皇却并没有兴致此刻便与高阳氏决战，而是要巩固九黎周围的诸小部落，并自范林调来子民，以控制这一带，且准备长期地此劳作，开耕荒地。

叶皇身边除数百有熊战士外，还有一千多龙族战士，另外便是神谷和神堡之中的一些被释放的奴隶。这些人稍加训练都可以成为精锐战士，尤其是神谷中的那数百奴隶，他们的身手并不比经过强化训练的龙族战士逊色，甚至有很多人还是高手，只是这些人需要调整身体。

神谷本来就是关押一些身份特殊，或是极不好管理的奴隶之所，并不是随便什么奴隶都可以进入神谷的。因此，叶皇释放了这些奴隶，等于是给自己增添了一股生力之军。

这次攻九黎叶皇所带的两千多名战士也死伤了数百，有熊战士只剩三百余人，龙族战士也折损了三百余人，但这些损失却换回了整片九黎大地，是值得骄傲的战绩。

叶皇调出数百有熊战士，让他们到共工氏与尚九长老会合，再迅速返回熊城。

叶皇是担心尚九长老在路上遇到蚩尤部将的追杀，因此才有此安排。

另一个原因，却是因为这些人不宜太久地远离家乡，在此地甚是想念家人，所以叶皇安排他们返回熊城。当然，这里并不缺少人手。

这些有熊战士返回熊城，同时也顺便运回了一些得自九黎的战利品。

少昊总算逃回了辈育城，但是却迎来了另一个噩梦，那便是九黎竟被叶皇剿灭！不仅如此，东夷西部更是被有熊击得无还手之力，很多部落都已降伏于有熊。更传来消息称，许多属于东夷的大部落，竟相继归降于魔帝蚩尤，包括禺夷和莱夷这样的强大部族，现在仅剩少昊的本部穷桑和高辛部仍未投靠蚩尤。

少昊听到这些消息时，顿时蒙了，整个人再也支撑不住，伤疲气恼之下，这位绝世高手竟然昏了过去。

这下可把帝大给吓坏了，数十年来，他从未见过少昊如此失态，众人手忙脚乱地弄醒少昊，却都不知道该说些什么好。

少昊的确是伤疲不堪，在与刑天的交手受伤之后，又被刑地疯狂追杀，等他支持到辈育城之时，几乎已是精疲力竭，这是百余年来从未发生过的事情。

少昊总算回到了辈育城，可以凭坚城紧守，他的心稍安了一些。但谁知，就是因为这次北征，却把老家送给了别人，这简直是赔了夫人又折兵，他辛辛苦苦经营了百余年的基业全都毁于一旦，这简直是一种讽刺！即使是少昊修为再高，一时之间也受不了这些刺激，所以才昏了过去。

“少昊，要节哀顺变呀！”帝大倒是对少昊忠心耿耿。

少昊怆然笑了笑，他知道帝大的意思，也知道此刻即使是愤怒、生气也没有用处。

“想不到我少昊一生要强，却因一着失算，败给了轩辕这毛头小子，真是报应啊！”少昊长长地叹了口气道。

帝大一听轩辕这个名字，指节便发出一串爆响，杀气如潮地道：“我一定要将他碎尸万段！”

少昊讶异地望了帝大一眼，问道：“又是这小子亲征九黎？”

“不，是叶皇，但却是轩辕的诡计。五弟、十弟、十八弟全都战死，我与他们结下的仇怨不共戴天！”帝大神情蹙然，咬牙切齿地道。

少昊一震，他明白帝大的意思，也明白了帝大的心情。

“报……”几名探报迅速步入宗庙的大厅，来到凤妮身前一跪，道：“报太阳，东夷驻于三阿的军队正向丁、庚二城逼近，似乎欲进攻我们的外围连城！”

“哦。”凤妮讶然望了探报一眼，又与元贞长老诸人相互递了个眼色，最后目光落在伯夷父身上，问道：“副总管有何高见？”

伯夷父想了想，眉头微皱，道：“少昊在北方吃了大败仗，已经退回了辇育城，而他东夷此刻更是处于水深火热之中，难道说他还敢孤掷一注，来犯我有熊？依我看，三阿军之所以调动，可能只是怕我们去袭击少昊，而牵制我们。”

“如此说来，岂不是说少昊很可能想自辇育撤回穷桑，然后布下疑阵，为他们的撤退作掩护？”凤妮闻言眉头一舒，喜道。

“很有这种可能，少昊得到一座空空的辇育城又有何用？若是连穷桑也丢给蚩尤了，那他岂非得不偿失？少昊是个聪明人，应该知道，唯有返回穷桑加以自保，或是联合太昊，才能够对抗蚩尤的压力，否则的话，连他自己也只能成为蚩尤的阶下之囚，这是毫无疑问的！”伯夷父分析道。

“这样说来，我们根本就不用去理会他们？”元贞长老有些惑然地问道。

“我们没有必要去阻止少昊返回穷桑，如果有少昊牵制着蚩尤，也使蚩尤多少有些顾忌，不能全力向我们出手！相信少昊不会傻得不先对付蚩尤这个大敌，而来对付我们。”伯夷父自信地道。

吴回诸人也点了点头，认为伯夷父的分析确实是有道理的。

“那一切就依副总管所言，我们只需密切监视辇育城的动静，和驻在三阿东夷人的动向就行了。”凤妮想了想道。

“慢！”一个苍浑的声音自殿外传来。

众人循声望去，却只见一个矮小的身形大步流星般跨入，此人虽身形矮如侏儒，但那气势却是极为霸烈。

“地神！”伯夷父讶然叫了一声。

来者正是地神土计，凤妮也没有料到土计竟会在这个时候突然赶到，不由得招招手，悠然道：“给地神赐座！”

“谢太阳！”土计抱拳谢过，却并不坐下去，而是立在殿心，声音有些急促，“我来是有急事向太阳禀告，并请太阳让丁、庚两城加强防范。”

“哦，这又是为何？”伯夷父讶然问道，众人的目光也全都投向了土计，不知道土计何以突然之间会说出这番话来。

“刚才太阳和副总管的话土计已听得很明白，但是有一点太阳和副总管并不知道，三阿的东夷军已经密降了蚩尤，因此他们的调动，便不太可能是为少昊作掩护这么简单了。依我看，他们想夺我们丁、庚两城的可能性比较大！”土计肃然道。

“什么？”伯夷父和凤妮同时吃了一惊，宗庙大殿之中的所有人也吃了一惊。

“地神的消息是从何处得来的？”凤妮神色凝重地问道。

“土计此消息乃是亲耳所听，我刚才正是自三阿而返！”土计认真地道。

众人一愣，他们确实没有想到土计竟是自三阿返回，土方寨建成才不到十余日的时间，土计竟然有心情跑到三阿去，这确实让人感到意外，众人更想知道土计前往三阿究竟是所为何事。

“地神居然去了三阿？不知地神此去三阿又是何为何事呢？”无咎长老惑然地问道。

“土计既降有熊，又得有熊如此厚待，常静思无以为报，是以土计只是想去三阿密探一下少昊的军情，也好为太阳扫平少昊出一份力。但土计却在三阿得知蚩尤亲临三阿，更将少昊那几个留在三阿的主帅给征服了，眼下整个三阿的兵力全都变成了蚩尤所属，因此这才急忙赶回向太阳禀报！”土计并不在意无咎长老那怀疑的态度，反而向凤妮慷慨陈词。

“地神可真是有心人了！”凤妮欢欣地赞道，她心中确实很高兴，土计能够如此想，实未负她对土方部的一切支援。

“难道连少昊也会不知道这个消息？”元贞长老也有些讶异地问道。

“这或许是少昊的失误，他今次北征，所带来的人中，大部分都是昔日蚩尤的旧部，事实上少昊早就想到了这些蚩尤的旧部不太可靠。因此，他便故意让这些人前来攻打鬼方，即使是这些人死伤惨重他也不会有丝毫可惜，那样换来得也许只是削弱蚩尤的力量。只可惜他的如意算盘打错了，这些人也看穿了少昊的心思，所以这些人都愿意再投向蚩尤，消息也便被封锁了，少昊大概也没有这么快就知道。”土计解释道。

伯夷父点了点头，他知道土计所言是有道理的。事实上，就是少昊知道了又能如何？

天下间又有谁能是蚩尤之敌呢？即使少昊也不例外！因此，便是少昊知道也不能怎样，此刻的少昊根本就不可能与蚩尤正面为敌。

“如此说来，蚩尤确实是想来对付我们了。”伯夷父吸了口气道。

“事实上，我们的斗争已经开始了。”凤妮并不意外地道。

众人皆点头，只凭盘古智健领兵攻打君子寨，便表明了蚩尤欲战有熊的先兆。

“那我们该怎么办？”元贞长老惑然问道。

“依土计之见，我们不如先下手为强，蚩尤虽然可怕，但他却不一定守在三阿，我们只要避开蚩尤出击，还会怕谁？”土计肃然道。

“嗯，地神之见甚为有理，蚩尤虽然行踪十分诡秘，但却无分身之术，而我们兵多将广，可以分数路出击，蚩尤又能奈我何？”伯夷父悠然道。

“副总管是说，我们出兵攻打三阿的同时，亦要剿灭盘古智健？”

“不错，如果蚩尤在三阿，我们或许难以讨到便宜，但盘古智健定会全军覆灭！因此，我们也不会算亏，至少我们可以打通与陶唐之间的通道，如果蚩尤在……”

“报……”一声急呼，一人影自外踉跄奔入，神色似乎有些气急败坏。

伯夷父有些不悦地刹住话音，一看来人，不由得吃了一惊，只见此人浑身血污，气喘不休，最让伯夷父吃惊的，却是此人竟是庚城的天机祭司。

“究竟发生了什么事？”伯夷父吃惊地立身而起，急问道，他的心中更升起了一丝不祥的阴影。

“回禀太阳和副总管，大事不好了，城主被蚩尤所杀，丁城被东夷所占！”天机祭司几乎是带着哭腔说话的，他真的急了。

“什么？”大殿之中的所有人全都傻了，天机祭司的话犹如晴天的一个霹雳，只让人都傻眼了。

事情发生得实在太快，自土计带来三阿的消息，到天机返城，这之间简直没让人喘过气来，而一切就这样成了定局，怎叫他们不发愣犯傻？

“小的乃是拼死杀出城来，蚩尤的武功根本就没有人可挡，没有战死的兄弟全部降敌！还望太阳和副总管定夺！”天机祭司蹙然道。

大殿之中静得落针可闻，这个消息实在是让每一个人都难以接受和回过神来。

“太阳！”土计也呼了一声。

凤妮和伯夷父这才回过神来，两人的脸上皆布满了忧郁之色，表情极为古怪地相互望了一眼，凤妮一时也没有了主意。

有熊的十大联城向来固若金汤，谁知今日竟莫名其妙地失去一城，这怎不叫人震惊和担忧？

遇到这个棘手的问题，连伯夷父一时也不知道该如何才好。

“迅速通知丁、辛二城，叮嘱其必须加强戒备，并要多派高手增援兵力，对庚城加以孤立，绝对不能够再让蚩尤扩大战果，并随时准备对庚城进攻！”凤妮果断地道。

“太阳之策甚好，唯有多派高手，不让蚩尤有独闯一城的机会！若是他们强攻，我们根本就不用担心！”伯夷父沉声道。

土计也颔首，他再也不敢小视这位女流之辈，身为太阳毕竟有过人之处，自凤妮如此快便镇定下来，而且如此果断地下达命令，就知道她绝不简单。

“大祭司，请立刻调集一百二十名死士，分头日夜保护丁、辛二城的城主，不让蚩尤有任何可乘之机！”凤妮向吴回沉声吩咐道。

吴回也知道事态的严重性，面对蚩尤，唯有调动那些不怕死的死士，才有可能面对蚩尤而不退却。当然，死士的武功也是熊城之中唯一可与金穗剑士相媲美的组织。一百二十名死士，也便等于一百二十名金穗剑士，若是这些人只为了保护两个人，每组六十人，即使是太昊和少昊也不可能讨得了好处。

最要命的却是这些人毫不畏死，更可随时准备同归于尽。因此，这些人的杀伤力绝对可观。

吴回所训练的死士更有另外一个特点，那就是在迫不得已之时，他们会以自残的形式将自己的功力在刹那间提升三至四倍，短时间过后将会成为废人或是死去。因此，这些人是最可怕的，也正因为如此，吴回这大祭司的地位可与元贞和轩辕并列。当然，这几人之中，轩辕的权利是最为实在的，只是三人所分管的事情各有不同而已。

如今轩辕不在熊城，吴回和元贞及伯夷父则成了支持凤妮的铁三角了，因此，每次议事，吴回都是必须参加的人物。

“传斧营统领鱼奇、枪营统领秋横、土木营统领白成进来见我！”凤妮向大殿之中的宗庙卫士吩咐道。

宗庙卫士迅速而去，他们是保卫宗庙的主力，更随时传达宗庙的旨意。这些人和太阳战士及死士一样，绝对忠于有熊，且这些人全都是百里挑一的精锐。

“土计请坐，我还有要事想让地神出力。”凤妮似乎稍稍平静了一些，示意土计坐下，神色稍缓道。

“太阳只要有用得着土计之处，土计定当粉身碎骨也万死不辞！”土计慨然道。

“地神言重了。”凤妮心中也极为感动，众长老也大为感动。

“我想让地神潜入庚城之中，随时探听蚩尤的动静，只要蚩尤离城便立刻传讯给丁、辛二城，不知地神认为可行否？”凤妮客气地道。

土计一抱拳道：“土计明白该如何做，这点小事，定不会有失！”

凤妮笑了，笑得很坦然，很自若，仿佛并没有蚩尤的威胁一般。

土计不禁暗生感慨，凤妮确实是女中英杰，面对如此强敌，竟能够这样快便镇定下来，确实需要过人的胆识，更要极深的心灵修养才能做到这一点。

即使是久经沙场的战将，便是伯夷父也不能不为蚩尤而心头发毛，可是凤妮却能如此平静以对，这不能不让人感到惊讶。只凭这一点，便足以证明凤妮绝对可以担当起重任。

“报……”一声长长的急呼，一条人影极速奔入，与天机祭司并肩而立。

“太阳，大事不好，丁城失守，被三阿的东夷军攻破！”那人“扑通”一声跪在地上，喘息道。

众人又是一怔，这才发现进来的人竟是丁城副总管铁力。

铁力神情疲惫，狼狈至极，满面风尘，很明显是长途跋涉。

“城主铁青呢?”伯夷父沉声问道。

“城主败走丙城，这有城主的信。”铁力努力地平复了一下心情，自袖间掏出一个竹筒双手呈上道。

一名金穗剑士接过，掏出竹筒之中的布帛交给凤妮。

凤妮一看，神色变得极为凝重，然后愣了愣神，才半布帛轻放在桌案上，深深地吸了一口气，问道：“是盘古智高?”

“不错！正是盘古智高领着三阿东夷兵杀入城中的。”铁力沮丧地道。

“丁城防守严密，盘古智高怎么可能轻易攻进?”伯夷父有些不相信地道。

“因为城中出了内奸，这才使得盘古智高能顺利攻入！”铁力的头低得更低。

凤妮望了铁力一眼，又望了望吴回，道：“那群死士便分至丙城和辛城吧。”

“请太阳治属下之罪吧，是我们大意了！”铁力伤心地道。

“这不关你们的事，天机祭司和铁副总管，你们先去歇息一会儿，待会儿再召你们。”凤妮深深地吸了口气道。

铁力望了一眼天机祭司，同时也吃了一惊，他似乎意识到庚城也失守了。

君子寨的防守是无话可说的，盘古智健虽然厉害，但是以他一人之力，却也不敢独闯君子寨。

尽管君子国单打独斗无人是他的对手，但毕竟双拳难敌四手，群蚁可食象。君子国中虽无绝顶高手，但高手却并不少，这是君子国数百年传下来的剑道文化所使然。剑已经是他们的灵魂，因此君子国的每一个人对剑道的修为都不俗，所以盘古智健也只好在寨外与君子寨相对峙了。

事实上，盘古智健也在防备君子国内的突袭。

君子国的力量绝不容小觑，它并不像屯马谷那般，至少君子国有坚寨相守，而且高手如云，若双方真正地交战，盘古智健的人马并不会占到任何的便宜。

君子国并没有及时出击，似乎他们并不想与盘古智健正面交锋，只是与盘古智健默默地对峙着。

鱼奇、秋横和白成以最快的速度赶到宗庙大殿，太阳的召见，不用猜也知道是所为何事。

此刻战火纷起，来自蚩尤的威胁早已不是什么秘密，只是没有人会想到战火会以最快的速度烧到熊城之中。

凤妮的神色很平静，像是根本就没有事情发生一般，即使是伯夷父也不得不佩服凤妮的镇定，这确实是一种难得的大将风范。

鱼奇和秋横有些讶异，入殿行礼之后，问道："不知太阳传来属下等有何吩咐?"

"我要你们三人各领一路战士去支援丙城和辛城!"凤妮开门见山地道。

鱼奇和秋横及白成全都一怔，他们还不知道丁、庚二城已经被蚩尤所占。

"现在丁、庚二城已经为蚩尤所夺，因此你们应该明白此行的任务是什么了。"凤妮沉声道。

"什么?"鱼奇等三人全身一震，脸色数变，都有些难以置信地反问道。

"此次由副总管指挥全军，共领三千战士支援。你们三人立刻去调集各自的部下，马上起程!"凤妮沉声道。

伯夷父闻言也微微吃了一惊，反问道：“太阳要调三千战士？”

“不错，你可以挑选一千精英，另外即时召集两千预备军，凑齐三千，一定要夺回丁、庚二城！”凤妮认真地道。

伯夷父点头应是，他的心中有些沉重，不过，他知道凤妮对丁、庚二城的重视是无以复加的，鱼奇、秋横、白成三支人马再加上丙、辛二城的战士，凑起来至少达五千兵力，若以这般强大的兵力都无法对付蚩尤，那他也无颜再见凤妮了。

“副总管此次前去，不要硬战，而应与之对峙，并断其外援，孤立两城，设伏于丁、庚两城之间，断其联系。蚩尤去则战，蚩尤回则休，定要让其首尾难以兼顾，各个击破！”凤妮冷静地道。

伯夷父一听，心中大感叹服，点头应道：“伯夷父明白，定不让太阳失望！”

土计也点头叹服，只听凤妮寥寥几句，便可知凤妮确实是雄才大略，善于用兵，也难怪有熊能够在轩辕和凤妮这两个年轻人的手中如此迅速地重振声威了，这说明他选择投靠有熊是明智之举。

“那太阳准备如何对付盘古智健的那支敌军呢？君子国需要我们的接应。”元贞长老提醒道。

凤妮淡然一笑道：“盘古智健的那支人马不足为虑，他只不过是蚩尤的一个幌子，蚩尤只是想利用盘古智健来吸引我们的注意力，他才好以迅雷不及掩耳之势自东面夺我坚城，现在他的目的已经达到，盘古智健之军将不战自退。”

“哦。”元贞长老有些不敢相信地低吟了一声。

“元贞长老，迅速传书黄叶族，让他们断了盘古智健东去之路，令昆夷部设伏于已城南五十里外的铁风岭！”凤妮沉声吩咐道。

“元贞明白！”元贞长老立刻退去。

“副总管可以立刻去征集人马了！行动越快越好！”凤妮语气果断而坚决。

“地神，凤妮还有一个任务非你去完成不可！”凤妮吸了口气，认真地道。

“不知是何事，太阳但说无防。”土计恭身站了起来，他心中对凤妮多了无限的敬重，只凭凤妮那指挥若定的气度，便足以让他心折。虽然他的辈分比凤妮高出甚多，可是作为一个降将，凤妮对他却如此推心置腹，连军事部署也不隐瞒，确实让他很是感动，此刻即使让他去为凤妮战死，他也会毫不后悔。

“我要你配合副总管去烧了丁、庚二城之中的粮草！”凤妮认真地道。

“这个简单！”土计悠然道。对于这些事，正是土计最为拿手的，天下间，没有他去不了的地方，土方部的战士，会遁地之术者极多。当然，土计的遁地之术乃是天下之绝，即使是蚩尤也难奈他何，因此土计极为自信。

凤妮含笑点了点头，道：“地神一切要小心了！”

“谢太阳的关心！”即使是土计，也难以抗拒凤妮的魅力，大有受宠若惊之感。

“请大祭司传书范林，让其密切注意高阳和有虞两部的动静，如果两部欲北上或东进，则给予无情的伏击！更通知联盟诸族，只要看到盘古智健的人马，便发动偷袭！任何东夷部和可疑人马欲进入唐山附近，立刻传报！”凤妮不紧不慢地传令道。

“西南有陶唐氏，只要陶唐氏加以防备，应该没有人能够自西南进攻，欲来者，只可能是自东南或东面入侵，因此我们所防的重点应该在这两面的联城之上，不知太阳以为然否?”吴回出言问道。

“大祭司所言甚是，我们确应加强东面和东南面的城防！”凤妮点头道。

少昊还没有来得及喘一口气，便听到了三阿的东夷大军竟然也依附了蚩尤，这简直是对他的心情来个雪上加霜，他是欲哭无泪，此刻即使想返回穷桑都有些难了。

少昊心中的恨，确实是无以复加，但是那又能怎样？这个世上，他只惧两个人，一个是重生的刑天，另一个便是蚩尤！相对来说，他惧蚩尤更多一些，因为他手下许多部落都曾是蚩尤的旧部，因此蚩尤对他的威胁是直接对他力量的威胁，而他害怕的事情最终还是出现了。

蚩尤伤势的恢复速度超出了少昊的想象，少昊现在有些后悔当初何以不自己亲自出手对付蚩尤？如若那样的话，至少可以使蚩尤一时无法找到可以寄托的躯体，在那种情况下，以少昊的功力，完全可以毁掉叶帝，这绝对不是空谈。只可惜少昊那时怕自己受伤，那是因为他害怕在他受伤之后反而会被太昊或有熊所乘，不过此刻后悔已迟了。

少昊绝对不甘心，作为强横了一百余年的他，绝对不会甘心就这样失去自己的一切。

“报……”少昊正生气、痛心、后悔之时，门外传来了前方探报的声音。

“进来!”帝大沉声喝道。

外面的探报大步跨入，在少昊面前屈膝跪地禀道：“报少昊，鬼方敌军已经抵达城外，请少昊作出决定!”

“让我去会会他们!”帝大沉声道，转身便要出去，但却被少昊给拉住了。

“慢，我们一起去城头看看吧。”

帝大望了少昊一眼，道：“少昊先在此休息一会儿，便由属下去好了。”

“不，我感到刑天应该跟来了，你根本就不是他的对手!”少昊深深地吸了口气道。

帝大知道少昊心意已决，也便不再出言相阻，只好与少昊并肩走出帐门，来到北城城墙之上，放眼下望，帝大和少昊不由得吃了一惊。

“好重的杀气!”帝大心中暗呼了一声，以他这等超级高手的灵觉，已清楚地感应到这股杀气的不寻常。

城外，北风凄寒，尘土渐息，鬼方战士竟达数千之众，显然鬼方战士已经倾巢而来，包括生活在极北绝域的鬼方战士。

刑地一牛当先，杀气腾腾，整个人便像是一柄噬血的剑一般涌动着无尽的杀机。

杀机还来自刑地那柄开天斧，但真正的杀机却没有人知道来自何处，仿佛在虚空之中笼着一层挥之不去的死气。

“刑天来了!”少昊肯定地道。

帝大知道，刑天确实来了，只是他们根本就不知道刑天在哪里，但是刑天的气势却难以瞒过帝大和少昊的感觉。

“少昊，你是缩头乌龟，有胆就出来与我一战!”刑地在城外高声叫骂，而刑地身后的鬼方战士也跟着起哄、笑骂，只将帝大气得全身打战，但是少昊却稳住了帝大，不允许他出战。

“绝对不可动怒!”少昊有些无奈地道，他知道，此时若是出战的话，他这最后的根据地也会就此失去。那时候，他还真的是无处可逃了。

少昊怎也没有想到，他最后居然是借鬼方的荤育城来挡鬼方军，这简直是个讽刺！事实上，刑天居然还活着，这也不能不算是个意外。

当然，少昊并不知道刑天之所以能够苏醒过来，只是因为他与太昊交手之时，那绝世杀机激活了刑天存于灵魂深处的战意和魔念，而战意和魔念正是刑天精神的支柱。因此，他苏醒了，否则的话，只怕刑天会永远地沉睡下去。

“紧闭城门，加强戒备!”少昊沉声道。

第一百三十九章　魔主亲征

帝大知道少昊心中的苦处，是以，他并不反对，但是他的眉头却皱了起来，有些忧虑地道："如果我们在此待下去的话，结果可能会有败无胜，因为此地已是一座孤城，粮草已不能支持多长时间了！"

少昊的眉头也皱了起来，他知道帝大的话意，此刻三阿的战士都已经降伏了蚩尤，自然不可能再为他们支援粮草，而在荤育城之中的粮草很有限，如果他们仍要呆下去的话，只会被困死在城中，再无第二条出路，除非他们愿意降伏有熊，但这怎么可能？以少昊的身份和地位，让他向一个毛头小子臣服，无论如何也让少昊无法接受。

论武功，轩辕比他还差得远；论智慧，虽然轩辕拥有着无可想象的智慧，但是少昊绝不会承认轩辕可以凭一些小聪明便可以征服得了天下。因为任何事情到了最后，仍不能不凭真正的实力去争去抢，而且以轩辕为主体的有熊与他已经结下了深怨，至少叶皇灭了九黎，与帝大已经结下了不可解开的仇恨。帝十战死，帝十八战死，帝五也战死，帝氏兄弟几乎都是死在轩辕和叶皇的手中，连帝恨也就这样死去了，帝大怎么可能会降伏有熊呢？

少昊更不可能是甘居人下的人物，称雄一百余年，他宁可战死也不愿降伏！

"不错，我们应该尽快撤出荤育，返回穷桑，只要我们回到了穷桑，就可修生养息，重整旗鼓！"少昊叹了口气道。

帝大深深地望了少昊一眼，半晌才吸了口气道："属下有一计可以使蚩尤和刑天两败俱伤！"

“哦，那还不快说?”少昊一听大喜，催促道。

“但这却要委屈少昊。”帝大有些犹豫地道。

“但说无妨。”少昊仿佛是在危急之时抓住了一根救命的稻草。这几天来，他都被一些糟糕的烂事弄得头都晕了，哪里还有什么主意?而且他的伤势尚未好，这也影响他的思路。

“少昊认为究竟有多少东夷部落是真心真意地降伏于蚩尤呢?”帝大突地问道。

少昊不由得一怔，他倒没有料到帝大会有此一问，此刻倒真的有些回答不上来。

“少昊统治了东夷百余年，无论怎么说，即使许多部落皆曾是蚩尤的旧部，但那又如何?除了渠瘦和花蟆之外，其余的部落当年见过蚩尤的人早已老死，此刻人事皆非，新一辈只会记得少昊你的功德。因此，在东夷，少昊的威望绝对高于蚩尤!”帝大肯定地道。

少昊经帝大如此一提醒，似乎意识到了什么，半晌才反问道：“你是说这些人降于蚩尤，只是一时的权宜之计?”

“可以这么说!”帝大笑了笑，接道，“那只是因为少昊无法兼顾东夷诸部，而又有有熊之患，蚩尤只是乘此机会威逼利诱，才使这些部落降伏，因为谁都不想自己的部落灭亡!在不能抗拒蚩尤武功的情况下，他们只好选择投降了，但是这种降伏是不稳定的。因此，少昊你完全有机会再重新成为东夷之主!”

少昊一听，眉头也渐渐舒展开来，他的思路亦慢慢地回转过来，开始思索这之间的关系，同时也明白了帝大话中的意思。

“只要让蚩尤与刑天交上手，我们便可乘机夺回原本属于我们的实力?”少昊问道。

“不!我要少昊也去依附蚩尤!”帝大沉声道，目光一瞬不瞬地注视着少昊的表情，似乎是想看看少昊的反应。

“什么?”少昊脸色一沉，望着帝大，他倒没有料到帝大说出的竟会是这样一个提议。

“这乃是一时的权宜之计，也只有这样，少昊才能够不起疑地暗中去争取属于我们的力量，否则蚩尤绝不会给我们任何机会!”

少昊的脸色变了数变，他自然是个聪明人，知道帝大所言并不假，如果他不依附蚩尤的话，蚩尤绝对会时刻提防着他，说不定还会与刑天联手，干掉自己，就因为蚩尤也知道如果不除掉自己的话，军心便很难真正的稳定。

帝大见少昊的脸色，他知道少昊的心思松动了。当然，少昊也明白了他的话意，是以，帝大心中稍感欢喜。

“我们假投蚩尤，这样还可以引起蚩尤和刑天的矛盾。如此一来，我们甚至可以暂敛一下锋芒，看着蚩尤与有熊火拼。日后只要我们找到了机会，自然可以除掉蚩尤，而得回我们应该得到的东西！只要蚩尤一除，那时候，有熊定也元气大伤，这个天下还不是我们的？这就是所谓的忍一时之气，成大事者，何拘小节？”帝大语重心长地道。

少昊不由得心头有些松动，帝大的计策确实够高明，这个世上并不是全都要靠武力来解决问题，就像轩辕，只凭几个小计便将天下三大顶级高手耍得团团转，天魔罗修绝甚至还死于非命，他和太昊则与鬼方拼得不亦乐乎，真正的得益者反而正是轩辕。因此，有时候，心计确实是极为重要。

少昊最难放下的就是颜面，他作为一代霸主，要他在突然之间去降伏于别人，这确实很难堪。

“除了此法之外，只怕没有更好的办法了，眼下的僵局我们必须打破。否则，只怕我们很难回到穷桑！”帝大忧心忡忡地道。

少昊长长地叹了一口气，是的，他明白，舍去帝大的建议，他已经没有更好的路子选择，除非他投降有熊，但是降伏有熊，对他来说更是屈辱！而且，这更是对他没有一点好处。

“蚩尤会这么轻易地相信我们吗？”少昊叹了口气，有些担心地问道。

“当然，我们必须演好这场戏。首先，要让蚩尤觉得我们已是走投无路了，这样他们便不会怀疑我们投降的可能性，另外则要开出我们的条件，少昊更要有分寸地表现出自己的尊严，要让他们感到你并不是走投无路，而且还拥有几分傲气……”

“这岂不是矛盾？”少昊不解地截断帝大的话语，问道。

“不错，就是要这种矛盾存在，蚩尤才会相信你是真正地降伏于他。

他只会认为你是在爱面子，故意抬高自己的价值，但他绝不会将之拆穿，因为他此刻正值用人之际，有你这样一个绝世高手相助，那他对付有熊或伏羲氏岂不是如虎添翼？因此，这个矛盾使他以为你心中很矛盾，这乃是你心中最正常的心态。你身为一代霸主，在降伏另一个人时不是这种心情才怪。如果蚩尤感觉出了你心中很矛盾的话，他为了想你为他尽心尽力，定会调节你低落的情绪而故意向你示好，甚至赋予重职！”帝大肯定地道。

少昊讶异地望着帝大，他很难想象何以帝大这么有信心。当然，少昊知道帝大不仅是个武学奇才，更是一个极度聪明的人。是以，少昊这才对帝大极为看重，视为自己兄弟般的亲信，这也是为何帝大如此忠于少昊的原因。只看帝大对这形势的分析，便可知道他确实是智慧过人。

少昊思忖了良久，心神终于松动了，他也是个聪明人，这一百余年来，他什么事情没见过？什么场面没见过？人情世故，他已经懂得太多了。面对眼下的情况，他唯有赌，放手一赌，要么败得一无所有，连命也赔进去；要么赢回所有失去的土地。

“好，我就与蚩尤赌上一把！”少昊咬了咬牙，沉声道。

帝大笑了，数日以来，他第一次展颜笑了。

盘古智健竟然真的退兵了，是在深夜里，君子国之中的人并没有立刻追击。

雅倩不得不佩服凤妮的神机妙算，她知道盘古智健的出现正如凤妮所猜，只是为了吸引有熊的注意力。

盘古智健选择夜晚撤兵，也是害怕君子国战士的追袭。

君子国战士若是要追袭的话，对盘古智健的压力会极大，至少不会让他顺利走脱。

雅倩并不急，因为她已经估计好了盘古智健的路线。在凤妮的提醒之下，她立刻知道如何去安排一切，至少她要让盘古智健付出更为沉重的代价。

天亮不久，她派出去的第一路由尤扬所领的四百战士归返，这批人折损了近百，但是尤扬却带来了喜讯，那便是至少让盘古智健损伤了四倍的人马。

盘古智健连夜撤走，正如凤妮所料，他选择的方向不是屯马谷，而是向西，欲进逼有熊。但他才行出五六里，便遇上了尤扬的伏兵。

尤扬自君子寨西门出发，绕道埋伏，如果盘古智健要去与蚩尤会合的话，就必须自这里经过。因此，盘古智健正中了尤扬的埋伏。

尤扬并不与盘古智健正面交锋，一击即退，更利用机关陷阱使盘古智健的骑兵折损了一两百。由于双方交锋是在夜里，盘古智健根本就不知道敌人的虚实，哪里敢追？只好领兵迅速改变路线而逃。

盘古智健没有料到，他的撤离，将他带入了另一个噩梦之中，他遇到的第二股攻击力量却是来自黄叶族和龙族的战士。

虽然盘古智健的武功绝高，但是龙族战士乃是清一色的骑兵，一番冲击之下，便迅速策马而去。当盘古智健怒追龙族战士之时，黄叶族的战士则狂涌而出，将盘古智健的手下杀得七零八落。

黄叶族的战士并未得势不饶人，一击之后立刻撤军，待盘古智健赶回之时，黄叶族的战士也来去如风地撤走了，只剩下他那些伤残累累、一个个神情沮丧的战士。

这两次伏击使得盘古智健一千余人的兵力折损了七八百之众，只剩下三四百残兵，这几乎让盘古智健怒不可遏。

盘古智健立刻明白，在西去的这一路上，定是已经伏下了许多敌军，他竟不敢再向西进。他不知道后面的途中会发生些什么事，但他却很精明地领着残兵返回屯马谷。

此时屯马谷之中依然驻着一千名蚩尤的战士，这些人便是负责切断君子国和陶唐氏之间的联系，阻止陶唐氏支援有熊。

盘古智健明白，来的时候他们可以神不知鬼不觉，但走的时候却再也无法保持绝对的神秘，甚至是一步步落入别人的陷阱之中，便像一只大野猪，它可以偷偷地进入一个村庄，但是当它咬伤了人后若还想偷偷地走出这个村庄，那是不可能的，结果只有一种可能，那就是在这个村庄之中作困兽之斗。

蚩尤还是小看了华联盟的力量，小看了这些大小部落联合的作用，同时更忽视了这些部落之间通信的便利。

有熊拥有了韩雁和始鸠两个部落的养鸟高手，足以训练出一群高素质的传信鸟。这些鸟儿可谓是最快的传讯兵，使有熊和诸联盟的部落能够及时地安排兵员的支援，这便够成了盘古智健的必败之局。

盘古智健不该带人返回屯马谷，因为在回屯马谷的路上，还有思过在等待着他。

思过等到了下午，他才真正等到盘古智健的返回，而且是疲惫伤残的败兵。这一战，几乎让盘古智健全军覆灭，仅剩盘古智健与十几人逃回屯马谷。

这个结果很出雅倩的意料之外，她本来很难确定盘古智健会走哪一条路线，是以她让尤扬和思过各领一路人马伏于两处，另一个在西面去有熊方向的必经路口，一个在返回屯马谷的路途。她本以为盘古智健被尤扬伏击之后，思过那一路人马可能白费了，谁料盘古智健竟然又折回屯马谷，这使得思过和尤扬两路人马都起到了作用。

思过大获全胜而归，在屯马谷的敌军前来接应盘古智健之时，他们已经将战斗进行到了尾声，然后全身而退。

盘古智健确实是一个不世高手，尽管他有伤在身，而且经历了这一天来的苦战，但仍能够独杀君子国战士六十余人。当然，他付出的代价是伤势更重，数处关节几乎被割断。

思过也被盘古智健杀得心胆俱寒，这样一个对手，便像是整支军队一样可怕。

当然，一人之力终究有限，不过思过仍无法留住盘古智健，还是让其逃去。

连盘古智健都如此厉害，那他的主人蚩尤呢？其可怕程度，思过根本不敢想象。

蚩尤的威势确实是难以抵挡，虽然伯夷父带了三千战士，更是高手如云，但是蚩尤如入无人之境，如果不是数十名死士拼死相护，只怕伯夷父也要死于蚩尤之手了。

有熊军死伤过千，但蚩尤只是领着数百人出战，在这种情况下却仍大败伯夷父，真让人难以想象。

伯夷父领兵后撤二十里，蚩尤也追了二十里，但后来蚩尤身边也没剩多少战士了，又无法杀死伯夷父，只好退回庚城。

蚩尤返回庚城，这才发现，庚城之中四处升起了火头，竟然有人乘他离城之际，烧了他所有的粮食，更将庚城之中烧得面目全非，甚至是城门大开，城中仿佛被洗劫一空。

东夷军死伤大半，蚩尤一问，才知道城中不知何时潜入了许多有熊军，只等他出走迎战伯夷父之时，这些人便放火烧城，并打开城门，让有熊大军杀入城中。

这些人潜入城中后并不夺下城池的控制权，而只是在城中破坏，东夷人还不知道粮仓是怎样起火的，然后城中四处便莫名其妙地起火了。

城中东夷军一乱之时，这些人便乘机打开城门，有熊大军入内一阵狂杀，只杀得东夷军大败而逃。城中被俘的有熊子民也纷纷助战，东夷军只好败走，死伤近千。

蚩尤回来之时，庚城之中仅有几个逃得大难未死的东夷军，其余的连一个活人都没有，唯有满地的尸体和一些冒着浓烟的屋宇。有熊军显然杀了一通之后又立刻退走，并带走了城中所有被俘的有熊子民，仅留下一座烧得面目全非的空城给他。

蚩尤返回庚城之时，他身边仅有一百余战士，此战他虽然大显神威，杀得伯夷父退走二十里，可说是杀得有熊战士人人丧胆，但是他却败了。

蚩尤心中大怒，更是恨意填胸，他居然中了伯夷父的诡计。不过，这是因为蚩尤的伤势并未完全恢复，否则的话，以他一人之力，岂是那些有熊战士所能抵挡的？

但饶是如此，伯夷父身边的高手也折损无数，根本就没有人能够阻挡蚩尤。只有真正与这万魔之帝交手时，才知道此人是如何的可怕。

伯夷父也吓得出了一身冷汗，与蚩尤相比，他的武功竟是那般脆弱，即使是面对刑地的开天斧，伯夷父也泰然不惧，在鬼方的高手围攻之下亦能够逃脱，他足以称得上是一代宗师级高手，虽比不上太昊、少昊、天魔之辈，但也不比刑地逊色。可是面对蚩尤，他仅能够战上三招便大败，甚至受伤，这怎不叫伯夷父惊骇欲绝？怎不让有熊军惊骇丧胆？

蚩尤一人便力杀有熊战士数百人，这简直不是人，是个魔鬼！所有的阵势对蚩尤全没用处，什么天罡地煞阵，在蚩尤的手下一触即溃，根本就不好使。若非这些死士以药物激发自己的潜力，刹那间功力暴涨三四倍，在短时间中多出几十名超级高手的联手之击，只怕伯夷父也唯有命丧蚩尤之手了。

伯夷父心痛，因为他知道这些死士在潜力激发之后，只会使自身的生机迅速耗绝，大战过后就会死去。同时，他更心痛所折损的一千多名战士。

他总算见识了蚩尤的可怕，如果换作不是蚩尤，而是其他的任何人，哪怕是太昊、少昊，也将成为惨败之人，但此人却是蚩尤。

蚩尤无奈，只好让三阿的战士再居于庚城，虽然这只是一座面目全非的空城，但却依然是一座坚城，战略意义仍在。

蚩尤不明白，何以有熊大军竟能够这么快地便攻开庚城之门，并杀得他的战士毫无还手之力？他更有些不明白，为何有熊军不搬走粮草，而是选择烧毁？

粮草被烧光，城中无一个有熊人，这倒让蚩尤有些难了，他可以不饮不食，但其属下的战将却不能不饮不食，如果他让三阿的东夷军继续驻入城中，就必须再运足够的粮草，那不仅浪费时间，更浪费人力，一个不好，战线拉长了，粮草还不知能不能运来。

蚩尤不得不佩服有熊此役战术的高明，这些人把空城送给他，使他不弃都不行，同时更留下一件令人头大的事情让他去做。

蚩尤岂会不知道，有熊所惧的，仅他一人而已，余者根本就不会放在有熊人的眼里。毕竟，熊城之中高手如云，人才济济，在有熊新一代人物之中，诡计多端，擅于用兵者莫过于轩辕。因此，蚩尤虽勇，却难首尾兼顾，这是他最为头痛的事。

盘古智高虽勇，但此刻却有伤在身，只能勉强独挡一方。在智计之上，盘古智高仍不能与有熊的战将相比，因此，蚩尤最恼之处是手下无战将。

有熊兵多将广，数百年积累下来的战斗经验和人才，乃是有熊最大的资本，而且这时候有熊之人最为团结。因此，相对于东夷、鬼方或是三苗来说，有熊才是最难对付的一股力量。

蚩尤无奈，只好舍庚城而去丁城，与盘古智高会合。不过，他并不担心，因为他还有另外一着棋尚未动用。对于有熊，他是志在必得。

凤妮收到了伯夷父的回报，她也吃了一惊，如果蚩尤真如伯夷父所说的那样可怕，即使是有熊拥有千军万马，依然是难以抗拒蚩尤的威势。

蚩尤本身就是不死之魔，谁能够与之匹敌呢？凤妮不禁想起了轩辕。

轩辕现在又怎样呢？他有没有见到广成子仙长？有没有治好伤势？有没有在广成子仙长那里求得战败蚩尤的法门？凤妮心中确实是极度想念轩辕。

她多么希望此时有个人能够为她出出主意，有个人为她分担一些压力。有轩辕在她身边的日子里，她的生命仿佛总是那般充实，仿佛天下之事都是轻而易举地便可以解决，即使是天魔大军压境，有熊内部局势如此不稳，她也没有丝毫担心，仿佛胜利是必然的，因为她有轩辕。

此刻，轩辕在遥远的崆峒山，与有熊相隔万里，她只能远远地牵挂，唯有在夜深人静之时，拖着疲惫的躯体思念，这难道说不是一种悲哀？

蚩尤的威胁是直接的，任何一个有缺点的人都不可怕，但蚩尤却是一个打不死的魔王！

即使是毁灭了蚩尤的躯体，他也依然可以让自己的魔魂依附其他的身体，便连当年伏羲大神都无法毁灭蚩尤的魔魂，当今之世，又有谁能做到这一点呢？

凤妮收到了辛城的消息，土计火烧了庚城，使蚩尤弃庚城而去。但是，凤妮并没有丝毫高兴，冥冥之中，仿佛有一种不祥的预感在她的心头萦绕，挥之不去，却又不知是为何。

荤育城来了消息，所报的却是一个让熊城震骇的消息，少昊竟然投降了蚩尤！

少昊居然投降了蚩尤，这简直像是一个晴天霹雳，让凤妮半天没有回过神来。

一个蚩尤已经让有熊有种莫可奈何的感觉，若再加上一个少昊，那这场仗还能够打吗？没有人敢想象会出现一个怎样的结果。

一切发生得这样快，也如此让人难以接受，但这一切都是事实。丁城传来了消息，证明荤育城的消息并没有错，而且蚩尤还重用了少昊，使少昊成为一路主帅。

凤妮也不知道这两天是怎么过来的，仿佛头脑之中一片空白，总在等待着坏消息的传来。

少昊与蚩尤的组合，对有熊来说，这几乎是一个挥之不去的梦魇，只让人喘不过气来。

凤妮决定让灵鸠给崆峒山传书，她要告诉轩辕目前形势已经变化得令她无法控制，她简直有预感这一切会变得更糟糕。

凤妮是坚强的，她并不想对轩辕的心情有何影响，因为她怕这封信影响了轩辕的修炼和养伤，她只是略略解说了一下目前整个天下的局势，并道了些思念的话。

凤妮害怕的事情终于还是发生了，少昊大军牵制了伯夷父，而蚩尤又破了乙城，乙城之中虽加强了戒备，但是谁又能阻止蚩尤这魔中之帝的攻击？

蚩尤知道丙城之中高手太多，以他一人之力也难以攻破，因此竟越过丙城而破乙城。这也是凤妮始料不及的。不仅如此，刑天竟然也兵逼壬城，在外虎视眈眈。不过，他们并没有行动，仿佛只是在等待蚩尤与有熊来个两败俱伤，而他们已经夺下了被少昊放弃的荤育城。

正当凤妮在苦思良策之时，元贞长老却神秘异常地行了进来。

“太阳，伏朗在外求见，不知太阳意下如何？”元贞长老淡淡地道。

“伏朗来见我？”凤妮蛾眉一皱，有些讶然地问道。

“是的，如果太阳不想见他，我打发他走。”元贞长老小心地看着凤妮的神色，低声道。

“他可有说什么？”凤妮问道。

“他只是说有急事要见你，却被金穗剑士拦在门外！”元贞长老道。

凤妮望了这些日子来日日守护她的青天和火烈一眼，淡然道：“让他进来吧。”

元贞长老望了望青天和火烈，以及凤妮身边的四个贴身剑婢，他也放心了，有这几位高手在，即使太昊亲自出手，也不可能对凤妮一击成功，何况在门外还有众多高手相护，谅伏朗也不可能有机会对凤妮不利，于是转身出去传伏朗来见。

伏朗大步来到凤妮的客厅之中，凤妮差点都认不出伏朗来。

“师兄，究竟发生了什么事？你怎么会弄成这样？”凤妮似乎吃了一惊，站起身来关切地问道。

伏朗望了望神情有些憔悴的凤妮，似乎也很激动，但他却只是开口问道：“轩辕呢？他在哪里？”

凤妮一怔，又问道：“师兄，究竟发生了什么事？你找轩辕干什么？”

伏朗又望了凤妮一眼，神情有些激动：“师妹，爹也降了蚩尤，我看你还是快点想对策吧，我要找轩辕商量该如何去渡过此劫！依我看，这次真的糟了，你快找轩辕来吧，或许，只有他才有主意！”

凤妮的脸色唰的一下子变得极为难看，伏朗的话就像一个炸雷般轰得她六神无主，便是她身边的青天和火烈也傻眼了。

如果说连太昊也降伏了蚩尤，那有熊还有希望吗？

“怎么会这样？怎么会这样？”凤妮愣了半天神，又无力地坐回自己的宝座之上，像是被霜打了一般，脑中一片混乱。

“师妹，你没事吧？”伏朗也吃了一惊，忙抢上欲扶凤妮，问道。

青天却打横挡在凤妮之前，客气地道：“不劳伏朗公子相扶。”

伏朗一怔，望了青天一眼，又望了凤妮一眼，神情有些愤然。

“青天前辈，没关系！”凤妮向青天摆了摆手，示意道，同时又向伏朗略带歉意地道，“我没事，谢谢师兄告诉我这个消息，请先坐下来谈吧。”说话间凤妮指了指自己身边的另一张椅子。

伏朗神情稍缓，他似乎也没有太过介意青天举措的不客气，只是依顺地坐在凤妮的旁边，有些怜惜地望了凤妮一眼，心痛地道：“你憔悴了很多，轩辕难道不在熊城吗？”

凤妮点了点头道：“他不在熊城，但快回来了！师兄，请告诉我这究竟是怎么回事？”

伏朗似乎有些失望，但神情又显得有些无奈：“爹在极北绝域与少昊交手之后，元气大伤，后来刑天又大败少昊，我与爹便想立刻返回部落，谁知却在半途遇到了蚩尤！爹败给了蚩尤，在迫不得已之下，只得降伏于蚩尤，虽然我们极不愿意，但蚩尤的武功实在太可怕了，他简直不是人！”

凤妮和元贞长老的脸色都很难看，他们不敢想象，蚩尤加太昊再加少昊，这是怎样的一种组合，天下之间哪还会有这三个人办不成的事？哪还有人能够抗拒这三人的魔威？

这三个人的组合，其本身就足以摧毁任何人的斗志，包括凤妮在内。

“我看爹很可能要帮蚩尤来攻打你们，师妹还是快些作准备吧。”伏朗有些急道。

凤妮沉吟了半晌，苦笑着望了望伏朗，吸了口气，问道：“师兄来到熊城，师父知不知道？”

“他不知道，我是偷偷跑出来的。”伏朗肃然回答道。

“若是天要亡我有熊，岂是人力所能抗拒的？也只能走一步算一步了。”凤妮叹了口气道。

“难道连轩辕也想不出办法？”伏朗似乎仍有些侥幸地问道。

凤妮苦笑了笑，心中禁不住又想起了那身在万里之外的轩辕，凤妮倒没有想到连伏朗都这么相信轩辕的智慧，难道轩辕便真的可以应付眼前的死局？如果有轩辕在的话，他会如何去面对这一切呢？

元贞长老心头也很沉重，但他仍不得不为轩辕骄傲，一个能让敌人尊重和信赖的人，这确实是值得他去骄傲。可是轩辕此刻在哪儿呢？他知不知道熊城遇上了有史以来最大的危机呢？

陶基也被震惊了，如果说太昊、少昊都依附了蚩尤，那这场仗还能打吗？这个世上有谁能够成为他们的对手呢？

陶基的眉头皱得很紧，当年蚩尤和刑天两魔联手，天下间至少还有伏羲大神、女娲娘娘和王母太虚这几位大神的存在，可是当今之世，谁能是蚩尤之敌？谁能是刑天之敌？谁能是少昊、太昊之敌？

如果只是少昊和太昊，陶基或许还不惧，可是蚩尤却是无人能敌之魔，甚至是打也打不死的魔鬼，这样的对手怎能不叫人心惊？

有熊战局吃紧，陶唐氏岂能闲着？无论对手是谁，陶基相助有熊是义无反顾的，这便是所谓的盟约，更因为陶唐氏与有熊那深厚的交情。

当然，另外一个原因则是唇亡齿寒。如果有熊被灭了，陶唐氏岂能独善其身？到时唯有投靠蚩尤一途，但陶基绝不想这样！是以他立刻出兵相助熊城，更是亲自率领两千陶唐精锐相助熊城，而他所做的第一件事，就是要扫平屯马谷之中的敌军！

君子国也出兵策应，陶基所领的陶唐战士锐不可当，便是盘古智健也根本起不到任何作用。

陶基已很多年未曾真正地与人交手，世间知其武功的人并不多，但在这一战之中，他让世人见识了他的可怕之处。

盘古智健虽有重铠护体，功力超绝，却仍只在第五十七招之时，命丧陶基的重枪之下。

陶基的枪，无人能阻，屯马谷之中所有的敌军尽皆全军覆灭。

陶基并没有止步不前，而是迅速赶往有熊支援。因为到目前为止，有熊已连失四城，蚩尤大军即将直逼熊城，连伯夷父也受伤不轻，有熊的形势可谓危矣！因为根本就没有人能够阻止太昊和少昊的攻势，蚩尤的攻势那更是挡无可挡！

有熊的子民虽然齐心协力，但是在这些绝世凶魔面前根本就没有用处。

叶皇和柔水也听说了熊城的危机，凤妮的告急信已经四面传发。

叶皇也顾不了神堡之事，让蛟龙主持九黎事务，而他则与柔水领着一千精锐火速赶返有熊！因为他知道，或许这个世上只有他才有机会对付蚩尤，因为蚩尤与叶帝已合为一体！

叶皇很快安排好九黎和祝融之事，他知道，以蛟龙之智，以共工和龙族之力，应该可以牵制高阳氏北进，那便可减少蚩尤的后援。

崆峒山，积雪初融，花草树木竟在一夜之间全都变了样。

万花斗艳，草木俱青，仿佛已是阳春三月，天地之间一片祥和，生机勃勃。

所有人乍醒之时，皆为眼下的景象给怔住了，没有人可以掩饰得了内心的震撼，仿佛就像是在梦中犹未曾醒来一般。

此刻尚是深冬，怎么可能会在一夜之间，花木俱荣呢？昨天还是花凋叶残，今日却已万花竞相斗艳，这之间究竟发生了什么变化？

太乙子也为之惊讶，这确实是崆峒山数百年来从未发生过的奇事，只怕是数千年都不可能有这样的奇事发生。

有人在一夜之间白了头那很正常，但是若要在深冬之日，一夜之间万花遍野，竞相斗艳，草木俱荣，这便像是天方夜谭！但崆峒山的这片景象，却又不得不令人相信这是事实。

每个人都以为自己在做梦，甚至有人以为自己一睡便是数月，醒来时已由原来的深冬变成了春天。

天地之间荡漾着一种挥之不去的盎然生机，这种感觉清晰无比，仿佛天下间所有的灵气全都聚敛于崆峒山，鸟语花香，人人心头显得无与伦比的平和安详，无忧无虑，无牵无挂，那是一种超然于尘世之外、悠游于五行之中的感觉。

轩辕已经闭关了数日，但是陶莹却收到了凤妮的两封灵鸠传书。

陶莹和众人已经失眠了数夜，就是因为凤妮的信，但是不知为何，她们昨夜竟睡得无比安详，仿佛是忘记了一切的红尘俗事。直到今天，陶莹还有些奇怪，但此刻感受到这弥漫于虚空之中的生机后，她才明白，是这股生机对她催眠了，因此今日的精神特别好。

“怎么会这样？崆峒山的变化真是好奇怪呀！”燕琼拉着歧富问道。

歧富不由欣慰地笑了笑，道：“不是崆峒山的变化奇怪，而是你的好夫君要出关了。”

“啊……”歧富的话使得众人都禁不住欢呼，他们盼了好多日子，终于盼到了这样一句话，轩辕终于要出关了，这怎能不让他们高兴？

“难道说，这些奇迹是轩辕的杰作？”木青在激动的同时，又有些不敢相信。

“天地万物，以生机为本，正者以生机化物，邪者以生机灭物，如果我没有猜错的话，轩辕应当是已悟出天地之奥秘，他将成为天下间唯一可以战胜蚩尤的人！”太乙子也缓步踱来，以一种极为平和的语调道。

“啊……”众人再次大喜，如果事实真如太乙子所说，那有熊岂不是有救了？

“那我们快去见夫君吧！”桃红迫不及待地道。

“不，轩辕必须自己出关，任何人都不可以接近紫霞洞天，因为他出关之时，紫霞洞天将从此封闭！”太乙子阻止道。

“那又是为什么?”蛟幽有些不解地问道。

“那里将是师尊的安身之所!”太乙子轻轻地叹了口气道。

跂燕正要问个究竟，突听黑豆呼了一声：“看，那是什么?”

众人不由得循着黑豆所指的方向望了过去，不由众皆大惊。

“那是紫霞洞天!”有人叫了一声。

不错，那里正是轩辕闭关的紫霞洞天，但此刻那座山头之上又笼罩着一层涌动的紫气，在朝阳的辉映之下，紫气开始凝结，仿佛那夜的场景又重生了。

紫气凝成了一条腾飞的巨龙，但是与那夜有异的却是今日无狂风暴雨，不再有雷电交加，自然无毁天灭地的煞气，却是一派祥和，天地之间，生机涌动。

“龙！神龙!”黑豆也呼道。

“是的，定是轩辕要出关了，一定是!”木青也有些激动地叫道。

所有人的目光全都远远地凝视着紫霞洞天的上空，仿佛在等待着又一个奇迹的出现。

神龙绕着紫霞洞天盘绕了十余圈，那紫色的龙鳞在朝阳下熠熠发光，那闪着电火的眼睛，那长须长尾，那粗壮的长角，使每个人都无法控制内心的震撼。

歧富和太乙子诸人还是第一次见到神龙，那夜他们在迎霞洞中度天劫，所以错过了观看神龙的机会，今日一见也使他们无法掩饰内心的震撼。

哗……轰……一阵焦雷自天边滚过。

霹……雳……一道强烈的闪电以比阳光更刺眼百倍的亮度直射在紫霞洞天的山顶之上。

轰……远处的紫霞洞天发出一声惊天巨响，万山齐震，仿佛是一场巨大的灾难即将降临，群山颤抖。

紫霞洞天的山顶上在巨震之时冲出一道七彩光芒，直射九重霄汉，神龙更是长吟一声，随着七彩光芒直上九重霄汉，破云而去。

哗……整个紫霞洞天的山头全部爆裂，在升起的七彩光芒之中仿佛有一道人影冲天而起。

“轩辕!”跂燕似乎发现了什么，忍不住激动地狂呼道。

但跂燕的狂呼却完全被那山崩地裂的巨响给掩盖了，而相伴这山崩地裂的巨响的还有一道悠长婉转、无限高昂的长啸。

啸声历久不绝，奔腾不息，仿佛是自九天之外遥遥传来，又仿佛是自九幽地底传出，然后再在虚空之中纠结，凝成让人热血沸腾的啸声。

紫色神龙自九霄飞泻而下，直落至那随七彩光芒破山而出的人影身下，一声长吟，竟向迎霞洞天方向飞来。

“轩辕……”所有人禁不住同声而呼。

是的，正是轩辕，他们所见的轩辕仿佛是天外飞仙驱龙而至，全身更笼着一层七彩霞光。

所有人都仿佛是在做梦，一个荒谬而完全不真实的梦。

这怎么可能？难道天地之间真有神龙？难道天地之间真有神仙？

眼前的一切似虚似幻，让人难以置信，其实自一早起来，每个人都只当自己做了一场梦，做了一场无法醒来的梦。

是梦？是醒？还是……

梦和现实究竟有多远？

轩辕越飞越近，连那巨龙的爪子也可看得一清二楚。

蓦然间，天顶一声炸雷轰响，一道血火以无可匹御之势狂泄而下!

轰……血火直砸在龙首之上，神龙一声凄吟，轩辕更是一声怒吼。

天地霎时陷入一片血色之中，看不到天，看不到地，看不到神龙，也看不到轩辕，连花草树木也全都隐入血色之中，仿佛浩渺空灵的世间，只有自己一人在独自飘零。

陶莹大喊，可是她竟喊不出声来，仿佛有一股沉重的压力挤压着她的胸膛，使她无法呼出声来。

第一百四十章　兵退熊城

“轩辕……”凤妮突地惊醒，拥被坐起，额角竟淌出了丝丝冷汗。

“太阳……”四名剑婢吃惊地冲了进来，望着拥被坐起的凤妮。

“太阳，你没事吧?”那四名剑婢小心翼翼地问道，都有些惊愕。

凤妮望了望四人，半晌才回过神来，摇了摇头，道：“我没事，只是做了个梦而已。”

那四名剑婢恍然，但却不知道凤妮在梦中究竟梦到了什么，竟然大呼总管的名字。不过，她们心中也暗暗伤神，在这种大敌当前的日子里，总管又没有音讯，一切都只有靠太阳独力去支撑，也真难为她了。四婢女很明白，太阳每天都在想念总管轩辕，而在晚上梦见轩辕也不为奇。

凤妮轻轻地叹了一声，竟披衣下床。

“太阳，离天亮还有些时间!”四剑婢担心地提醒道。

“我想静静，你们出去吧。”凤妮已没有了睡意，起身缓步来到窗边，推开窗子淡淡地道。

四剑婢相互望了一眼，只好退了出去，她们知道凤妮这些日子来心情很不好，情绪难以常理推断。可是，她们却无法帮上什么忙，只好暗中祈祷，盼轩辕快些归返熊城。

凤妮轻轻地拉了拉披风，天意甚寒，凉凉的风迎面吹来，使她的头脑清醒了不少。

月色似乎还不错，院子之中的梅树散发出淡淡的清香，感觉还是挺舒畅，但在这寒风之中，似乎可以感受到那浓浓的战争气息。熊城，也不算是个安全的地方，战火终会烧来的。

“是啊!”凤妮轻轻地叹了一口气，这难得宁静的夜晚能够再拥有几个呢?

凤妮禁不住又想起刚才梦里的一切，那紫鳞神龙，那被七彩光芒包裹的轩辕，那山崩地裂让人震撼的气势，那直上九霄的龙吟和长啸仿佛仍在耳中萦绕，还有那漫天的血红……

这真是梦吗?为何梦会如此清晰?为何一切都如此真切?仿佛就在眼前发生一般。

现实和梦究竟有多远呢?现实和梦究竟有何区别?

凤妮心中充满了惆怅，不禁喃喃地念道：“轩辕呀轩辕，你究竟在哪里?”

陶莹诸女也不约而同地醒了过来，此时天已蒙蒙亮，诸女是同居一室，皆禁不住相视而望。

“我刚才梦见了夫君!”燕琼最先开口道。

“我也是!”蛟幽也应合道。

“你们刚才做了个什么梦?”桃红骇然地望着燕琼和蛟幽问道。

“我梦见百花齐放，夫君乘龙破关，后来，后来……”

“后来是不是一片血光?”跂燕抢着问道。

“你怎么知道?”燕琼和蛟幽同时吃惊地问道，神色间极为疑惑。

“原来你们做的也是这个梦?”陶莹和桃红相视望了一眼，一脸骇然地问道。

“难道……”燕琼、跂燕和褒弱几人同时扭头望向陶莹和桃红，竟然一句话也问不下去。

众女不由得个个面面相觑，她们哪还不明白，刚才她们做了同样一个离奇的梦。

这是一种巧合还是一种预兆?为何梦中的一切都这么真切?都如此清晰?

众女久久不语，心中都有些沉重，仿佛尚沉浸在刚才的梦中。

“嗯，是什么东西?好香!”蛟幽突然道。

“是花香!”燕琼也皱了皱鼻子，肯定地道。

众女一听更是呆了呆，不约而同地掀被而起，她们的心中似乎有着同样一个疑问。

“哇，好多花！”燕琼最先推开窗子，晨曦之中，屋外的院子内满是盛开的鲜花。

众女全都看见了，皆呆立良久，院子之中草木葱翠，百花竞绽，竟与梦中的情景一模一样。

“难道，这真是梦？”陶莹也不由得傻眼了，她无法明白为何会如此。

“快，我们去紫霞洞天看看！”桃红似乎记起了什么，披衣提醒众女道。

众女经此一提，立刻明白桃红是何意，皆迅速着衣，稍作梳妆，便拥出了院子。

此时整个崆峒山仿佛置于一层神秘的力量之下，四处生机勃勃，一派欣然之景，山花异草奇迹般的开放灿烂。本不应在冬日里见到的鲜花，也全都在一夕之间绽放；本来枯死的树木也生出了绿芽。

鸟儿在欢叫，仿佛一下子便到了春天。

桃红诸人才走出自己的院门，便发现歧富已在院外相候。

他见诸女出来，脱口问道：“几位是想去紫霞洞天吗？”

陶莹大惊地望了歧富一眼，讶然问道：“歧伯何以知道我们心中所想？”

“几位暂且不宜前去紫霞洞天，待正午时分一切方会有结果。”歧富肃然道。

“为什么？”桃红不解地质问道。

“相信你们也是做了一个奇怪的梦。”歧富神秘兮兮地道。

“难道你也做了这个梦？”跂燕反问道。

“不错，我想，崆峒山之上的每个人大概都做了同样一个梦！”歧富肯定地道。

“这是为什么？”陶莹骇然问道。

“因为轩辕要出关了！”歧富答道。

“可是为什么梦境的最后会那样？”桃红仍然不解。

“那是因为轩辕的心神在最后的时刻突然受到了外敌干扰，此刻师兄已经赶去了紫霞洞天，相信一切都不会有问题！”歧富答道。

“外敌的干扰？”众女将信将疑，她们实在很难相信歧富的话，轩辕的心神受外敌干扰怎么可能影响自己的梦境呢？而且为何每个人会做同样一个梦呢？那能够干扰轩辕心神的人又会是谁呢？

“不错，他确实是受了外敌强大精神力的干扰，这才险些步入走火入魔的边缘。不过，幸亏师兄及时察觉，应该没有问题。”歧富道。

“啊！”众女吃了一惊，惑然问道，“究竟是什么人竟可以干扰轩辕？”

“如果我估计没错的话，应该是蚩尤，天下间除了他之外，谁还能拥有这样强大的精神力？”歧富猜测道。

“难道梦中的一切都是真的？”蛟幽不解地问道。

歧富也摇头苦笑道：“我也不知道那是不是真的，或许那是天人交感所产生的幻觉。”

“可是为何这些花草在一夜之间竟这般茂盛呢？这可是深冬，一切都不合情理。”陶莹也惑然问道。

“我也无法解释，但这肯定与轩辕有关，我曾听师尊讲过，这个世间最伟大的力量便是生机，它可以创造万物，可以演化衍生出万物。据医理所载，冬日生机俱伏，夏日生机俱盛，这才会有秋冬花凋叶残之结果。如果眼前的这一切与轩辕有关，那他一定已经掌握了生机不灭之法，摧动了天地的生机，使得花木奇迹般的在冬日里茂盛起来。”歧富也不知道该如何解释才好，天地间的事物不是他所能完全知晓的。

众女不由得心生向往，轩辕已经坐关数日，究竟发生了什么样的变化呢？而在遥远的熊城正面临着前所未有的威胁，轩辕能不能解除危机呢？

试想，蚩尤、少昊、太昊这三人联手，那将是何种威势？谁能够相阻？谁又阻止得了？即使是轩辕能够战胜蚩尤，可是能不能够胜过少昊和太昊与蚩尤的联手之击呢？

在她们的想象之中，太昊、少昊任何一人便已足以威慑天下，何况是太昊、少昊联手？

想到只有凤妮一人在熊城支撑大局，陶莹诸女都恨不得立刻与轩辕插翅返回熊城。要知道，有熊能够有今日这般声势，是多么不容易的事，如果就这般被毁于一旦，实在让人心痛，这可是轩辕日后霸业的基础，岂能让蚩尤破坏？

“莹妹，我们立刻去收拾东西，夫君一出关，我们便马上返回熊城，再不能在此多耽误了。”桃红的想法似乎与陶莹一样。

“好，我正有此意，我们还是先让灵鸠传书给妮姐，告诉她夫君会有对付蚩尤之法，让其先稳住军心。”陶莹提议道。

“莹姐之话甚是有理，告诉她，我们随后就会回来。”跂燕应和道。

“嗯，就这么办！”

有熊是连战连败，损失极为惨重，蚩尤的兵力直抵外八寨，而八寨的防范能力似乎根本就无法抵抗蚩尤的攻势。

凤妮不得不亲自督战，杜圣和杜修这支兵马及时赶回，对蚩尤的后防一气冲杀，倒也使得蚩尤的部卒死伤惨重，但是这并不影响蚩尤的猖狂，而有熊东面的三大联城早已完全失守！

杜圣和杜修虽武功不俗，但是与少昊、太昊相比，仍有很大的差距，唯一值得庆幸的是，陶基的援兵赶到，陶基与伯夷父的残军联合刚好挡住了太昊自东南面进逼的攻势。熊城尽遣高手，由吴回大祭司与四大城主联手，这才堪堪抵住少昊自东北面的攻击。当然，少昊很顾忌北方的刑天，这使得他的攻势不能够尽情发挥。

凤妮亲领六大长老、八寨之主抵住蚩尤和盘古智高自东西方向的攻击，但是连连失利，皆因根本就没有人能够阻住蚩尤的杀戮，即使是所有高手联手也只有被挨打的份。不过，有熊的战士人人奋勇杀敌，虽然蚩尤能够力敌万人，但是他的战士却很难在有熊军手下讨到半点好处，而且经常会有人偷袭蚩尤的后防，使得蚩尤也不能不顾忌。

陶基也是一代武学宗师，成为陶唐氏的首领，其武功并不会比太昊、少昊之辈差上多少，加上伯夷父，以优势的兵力抗住太昊并无问题。吴回那一支兵力在四大城主的联手之下，少昊也占不到便宜。但是蚩尤每一次攻击都必会使八寨那坚寨毁去一些，而后再进攻之时，坚寨也就难成坚寨了，蚩尤这样步步为营的战术倒让凤妮无计可施。

蚩尤似乎是不惜一切代价要夺下熊城！

事实上，在这般疯狂的攻势之下，许多小部落慑于蚩尤的魔威，竟背叛有熊投入蚩尤的帐下。

蚩尤嗜杀如命，不仅对有熊子民加以大肆屠杀，而且对他自己部下的生死也并不当一回事，这使得到处都是狼烟战火，尸横遍野。

有熊的子民全都聚于八寨的势力保护之下，以防被蚩尤屠杀。

面对蚩尤的残暴，反而激起了有熊子民的战意，拼死护卫家园。

有熊族的子民乃是众部之中人数最多的，达到近十万之众，但是凤妮却为这些人而头痛。

凤妮知道，如果照这样下去的话，八寨迟早会被蚩尤攻破。那时，有熊子民终免不了遭遇屠杀的惨局，熊城之中根本就容纳不下如此之多的人。因此，凤妮不能不将这些子民分批遣送出有熊之外，去依附华联盟其他的各小部落，或是到君子国或陶唐氏，有的甚至送到范林。

有熊子民都不愿离去，都想与熊城共存亡，但是他们也明白凤妮的苦处。因此，他们只好远离故土，便像是百多年前神魔大战之时一般，有熊子民四散而去。那次，正是有熊族的分裂使得许多小部落的崛起，诸如有侨、少典等部落，但谁又想到百年之后，这种历史又要重演？这确实是一种悲哀。

凤妮遣走了所有的子民，这才下达命令，所有的战士全部撤回熊城，弃八寨而死守熊城，另外未失守的五大联城各自坚守，那已是凤妮所顾不了的。

固守熊城，这是没有办法中的办法，唯有将有熊的所有力量聚到一起，方能与蚩尤决一死战！也只有凭熊城这座坚城方可有所作为，也便不怕蚩尤数股力量的夹击了。

熊城之中一时间聚集了六千战士，只有伯夷父和陶基这一路和吴回大祭司那一路人马在五大联城与太昊、少昊作战。

杜修和杜圣兄弟因偷袭蚩尤后防，而为蚩尤回兵所杀。在熊城之中，仅有六大长老和七大营的统领，但这些人或多或少也受了些伤，尤以有悔长老伤势最重，他是与杜修一起偷袭蚩尤的。

杜修的偷袭虽然对蚩尤造成了极大的损失，但是有熊的损失也极为惨重，除几百骑兵能幸免之外，便是虎叶也战死于蚩尤之手，蛟梦亦身受重伤。

蚩尤的魔威简直是无与伦比的，熊城能不能够挡得住蚩尤的步伐仍是个未知数。

让凤妮唯一感到庆幸的便是轩辕快要回来了，然而，即使轩辕及时赶回，又能够改变什么呢？他能胜过蚩尤吗？试问天下间有谁可以抗拒蚩尤的魔威？

轩辕马不停蹄地赶往熊城，他知道事态有多么严重，甚至可以感应到凤妮内心的焦灼和无奈。

轩辕这才发现，自己竟是那般深爱着凤妮，而这一切在凤妮身处危境之时表现得更为明显。他已经有了一个遗憾，雁菲菲是他内心永远的痛，他不想再多一份遗憾。

这一生之中，改变他命运的是三个人，一个是歧富，一个是雁菲菲，另一人却是凤妮。他感激歧富，他深爱着雁菲菲，也同样深爱着凤妮。

也许，天下很重要，但是此刻轩辕更明白，如果没有凤妮的相伴，拥有天下根本就没有任何意义！如让他选择，他只会选择凤妮，在生命的衡量之中，凤妮的生命甚至超过了他自己！

天地之间，爱是最执着，也是最伟大的，凤妮爱他，是那般高尚而真挚和深沉，而他也同样如此。正如他所说，分别，只会使爱变得更刻骨铭心，更深沉而实在。

轩辕恨不得肋插双翅直接飞回熊城，但那是不可能的，因此，他急！

一路疾奔下来，健鹿都累死了数匹，倒是战马仍然能够勉强撑住。

轩辕的坐骑因为与轩辕连为一体，居然千余里奔下来，若无其事。

轩辕并不想随这些人一起行走，那些坐骑累毙了的，只好在后面跟上来。他与跂燕、陶莹、桃红和歧富及满苍夷赶在最前面。

满苍夷是根本就不太需要坐骑，她的速度最为快速，当然这种长途跋涉的情况又不同。不过，这几人功力高绝，能够以自身的真气与坐骑合二为一，使得坐骑更耐长力。

轩辕是日夜兼程，一天只休息三四个时辰，这休息，只是给马喂草料，自己饮食，稍作小休。这样一来，当他们赶到太行山脚下时，仅用了六天时间，如此速度实在让人咋舌，每天至少行了七八百里路程。

从崆峒山到太行山脚下，这一路上也要绕上许多的山路，加起来，这段路确实不短。便是歧富这样的高手，也有些疲惫，唯一没有疲乏之意的人却是轩辕。

轩辕已经不再是昔日的轩辕了，整个人从头到尾已经完全改变了气质。自他顺利出关的那一刻起，他已不再只是轩辕，他甚至代表着广成子。因为广成子以身循道，甚至将他数百年来的精神烙印全部转输给轩辕了，是以轩辕这才能够启开心灵之门，感应天地之玄机。同时，轩辕也接受了广成子往昔的经验和记忆，几乎在精神层面上与广成子相融，但这与蚩尤重生的形式不同，轩辕只是借广成子的精神打开心灵之门，接通天地之玄机而已。

广成子此举也是不得已而为之，因为他已经到了走火入魔的边缘，就因为结界之谜困惑了他一百多年，这才使他魔象频生，如果不将自己的精神转嫁给轩辕，迟早会走火入魔。是以，广成子才为轩辕开经破脉。

可以说，此刻轩辕有用不完的力量，那是来自天地之间的生机。

陶莹功力在几人之中最为薄弱，轩辕后来干脆与之共乘一骑，免使陶莹过于疲惫。

终于又回到了太行山，轩辕心中涌起了一种无法名状的感触，与熊城又近了一些，但是熊城究竟发生了什么事呢？那边的战局究竟进行到了一种什么样的程度呢？凤妮又怎样了呢？而正当轩辕长嘘一口气之时，突然似有所觉。

轩辕的目光不由下意识地投向了不远处最高的一座山顶，他清晰地感应到，有一道犀利的目光正投向他，熟悉而又陌生。恍然之间，他似乎想起了一个人，于是他的嘴角处泛起了一丝冷酷的笑意。

东夷军，伏羲氏的大军都自东面不断地向有熊逼进。

尽管蚩尤身边的普通战士死伤极为惨重，但是他的后补也很充足。

有熊的战士确实是多得让蚩尤头痛，当有熊全民皆兵之时，总兵力竟达到数万之众。不仅仅是熊城与蚩尤作战且相峙不下，在其他的地方，更不断地有有熊军或华联盟的战士偷袭支援蚩尤的东夷军或伏羲军。

尽管蚩尤在有熊这方圆两百里的范围内大占优势，但是在之外的地方，属于蚩尤的战士却只有挨打的份，尤其是以龙族为首的华联盟战士，只让那些蚩尤援军头大。这也使得蚩尤要不惜一切代价攻下熊城，然后再转身去对付龙族和君子国。

蚩尤岂会不明白，如果熊城不破的话，他永远都难以真正抽身而走，在没有他或太昊、少昊的指挥下，根本就没有人是龙族和君子国战士的对手，除非伏羲神宗的人亲来，但是太昊似乎并无意调出伏羲神庙的人。

当然，蚩尤也不能怪太昊，如果太昊返回伏羲氏，或可调动伏羲神庙的人，但那又要大费周折，有熊之战又不能缺少太昊这员大将，因此蚩尤只好放下这个诱惑。

伏羲神庙虽是太昊所管的范围，但却是另外一个体系，这个体系与蚩尤是势不两立的，如果太昊强行让伏羲神庙的高手相助蚩尤，只会逼伏羲神庙的高手造反，那时连太昊也无法控制，这一点蚩尤自然清楚，是以他并不为难太昊。

蚩尤不再理会陶基和吴回，他却召集了太昊和少昊一齐进攻熊城。

蚩尤、太昊、少昊这三大超级高手同时进攻熊城，这简直是代表死神的来临！

天下间又有哪座坚城可以抵抗这三大高手的破坏呢？

陶基和吴回一时由主动变为了被动，蚩尤隔断了他们与熊城的联系，他们只能在蚩尤的后方骚扰攻击，但是蚩尤反而派人把守八寨，不与陶基诸人正面交锋，他则调集所有人手欲对熊城作雷霆一击！

轩辕突然带住马缰，战马长嘶一声，人立而起，前蹄腾空倒踏，声震四野。

陶莹吃了一惊，但是在轩辕的怀中却是极为安稳。

歧富诸人也相继带住马缰，神色微变。此时山道之上，百余名弓箭手以弧形排开，人人手执强弩硬弓，只要手一松，他们便立刻会成为一只只刺猬，别无选择。

歧富吃惊的不只是这些，而是因为这群人竟是来自有虞氏。

歧富对天下的各大部落都极为熟悉，因为他向来惯于云游天下，天下间朋友极多，对有虞氏并不陌生。

有虞氏与高阳氏乃是盟友，这是天下皆知之事。轩辕知道高阳氏与蚩尤的关系，因此他并不意外这些人会出现在这里。

轩辕要返回有熊，有谁知道其路线呢？这些人竟然能够在这条路上设下伏兵，陶莹感到有些惊讶。

“识相的，乖乖束手就擒！”在山道之间是骑着战牛的两人，说话者正是其中之一，不问可知此人乃是这一行人的主帅。

“想不到有虞氏也为虎作伥，那老夫今日就教训教训你们这群不知天高地厚的家伙！”歧富冷哼一声道，他显然也知道这些人同样是奉了蚩尤之命前来阻杀轩辕的。

那人似乎也知道歧富的名头，倒也客气地道：“如果歧先生愿意合作，我可以保证你永享安逸！”

轩辕却冷冷地笑了笑道：“我给你们十息的时间，若是你们还不给我让开道路，就休怪我手下无情！”

那人一听，不禁哈哈大笑起来，山道周围的那一百多名弓箭手也都应和着大笑，仿佛是听到了最好听的笑话。

“十——九——八——七……二——”轩辕口中慢慢地数着，等他刚数完“二”之时，那人大手一挥，大喝了一声，“杀！”

嗖……百余支劲箭立时如蝗雨一般直射向轩辕诸人，声势极为骇人。

“找死！”轩辕双眸之中杀机暴射，紫气狂涨，霎时仿佛结成了一个巨大的紫球，将歧富、满苍夷、跂燕诸人全都罩在其中。

箭雨一触紫气，竟突地全都改向折返射回，而且其速比来势更快。

那群箭手都吓呆了，这是什么武功？但他们根本就没有时间细想，怒箭已经透过了他们的身体，带出一百多蓬血雨！除那两个骑在牛背之上的人外，无一幸免。

那两人都吓傻了，事实上，不只是那两人傻眼了，便是陶莹诸人也傻眼了，轩辕的功力之神，几乎已达到了不可思议的地步，这是他们第一次见到轩辕对敌，但是轩辕根本就不曾出手。

“去死吧！”满苍夷最先回过神来，身形如一道风影，极乐神弓拖起一幕美丽的光弧，直划向那两人。

那两人吃了一惊，他们的武功也极为高明，竟在仓促之间翻落牛腹之下。

两头战牛受满苍夷气势一逼，竟倒退了几步，这是因为满苍夷不欲伤了两头战牛，他们的战骑刚好都累得差不多了，也该换上一换了，否则的话，满苍夷一定先屠牛再杀人。

满苍夷身形一滞，那两人又自牛腹弹起，拖起两道亮丽的白光，剑气森然，笼罩住了满苍夷脚下的每一寸空间。

“找死!”跂燕右掌一扬，昆吾剑化出一道七彩长虹，以无坚不摧之势标射而出，她不想在这里浪费太多的时间，因此她只想速战速决。

“御剑术!”那两人吃了一惊，但身在空中，挡无可挡，而且满苍夷的极乐神弓又攻了上来。

轰……地面倏然爆裂开来，一块巨大的石头横砸向昆吾剑，虚空之中爆出一片犹如鬼火流星一般的光芒，斑斑点点漫天都是。

“渠瘦杀手!”轩辕淡漠地笑了笑道。

桃红一声轻啸，身如嫦娥奔月，双掌一扬之时，彩绸竟在空中织出一道五彩巨网。

“尝尝我的大无上法!”桃红真气一吐，那片若星火般的光芒立时暴散幻灭，竟是一柄柄弯刀。

轰……那巨石在昆吾剑的神锋之下爆裂成石雨，昆吾剑的攻势一滞，那两名有虞高手已与满苍夷交换了一招，并向两边散射开去。

“你死定了!”满苍夷轻喝一声。

满苍夷的速度确实是快，但又玄得无与伦比。那人足刚着地，满苍夷的极乐神弓弯角已经切至他的面门。

那人根本就没有移步换位的机会，只得身形后仰，以求更多的缓冲空间来避开满苍夷这一记杀招。同时间他手中的刀也划了出去，但他却知道，自己的速度与满苍夷相比，实在是慢了许多，不过他并不担心，因为他相信他的主人会……

眼见极乐神弓便要破开那人的咽喉，满苍夷的脸色突地变了，因为一只手。

一只手自地下破土而出的手，而且这是一只长满了乌黑鳞片的手，这只手以准确得骇人的精度抓住了极乐神弓另一端的弓背。

轰……地面炸裂开来，泥石如巨杵般尽向满苍夷冲来，不仅挡住了满苍夷的视线，更带着无可抗拒的力量将她下落的身子冲了起来，在恍惚之中，她记起了一个人——渠瘦老祖破风！

满苍夷感到一阵绝望，就因袭至胸腹的一股沉重死气。她知道，这是破风绝杀的一掌，而潜伏的破风便是要等着施出这绝命的一击！不仅如此，还有那人自下方袭来的刀，在这种情况下，满苍夷怎能不绝望？因为轩辕、歧富都在数丈之外……

轰……一声沉重至极的巨响，满苍夷只感身子一震，轻盈地飞升而起，竟没有一丝痛苦之感，倒像是一只振翅而飞的鸟。

“呀……”同时间还有一声惨叫，满苍夷知道这不是自己的惨叫，而是那挥刀切向她小腹之人的声音。想到这里，她不由得睁开了眼睛，却骇然发现，破风破土而出的地方正立着轩辕的身影。

破风也惊退了三丈，那挥刀欲破满苍夷之腹的人却跌落在五丈开外的山壁下，变成了一堆碎肉，连刀也碎成了废铁。

满苍夷没有受伤，她知道是轩辕救了她，但她却难以相信这是事实，轩辕竟会有如此快捷的速度，竟会有如此浑厚的功力。

最惊骇的人不是满苍夷，而是破风，破风做梦也没想到才相别不到两月的轩辕，竟然拥有着如此可怕的功力。他本以为自己那一掌是必杀的，因为掌距满苍夷的腹部只有三拳的距离，可是偏偏在绝不可能的情况下，这三拳距离之中多出了一只手掌，这正是轩辕的手掌！

破风只觉得自己的拳劲如泥牛入海一般，了无踪迹，仿佛只是击在浩浩荡荡的虚空之中，那种难受的感觉只让他想呕吐，但却又吐不出来。同时，轩辕的另一只手抓住了那柄袭向满苍夷的刀，于是那人竟被震成一堆碎肉。

破风却知道，这是他的功劳，轩辕将他的功力毫不滞留地全部送给了这位有虞氏的高手，这人至死还不明白这是怎么回事，确实是一种悲哀。

正在破风惊骇之际，倏觉一股强大的气流回袭入他的经脉，他竟不能自控地倒退三丈，双腿更在坚硬的地上拖出了两道长长的轨迹。

“我等你好久了！”轩辕对破风的出现似乎没有一点惊讶，语气平淡得让破风心头发毛。

“呀……”另一声惨号更让破风心头颤抖了一下，他知道，另两个有虞的高手又完了。在跂燕和满苍夷的攻击之下，那两人根本就不可能抗拒得了一招。

事实上，只凭满苍夷的武功便足以击死那两名有虞高手。此刻轩辕身边的每一个人都有着让人心惊的力量，只不过，破风没有料到轩辕竟然变得如此可怕，他根本就感觉不到来自轩辕身上的压力和气势，仿佛轩辕只存在于虚无之中。

是的，此刻轩辕身上没有一丝杀气，没有任何战意，便像一潭平静的水，也像是一座巨渊，不用任何的形式，只是在视觉上让人心颤神动。

最可怕的仍是轩辕的目光，若有若无，若断若续，却直插心底，仿佛能洞穿一切，使人心中无一丝感情可以逃过轩辕的觉察，而你却无法看到轩辕内心任何秘密，虚虚渺渺，仿佛是不着边际的虚空。

“哼，老夫今日定要摘下你的首级，以泄我心头之恨!”破风双臂微张，一身黑色鳞甲泛出一层幽暗的光泽，仿佛是一只身上沾满了泥垢的海龟。

渠瘦杀手们极擅于联手攻击，但是他们却很不幸地遇上了桃红、跂燕、陶莹这群无一不是超级高手的人，是以，他们注定唯有败亡!

破风失算了，他以为轩辕依然是昔日的轩辕，是以，他今日的部署乃是针对昔日轩辕而来的，所以他才只动用了这一百多名有虞战士与这些渠瘦杀手，可是今天他才发现自己错了。

“出手吧！你的脑袋将是我送给蚩尤的一大礼物!”轩辕的话语平静至极。

歧富立在轩辕之后，满苍夷也小心戒备着，他们知道破风的可怕，担心轩辕并不能成为破风的对手。因此，他们只能在一旁戒备，不过，听到轩辕这平静而自信的话语，他们倒有些惊讶。

“去死吧!”破风说动就动，身形过处，地面的碎石草茎全都如被飓风刮起，以无与伦比的气势直接撞向轩辕，他的整个身形完全融入了一股极大的黑气之中。

黑气结聚碎石成团，仿佛是天外殒星，尖啸之声凄厉如鬼哭。

歧富和满苍夷皆吃了一惊，破风那强大的杀气如铜墙铁壁一般向他们挤压而来，黑气所卷起的风暴使人有种窒息的压迫之感。

轩辕没有动，悠然如春风中的白杨，立如枪，有种插天的苍秀，更饱含着无尽的诗情画意，看其表情仿佛是荡舟平湖，轻松惬意，恍不知破风那夺命的一击迫在眉睫。

“轩辕小心！”歧富大惊，骇然呼道。

满苍夷也大惊，轩辕竟不格挡！

破风的眸子之中也闪过一丝冷酷的笑意，轩辕竟不抵挡，这岂非自寻死路？

呼……令破风惊讶的是，轩辕没挡，只是肩头轻轻地晃了两晃，他所有的力道似乎是洪流遇到了巨大的山岩般一样，自然地自两旁分流而开，不着半点痕迹。

碎石凝成的气团竟然殒成两半！

是刀！不错，是刀！

轩辕非轩辕，而是一柄接天插地的紫色巨刀，无首无尾，仿佛是破地而出，一截仍在泥土之中。

刀未动，但刀气已经破开了破风的气团，破风的攻势仿佛只是用一块豆腐向刀口上撞一样，刀未动，而豆腐却一分为二。

破风大骇，他感受不到轩辕生命气息的存在，仿佛天地之间亘古便存在着这破开天地的刀，而根本不是轩辕。

破风退，他不能不退，他的攻势不攻自破，但就在他退的同时，他听到了一阵龙吟之声。

龙吟之声响彻天地，仿佛是自九霄之外悠然传下，又像是自冥府飘逸而出，但却使破风的心头不由自主地颤抖了一下，也便是在这时，他看到了一双眼睛。

这双眼睛并不陌生，事实上在上次与轩辕交手之时，破风便已看到了这双眼睛，只是这双眼睛此刻更亮，更深邃，更无法揣度，也更犀利，犹如一柄无形之剑直透入他内心的深处！更让破风难以置信的是，这双眼睛竟是来自这紫色的巨刀之上，仿佛两轮带电的明月，让虚空变得更为诡异。

啸……紫电划破长空，那接天插地之刀以破碎虚空之势划出，无始无终，无穷无尽。

一种绝望的寒意自破风的心头升起，他从来都没有想过会有这样的一种战局出现，也已有一百多年来都未曾见过这般的攻势，或者可以说，他见过的最近一次应是在一百多年前神魔之战中由女娲所击出的那碎天裂地的一击……

破风根本没有时间去想，他唯有倾尽全力出击，相抗，他不再奢望伤轩辕，他只想能够在这挣扎之中逃得性命……

熊城内外，剑拔弩张，局势之紧张，已到了无可形容的境地。

蚩尤、太昊、少昊三人联手，即使是聚合了天下所有的高手只怕也是枉然。

凤妮心头很痛，她不知道轩辕现在哪里，她也不知道轩辕还需要多久才能够返回熊城，她从来都没有此刻这般脆弱过，也从来都没有此刻这般强烈地想念着轩辕。

凤妮确实很痛，元贞长老的话仿佛仍在她的耳边回荡——现在我们唯一的出路，唯有取出镇族之宝！

凤妮的脑子里面一片混乱，是的，她确实听说过有熊镇族之宝——太阳神盾的传说，她父亲的一生心血便凝于其中，这也是每位太阳都明白的典故。

太阳神盾，凝聚了历代太阳的心血和结晶，每一位太阳去世之际，都要将自己的精神和功力传输至太阳神盾之上，一代代地就这样传了下来。直到她父亲之时，竟然透过太阳神盾的精神力窥得了这层世界之外的力量，这才是她父亲的真正死因，而这也将成为凤妮内心的负担。

天下间，知道神盾存在的人便只有宗庙的长老和历代太阳，这是有熊族绝对的秘密。因此，在有熊族之中长老是绝对忠于太阳的亲信，也是绝对支持太阳的人，而大祭司和城主却可以由外人来担当。

天下间能够驱动太阳神盾的人却唯有太阳一脉相承的嫡亲子系，只有相同的血脉才可以融入太阳神盾之中，运用太阳神盾的能量，窥得太阳神盾深处的精神力的含义。

凤妮感应到了太阳神盾内在的精神烙印，但是她只是用心去感应，却不敢开启这镇族之宝，因为她害怕承担这个责任。

凤妮宁愿没有去窥视太阳神盾内的精神含义，那样她就不会知道太阳神盾将会是对任何人都致命的不祥之物。

是的，太阳神盾乃是有熊的圣器，是最神圣不可侵犯的，更是不到危急的关头绝不轻动的圣物，启用一次，那之中的能量便会少一些，因此，每代太阳都尽可能地不去动用它，所以至今太阳神盾还从未开启过，反而每一代太阳都会将自己的功力和精神烙印嵌进去。

直到太阳神盾传于凤妮的父亲，也便是有熊上一代太阳手上，神盾才变质了，它神异的力量比任何时候都可怕和强大，强大到让人体无法承受的地步。

每一代太阳只知向其中灌输力量，久而久之，里面自然充斥着无穷无尽的能量，更可怕的是凤妮的父亲竟借神盾打开了外层空间的大门，将外层空间的力量引入了其中。因此，凤妮的父亲英年早逝，但太阳神盾之中仍储满了可怕的能量，任何启用它的人，都会被其力量毁灭。

当然，你如果不启用太阳神盾的力量，便会相安无事，但如果你想用之对敌，那便只有一个可能：在杀敌之时，与敌同归于尽！除非有人能够存封那来自外空间的力量，但那有可能吗？

所以凤妮心痛，这或许是生命跟她开了一个玩笑。现实确实是很残酷的，可是命运偏偏要让她作出选择。

元贞长老并不明白太阳神盾的变化，他也根本不清楚凤妮的心情。是以，他不明白何以凤妮在这种情况下，仍犹豫不决地要不要取出太阳神盾。

凤妮不怪元贞长老，因为元贞长老并不知情，她也不想让元贞长老知道太阳神盾的真正秘密，那对任何人都是一种沉重的压力。

凤妮不怕死，她之所以犹豫，并不是因为害怕死亡。死亡，只是一个过程，人，总免不了死亡。令凤妮犹豫的原因，只是因为爱。

爱，是勇者的绊脚石，死亡并不可怕，可怕的却是爱对人心的一种束缚和宰割。所以，此时凤妮比任何时刻都期待轩辕的归返，比任何时候都思念轩辕。她害怕再也见不到心爱的人，她后悔为何不早一些成为轩辕的新娘？为何不早一些将一切都交给他？而要留着遗憾来折磨自己的心灵。

熊城近万战士和子民都在隐影中存活，都在惶惶不安中期待，而作为有熊太阳的她，竟然无法给子民带来一份安宁而平静的生活，这也让凤妮内心痛苦。

“我是不是太自私了？”凤妮长长地叹了一口气，自问道。但旋即又苦涩地笑了笑，自嘲道：“这个世间又有谁不自私？爱一个人难道会是一种错误吗？”

凤妮再一次摊开由灵鸠带回的由轩辕亲手所书的信笺，剑婢为她倒的茶已经凉了，但她却没有喝上一口，仿佛已经忘了。

轩辕的字迹是那般熟悉，那般刚劲有力，仿佛透着一股难以形容的生机，跃跃欲飞。凤妮又叹了一口气，心也揪得更紧，这也不知道是她第几次在叹气了。轩辕那刚毅而又傲然不羁的面容仿佛又在她的面前闪动，但留给她印象最深的仍是轩辕的眼睛。

凤妮最喜欢看的是轩辕在思考问题之时，那双眼睛好亮好亮，那智慧的光彩使得他一双眼睛显得深邃而不可揣度，就像是两潭清水，又像是月朗星稀的夜空，让人越看便陷得越深，甚至是迷失自我。

凤妮更喜欢轩辕的霸气，做事不依章法，但却果断麻利，大刀阔斧，以最直接和简单的方式达到最佳的效果。她更爱轩辕的勇敢，天下间似乎没有轩辕不敢做的事，也没有轩辕做不了的事，任何事情到了轩辕手中都似乎变得轻而易举……

“太阳，蚩尤和太昊、少昊已将兵马向城门处调动，看来是要攻城了。”元贞长老沉重急促的脚步声和焦灼的语气惊断了凤妮的思绪。

第一百四十一章　舍身取义

天下三大绝世高手联手攻城的消息，硬将凤妮从虚幻中拉回到残酷的现实中，她禁不住暗暗叹了一口气，悠然转身之后，不由得微感一震，因为有熊的六大长老竟全部到齐，便连伤重几乎难以行走的有悔长老和阳爻长老也在尚九和无咎的相扶之下，来到了她的行宫中。

“两位长老有伤在身，怎不休息？”凤妮吃惊地望了有悔长老和阳爻长老一眼，有些微责道。

阳多和有悔不由得将目光投向了元贞和尚九，意思似是让他两人说话。

元贞和尚九相视望了一眼，微下沉吟，元贞咬咬牙，肃然道：“我们此来只是恳请太阳取出镇族之宝太阳神盾，以拒强敌！”

凤妮心神一震，一时之间竟不知道该如何回答。她仍然无法放却心头的牵挂，可是她能够告诉几位长老关于太阳神盾的秘密吗？

元贞的目光紧锁着凤妮的神色，突地惨然一笑：“我恳请太阳能够由我来执盾拒敌！”

“由你？”凤妮意外地问道。

“不错！”元贞极为坚决地道。

“不行！”凤妮脸色一变，断然道。

“太阳，我知道你的难处，但我们已经知道圣盾的秘密，有熊不能没有你，因此，就让元贞代太阳去拒敌好了！元贞反正已是一把老骨头，虽死无憾！”元贞平静地道。

凤妮心头一颤，讶然问道：“你们已经知道了太阳神盾的秘密？”

元贞望了一下其他几位长老，几人不约而同地点了点头。元贞这才吸了口气，肃然道：“因此，我们几人经过商讨之后，我这才决定请太阳赐盾予我，有熊族是不能没有太阳的！”

凤妮不由得心中感慨万千，又是惭愧又是伤感，也有几分欣慰，更为元贞长老那高尚的情操所感动。她明白元贞的意思，但是她真能够自私地让元贞代她去死吗？何况，元贞长老能不能够驱使得了太阳神盾还是个问题。

“难道长老不知道太阳神盾非太阳血脉而不能驱使的吗？”凤妮淡淡地吸了口气，反问道。

“那只是祖训，但祖训上也说太阳神盾不会伤害到自己的主人，何况如今太阳神盾已不再是昔日的太阳神盾了。是以，元贞愿意一试，还请太阳同意！”元贞坚决地道。

“请太阳恩准！”尚九竟突然跪了下来，无咎和有悔也都同时跪下请求道。

“众位长老，这又是何苦来着？”凤妮一时竟有些手足无措，急忙相扶道。

“请太阳快些下决定吧！蚩尤、太昊、少昊三位贼子很快就要兵临城下，迟则后悔不及呀！”元贞也急了，催道。

“报……”

众人正说到此，一名太阳战士急匆匆地奔了进来，有些气喘嘘嘘地单膝而跪，急促地道：“禀太阳，蚩尤、太昊、少昊三路兵马正向城门口会聚，想来他们是要做出大举进攻了，请太阳定夺！”

凤妮和六大长老同时一震，元贞急了，呼道：“太阳！”

“太阳，请作决定吧！”尚九诸人也全都急了，他们怎会不知蚩尤、太昊、少昊的威势？天下之间根本没人可阻，若是三人联手，即使是熊城再坚固，也会势如破竹。尽管熊城大门以精铁所铸，但若是在蚩尤、太昊、少昊这三大旷世高手的联手相击之下，也必定会化成碎片。

凤妮心中涌起了一阵无法言喻的无奈，只好点点头道：“好，是该取出它了！”

“谢太阳!”几位长老大喜，他们就等凤妮这一句话，因为太阳神盾乃是他们唯一的希望。

六大长老都是绝对忠于太阳之人，虽然他们有负责看守太阳神盾的职责，但在没有太阳的指令之下，他们根本就不可能敢去乱动太阳神盾！而长老的职责一代代地传下来，却没有一代人破例动用过太阳神盾。

哧……破风发现自己挡空了，所有的力气仿佛都是击在虚无缥缈的天际。劲力以无可遏制的形势向外狂逸而去，而另一股若有若无的热力以一种惊人的高速袭入他的心头。

刹那间，破风只感到脑中一片空白，仿佛所有的记忆、所有的思想全被这火热的洪流冲击的七零八落，不成章法。

破风感觉不到身上有任何的痛苦和不适，仿佛轩辕那充满毁天灭地气势的一刀根本就没有杀伤力。

不，应该说轩辕这一刀古怪至极，他所击出的不是力量，而是思想，是精神，以一种神迹的方式将抽象得不能再抽象的东西化成实质而致命的能量。这种打法，轩辕曾在上一次与破风交手之时用过，只不过，那时他根本就不能够灵活地控制这种来自人体内最为博大精深的东西化为能量。由此，只能让破风的思想在刹那之间一片空白，但是这一刻却不同。

破风只觉得自己的功力无休止地向外逸散，相伴着逸散的还有他体内的生机，仿佛有一个强大无匹的能量团在诱导着他的生机逸出一般，而他只能感到思想和身体的疲惫。

“呀……”破风终还是破风，作为一个绝世凶魔，他自身的力量确不容小觑。在这绝对危急之时，他的思想竟闪出一点清明，于是大吼一声，倾力击出一掌，然后抽身倒退。

挣扎之下，破风倒还真的挣开了轩辕对他精神的攻势，一切又似乎返回到了现实之中。

破风的力量并不逊色于天魔罗修绝甚或太昊与少昊，这一百多年的休眠，使他心灵也得到了前所未有的净化。因此，他能够抗拒轩辕这奇异力量的入侵。不过，在他回到现实中之时，又绝望了。

是的，轩辕绝对不会给他任何喘息的机会，此时轩辕的手掌已由小变大，竟像是一片遮天避日的云彩，挡住了破风眼前所有的天空。

轩辕的掌势是那般飘摇而洒脱，悠然恍惚，似乎可以将人带到一个无法醒来的梦中。

破风绝望得想哭，轩辕这一掌仿佛只是在那里等待着他，他在瞬间想到了一千种闪避之法，却似乎无论怎么闪避都快不过这一掌。

轰……破风发现自己的胸膛之上竟闪过一道强烈得刺眼的紫色电火，那是轩辕手掌所触之处。

轰……破风再感到体内有一阵飓风狂飙而出，在他心神尚清醒的最后一刹那，只感到整个身躯在向千万个方向飞射而出。

宗庙便在凤妮的鲜血滴入太阳神像的眼睛之时，轰然裂开。

整个熊山一阵剧烈的震荡，山顶的屋宇全都像枯萎了一般倾塌而下，声势之骇人只让凤妮和六大长老也骇然。但他们自是不惧，此刻他们正立在太阳神像之下，这里仿佛是受着一股强大气场的相护，根本就不受周围的影响。

太阳神像乃是有熊第一代祖师的塑像，建于熊山之顶，面东而坐，朝着太阳升起的地方屹立如山，而在它的周围则是宗庙的建筑，这乃是有熊的禁地之一，除了每年在盛大的节日和祭典之时，方会有族中的重要人物来祭外，这里并不怎么为世人所知，但神秘的镇族之宝却是在这片地底之下。

宗庙仿佛是被刀所切一般一分为二，但却并不垮塌，而是向两方平行地拉开，变成两个各自为一体的建筑，而宗庙之间却裂开了一个巨大深不可测，但却光华四溢的深坑。

五彩的异芒自深坑之中直冲天际，透云而过，化为粗大的光柱，使天地在刹那之间变得诡异起来。

凤妮和六大长老一都为眼前的变化给惊呆了，但他们却知道太阳神盾终于面世了。

五彩的光柱越来越集中，一块巨大龟壳般的异物自宗庙裂缝之中缓缓升起，正是圣器太阳神盾！

凤妮欲动，元贞却拉住了她，恳切地道："有熊不能没有太阳，这件事便交给我吧！"

凤妮正欲说什么，尚九诸人全都跪下，认真地道："请太阳恩准，熊城不能没有太阳！"

凤妮不由得暗暗叹了一口气，元贞终于还是知道了太阳神盾那毁灭力量的存在，可是她还能说什么呢？

凤妮也不得不承认，每个人都会有自私的一面，包括她在内。如果没有轩辕的牵挂，或许她根本就不会犹豫，可是，她却无法挥断那一丝难以抹去的牵挂，她活着，也并不是为了自己，而是为了轩辕……

元贞长老见凤妮不语，平静地一笑，大步向太阳神盾行去。

"等等！"凤妮倏然呼道。

元贞一顿，但却又继续向太阳神盾步去，步履坚决而轻快。

凤妮不由得轻轻地叹了口气，她知道元贞长老心意已决，这虽然有些残酷，但却不失为一个好的解决方式。为了有熊的一切，总得有人作出牺牲，这是无可避免的。

元贞来到裂缝边，袖间倏地滑出一柄银质小刀。轻旋间，便在中指上削下一层皮肉，鲜血滴下之时，他轻轻一弹，血珠直射上那太阳神盾之上。

滋……血珠化成一缕青烟飞升而起，仿佛是投入了一个巨大的火堆之中。

元贞长老连弹十余滴，但是没有一滴血能够沾上太阳神盾。

众人大惊，元贞大急，银刀一挥，这样一滴滴地射出血珠根本就没有用处，但是如果不让自己的血液融入太阳神盾之中，便不可能能够取出太阳神盾成为神盾真正的主人！

太阳神盾可算是这个世上最为神奇的兵器，天下间只有它的主人才能够运用它，任何外人若想动用它，都将成为它攻击的对象。因此，谁是它的主人将会决定太阳神盾终生的使用权，除非主人死了，但必须其主人将精神和功力注入其中后，它才会接受新主，而第一个将血液融入其中的人便是它新的主人，更会因此与主人血脉相连。因此，可以说太阳神盾乃是天下间最为神奇的兵器。

“慢！”凤妮高喝，她看出了元贞长老内心的焦灼，因为他的血液竟然受太阳神盾气劲的排斥，也便是说，传说中只有太阳一脉嫡亲子孙的血才可以与太阳神盾相融的说法并不是空穴来风。因此，凤妮这才呼喝而出。

元贞似乎没有听到凤妮的话，银刀一闪，整个手掌划开了一道深深的血槽，鲜血立刻涌满了手掌。

“小心！”众长老也看出了事情的不对劲，不禁全都高呼。

元贞不理，只是低啸一声，身子如苍鹰搏兔一般带着满是鲜血的伤掌向太阳神盾印去！他要孤掷一注，血珠无法接触太阳神盾，他就要以身相殉！元贞绝对不想让凤妮与蚩尤同归于尽，为了有熊，也为了轩辕，他必须这样做。

不可否认，轩辕是元贞最为尊重的人之一，就因为轩辕是有熊有史以来最伟大的改造者，只有在轩辕的手中，有熊才能够以蓬勃之势稳步发展，才能够使每一个有熊子民为自己的民族而骄傲。身为有熊的长老，他对轩辕的感激和爱戴是不用置疑的，而对凤妮的关怀，也若慈父一般。因此，元贞长老宁可自己与蚩尤同归于尽，也绝不想让凤妮去冒险。

轰……元贞长老的手掌根本就无法接触太阳神盾，在距太阳神盾尚有半尺之时，竟然被一股莫名且狂野无伦的力量震得倒射而出。

“呀……”元贞长老一声惨号，身子在半空之中竟然炸成碎片，血肉在那五彩花柱的激射下，化为飞灰。

“长老……”“元贞……”凤妮与另外五位长老发出一阵撕心裂肺般的痛呼，但是元贞长老已经听不到了。

眼前的一切不仅让凤妮和五位长老惊呆了，连远处的太阳战士和宗庙卫士也都看得张口结舌，那种恐怖的感觉是难以形容的。他们就这样眼睁睁地看着元贞长老被震飞，再被炸成四块，而后又散裂成碎肉，再化成飞灰，连一滴血也未洒下，这种场面怎不让人毕生难以忘怀？

所有的人都沉浸在一种前所未有的悲痛之中，元贞长老竟然就这样死得不明不白。

最心痛的莫过于凤妮，元贞长老可以说是为她而死，如果她不是犹豫不决的话，那元贞长老便不会死得如此无辜了，可是她的内心却无法摆脱那一丝牵挂。

凤妮流泪了，她很少流泪，自小，她仿佛便不知道泪为何物，她明白自己的身份，明白自己寄托着有熊的希望，是以，她从不会轻易流泪。无论什么时候，她都可以保持着自己内心的冷静，除了面对轩辕的感情之时，使她失去了一贯的从容外，其余任何时候她都拥有一副超然的姿态。可是这一刻，她流泪了，为元贞长老，为整个有熊，也是为她自己。

她知道自己现在该怎么做，命运似乎跟她开了一个让她无可奈何的玩笑，现实让她必须在部族的兴亡和爱情之上作出一个抉择，这确实是一件残忍而无奈的事，最为痛苦的却是她对爱是那么执着！

其实，凤妮内心的要求并不是很高，她只想能够再见轩辕一面，哪怕仅仅是一面而已。那时，便是死也无憾了，可是她却没有想到当日一别，很可能便成了永远的决别了！但，人，似乎永远无法与命运相抗衡。

凤妮无语，抬起头来望望天空，天空很诡异，五光十色，似乎笼罩着一层奇异的能量。她禁不住暗暗叹了口气，再俯首，熊城内的景色尽览无余，便连城外朝这个方向逼近的东夷、伏羲和渠瘦大军也可以看得清清楚楚。

凤妮扭头，望了尚九诸人一眼，露出一丝淡漠而涩然的笑容，神情却平静得让尚九诸人惊讶。

尚九诸人仍然沉浸在悲痛之中，当他们看向凤妮之时，凤妮已大步向太阳神盾走去，几人禁不住同声蹙然呼道："太阳……"

破风竟然被爆成了碎片，那刀枪不入的身躯却成飞灰，这是破风做梦也没有想到的，而且还是死在轩辕的手下！

轩辕杀死了破风，竟是那般轻松，仿佛只是杀了一只小兽，这简直让满苍夷、桃红诸人难以置信，那群渠瘦杀手更是心胆俱寒，尽管他们人多，却仍然相信会被轩辕在最短的时间之内被杀个干净。

歧富也被轩辕诛杀破风的手法给惊呆了，他虽然知道轩辕在开经破脉之后会武功大进，但也没想到会有如斯境界！要知道，破风是何等武功，何等可怕，而轩辕竟如此轻描淡写地便杀了他，试问天下间还有谁能够胜轩辕呢？只怕魔帝蚩尤、天神据比也难如轩辕这般轻松地杀掉破风！也便是说，轩辕足可以抗拒蚩尤的魔威了！

“你杀了他？杀了这魔头？”跂燕和桃红半天才回过神来，惊喜中又有些难以置信，欢声问道。

轩辕似乎在思索着什么，或许他也为自己刚才竟这样轻易地诛杀破风而吃惊，抑或也不是。

“太好了，便是蚩尤，我们也不用怕了！”陶莹的欢愉之情溢于言表。

轩辕这才回过神来，抬起那只击中破风的左掌，仔细看了看，不禁笑了起来，可笑到一半突地神色大变。

陶莹和桃红诸女都感到了轩辕的异样，不由齐声惊奇地问道：“夫君，你受伤了？”

轩辕的眉头皱了起来，但却坚决地摇了摇头，否定了陶莹诸女的问话，深深地吸了一口气，道：“我有种不祥的预感，凤妮可能出事了！不行，我们得快速赶回熊城！”

众人的心立时又沉了下去，陶莹见此情景不由得安慰道：“妮姐只要放弃十大联城退守熊城，短时间内应该还可以守住。再说爹也去了，熊城中又高手如云，想来可以坚持到我们赶回去的！”

轩辕苦笑着摇了摇头道：“天下间根本就没有坚城可以挡得住蚩尤、少昊、太昊这三大无敌高手的攻击，即使是熊城也不例外，而城内又没有人可以对他们构成威胁，凤妮就是动用千军万马也不行！”

“想来爹应该至少会牵制住太昊或少昊中的一路人马，若是再有其他人，比如叶皇和柔水联手，便可以再牵制另一路，因此攻打熊城只有蚩尤一人，若仅他一人，相信战士的征调方面会有此困难，因为我们熊城外有君子国和华联盟诸部落，所以，蚩尤想直接攻下熊城也不是易事。”陶莹分析道。

“莹妹说得很有道理呀。”桃红赞许道，便连歧富也不得不赞陶莹的智慧，只是随便一说，便将目前形势分析得极为透彻，果然是虎父无犬女，对于作战谋略，陶莹确实比跂燕、桃红等更胜一筹。

轩辕仍是摇头道："如果凤妮退守熊城，则形势危矣。若我是蚩尤，定会派人把守八寨，牵制住一直想攻击他们的你爹与叶皇，而蚩尤则可与少昊、太昊全力攻击熊城，试想这三人联手，熊城还能守多久？而有熊若不能舍熊城则只能陷入死地！"

众人在听了陶莹的分析后，都觉有理，可是此刻轩辕又如此一说，顿时发现形势果然不妙。

"你们骑马随后而回，看来我要徒步先赶回熊城了！"轩辕断然道。

众人不禁愕然。

熊城之上，军民齐心，但每个人的手心都在冒汗，弓弩手、投石器，全都蓄势待发，每一位弓弩手都是箭矢上弦。

蚩尤的大军正在缓缓逼近，当然，这些并不放在熊城军民的心上，他们所担心的只是蚩尤、太昊和少昊的逼近。

蚩尤在最前，一身黑色怪兽皮衣上镶满了金色的鳞片，一袭黑皮披风，随风鼓动，散漫出无穷无尽的魔焰，长长的黑发，半遮着那张俊逸却带着一丝诡秘神采的脸。在与蚩尤合为一体之后，叶帝似乎更具魔异的魅力，只让人看得胆战心惊。

蚩尤身后，太昊与少昊分左右而行，两人衣饰面具一金一银，根本就无法看清容颜和表情，只是三人的气势凝为一体，浑然天成，每向熊城城门逼进一步，仿佛整个熊城都要抖动一下，而此时，熊山之顶的光华已经尽没。

熊城的城墙之上每一位有熊战士都将心提到嗓子眼上，他们不敢想象如何才能够与蚩尤、太昊、少昊这三位无敌高手对抗，也或者是蚩尤满手的血腥早已让他们心胆俱寒了。面对一个不死之魔，谁还会真有勇气去面对呢？包括熊城中的所有高手和子民。

熊城的所有高手全都聚集在熊城大门的顶端，无论是受伤了的，还是没有受伤的，全都到齐。

谁都知道，这一战不是敌死就是我亡，再无第二种结果，有熊族的子民绝对不会向凶残嗜杀的蚩尤降伏！因此，今日双方便成了最后的决战，但这种决战的形势却非平等的。

战争，本就是掠夺与被掠夺，并没有任何所谓的公平与不公平可言，胜敌，便是最终的目的。至于手段，完全可以由自己支配。

蚩尤的步伐仿佛是踏在每个人的心头，充盈着魔异的节奏，面对着熊城城楼之顶的数十位有熊的顶尖高手，他仿佛根本就不曾在意。抑或是，这个世界根本就没有任何的东西或敌人可以让蚩尤担心和害怕，他，便是人世间的主宰，生与死，对他来说，完全是毫无意义的。

太昊和少昊两人的气势更将蚩尤的气势衬托得无可比拟。

一百丈的距离便像是千万里一般漫长，每个手心冒汗的有熊战士，仿佛觉得蚩尤走过这一百丈的距离花了半个时辰，他们在等待，等待着死神的来临。

蚩尤的嘴角间逸出了一丝冷酷至极的笑容，像嗅到了血腥的野狼，他已经深深地觉察到了每个有熊人内心的恐惧。他喜欢这种感觉，喜欢看着别人绝望哭号的场面，对他来说，那是一种神奇的快感。

五十丈……四十丈……三十丈……二十丈……蚩尤眸子里突地射出一丝奇异的光彩。

轰……熊城那扇精铁大门竟在此时突然洞开，透过那高大的城门，蚩尤看见了奇迹。

一身水绿色的紧身衣勾勒出一具近乎完美的躯体，一袭淡黄色的披风随风轻舞，配上那让任何男人都不敢正视的绝美容颜，那神迹般的结合，竟生出一种完全可以与蚩尤相抗衡的另类气势。此人正是有熊族的最高首领——太阳凤妮！

蚩尤也不由得微微呆了一下，他并不是第一次见凤妮，可是这一次似乎与往昔任何一次都不相同，那便是因为凤妮的气势。

从内到外，凤妮身上仿佛都充盈着一种前所未有的生机，这使她本已不食人间烟火的绝美更平添了几许超然出尘的英气。

那是一种没有人能够解释的气质，一种让人欲顶礼膜拜的雍容。

蚩尤不自觉地止步不前，太昊和少昊也因此停下了前进的脚步，只是因为凤妮。

墙头上的所有人都怔住了，他们不解何以蚩尤和太昊、少昊会突然停下脚步，但是却感觉到了自城门口所散发出来的一片宁和而悠然的气息。

蚩尤没有再跨进一步，他相信这个世间，凤妮是让他唯一止步的人。这并不是因为凤妮的武功高于他，而是他惊讶于凤妮的美貌，虽然他已经与世无敌，成为一代魔帝，但他仍然存在着人性，他更无法将叶帝身上欲望的本性驱除。因此，他为凤妮的威仪所慑服。

太昊却是与蚩尤完全是另外一种感受，他是凤妮的师父，相处了近十年，师徒之间的情分仍在，尽管在谋求利益之上他可以对凤妮不择手段，但是在此刻再见凤妮之时，他内心却不能没有感慨和愧疚。

太昊总觉得自己很了解凤妮，可是此刻再见凤妮，他却发现凤妮已不再是他所想象的那般幼稚，那般柔弱可欺，他甚至被凤妮那另类的气势所慑。这是他从未想过的事情，仿佛这一年多不见，凤妮已不再是以前与他相处的那个凤妮，他心中竟生出了几分惧意。

想起来太昊也觉得很可笑，他竟然对凤妮生出惧意。不过，他不能否认，凤妮这突然地出现在城门口，确实让人感到极为高深莫测，不仅如此，凤妮那平静而淡漠的神情更使他心虚。如果不是蚩尤在，他定不可能下得了手再对付有熊。

少昊也讶然，心中忖道："难怪有熊能够在短短的几个月之中便能够如此快捷无伦地发展起来，这一切都绝不是侥幸，只看凤妮便知道，有熊能有这般人物做首领，难怪万众归心，便连我都心生仰慕之意。只不知那个轩辕会不会比凤妮更出色呢？那轩辕又会是个什么样的人物呢？据传轩辕对于有熊来说比凤妮更重要，这话可信吗？"

少昊心头也有些疑惑，轩辕为什么到这个时候仍然不出现？难道是在与天魔一战后死了吗？不过，当他真实地见到眼前的凤妮时，他才知道什么叫作真正的美人，什么才叫作女中英杰。他很难想象，一个女人竟能够将自己的气质展现到这种完美的境界。他有些气恨当初为何没能亲自将凤妮擒获，否则对于他来说，拥有这样的女人，也该心满意足了。可惜，此刻却是处在敌对的立场，还要战的你死我活，或许，这便是造化，这便是命运！

凤妮手中轻执一块龟壳状、三尺见方的奇异兵刃，腰系一柄柄部镶着红宝石和珍珠的剑，配上古色古香的剑鞘，反而使人并不感其之华丽。

蚩尤缓缓地回过神来，是因凤妮已经缓步向他逼来。

凤妮竟只身而前，在她的身后没有一人相伴，有熊诸老横列在熊城城门门洞之下，却并不随凤妮逼近蚩尤。

尚九望着凤妮的背影，眸子里竟闪过一丝晶莹，他明白今日可能会发生的结局。

所有敌方的战士与所有有熊战士都安静了下来，呼吸也都变得沉重，心跳声霎时在众人的脑海中响起，此刻他们目光的焦点不再是蚩尤，而是凤妮。

凤妮的出现确实是一种震撼，对所有人都一样，便是熊城之中的子民也被凤妮这一举措给震撼得不知道该说什么，每个人的心头都涌起了一股无法言喻的感觉，仿佛是一股气……

是的，是一股气，是勇气！是斗志！凤妮只是以行动告诉所有的有熊子民，蚩尤，并没有什么可怕！告诉所有的有熊子民，斗志是不灭的！

是的，所有有熊的子民和战士都自心底涌起一股激流，只是此刻这股激流为凤妮的气势所压抑。凤妮那轻缓的步子犹如沉重的车轮碾过每一个人的心头。

勇者的威胁并不是最可怕的，最可怕的是弱者的无畏无惧。

凤妮是弱者，但她给人的震撼却比蚩尤给人的震撼更强烈。

凤妮的脚步未停，而是直接行到距蚩尤三丈的地方，凝步而立，一双清秀而柔美的灵眸似乎充盈着无限悲天悯人的情怀，但她的神色却平静得如一池春风也无法吹皱的春水。

当凤妮的目光抬起与蚩尤正视之时，蚩尤的心神竟然忍不住再一次狂震。

陶基心中焦灼，他与吴回汇兵一处，聚有数十精锐，可是他们一时之间却是无法攻破蚩尤与少昊、太昊他们所设的防线，入寨援救熊城。

蚩尤这一招确实厉害，立刻让陶基化主动为被动，只得跟着蚩尤身后跑。

陶基明白熊城的危机已迫在眉睫，他很难想象，当蚩尤和太昊、少昊三人联手之后，凤妮面对的将是怎样一种局面。

如果熊城真的失陷了，那么，不用置疑，下一个遭殃的便会是他的本族陶唐氏。可以说，陶唐氏的命运已与有熊紧密联系在一起，正所谓唇亡齿寒。

若是让蚩尤征服了天下，那洪荒将会是一片混乱。以蚩尤嗜杀残暴的魔性，到时血腥的日子将会无休止地漫长，这是陶基绝不愿意看到的结果。何况，每个部落都有自己的立场，以他与有熊的关系，他便不能不与蚩尤对抗到底，否则的话，他以何面目去见轩辕？去向支持他的族人交代？

蚩尤似乎明白陶基定会主动进攻八寨，因此，他让盘古智高留守，更配以帝大和伏羲氏的高手坐镇八寨，他们的主要任务便是紧守八寨，不让陶基冲入与凤妮会合。

蚩尤也明白陶基是个极不好惹的角色，虽然比不上太昊和少昊，但其武功之精湛绝不在盘古智高之下，甚至还要胜上一筹。因此，以太昊之力，仍不能攻下陶基和伯夷父联手的防线。

可以说，在八寨之外的有熊高手几乎等于有熊族内所有高手的一半，如果让这双方会合的话，这个战局便很难说了。有熊毕竟是辉煌了数百年的强大部落，有着深厚的根基，正是这个根基使得有熊族高手云集，即使是以他蚩尤之勇也仍会对有熊有所顾忌。

虽然蚩尤的功力已达通天彻地之境，但是，若是有熊所有高手联手，那力量同样也有毁天灭地之威。当年神魔之战中，诸神联手，其威力之惊人比之伏羲更可怕，蚩尤已尝过了那种苦涩滋味，因此这次他绝不会让陶基与熊城中的高手会合。

盘古智高与帝大联手及一干伏羲氏和东夷高手相接合，勉强可以将陶基诸人阻在八寨之外，但形势十分吃紧。

虽然八寨并没有十大联城那般坚固，但是其防守性仍很好。陶基诸人若想在一天之中便将其攻下，确实有些难度，便是蚩尤当日也没能做到。

战况极为惨烈，陶基所选的自是已被蚩尤攻得快塌损的寨子，如果是其他坚寨，只会招来无数乱箭，由于有乱箭相阻，陶唐和有熊兵力折损也极大。

盘古智高根本就不出战，他受蚩尤的严令，只许坚守，不许迎战。

蚩尤很明白，如果出战的话，盘古智高和帝大虽是不世高手，但与足智多谋的伯夷父及勇武至极的陶基相比，他们有败无胜，何况还有昊回与有熊的数大城主，这些人无一不是顶级高手，他们如自立为王，任何一人都足已名动一方。

蚩尤并不奢望盘古智高诸人能够支持多久，只要一天多时间便足够，他自信以他的实力，加上太昊和少昊两人，足可在一天之中夺下熊城！那时他便可以以熊城为基地，再去收拾陶基与那些残余力量。

凤妮无畏地与蚩尤对视，似乎并不知道眼前之人乃是天下无敌的魔帝。

蚩尤震惊于凤妮眼神竟然无惊无惧，若有若无的忧郁之中更带着无尽的凛然之意，便像是一尊女神之像，他不由自主地想起了昔年冷艳绝伦的女娲。

凤妮的目光扫过太昊的容颜，太昊竟然不敢与凤妮的目光对视，他心中实在有愧，再怎么说，他也曾是一代霸主，可是今天却与别人一起来联手对付自己的徒儿，这确实连他自己也难以原谅自己。

凤妮的目光并不在太昊的脸上作太多的停留，而是很快又移向了少昊的脸上。

少昊与凤妮的目光一对，禁不住感到脸上一热，他似乎感到凤妮那眼神突地变得有些怪异，似笑非笑，仿佛是在讥嘲他，更仿佛是看透了他内心所想的一切，怎不叫他脸热？如果不是那银质的面具相掩，恐怕其脸色会更红了。

凤妮望着少昊，她确实笑了，笑得有些异样，只是牵动了一下唇角，虽然美不胜收，但却仿佛像一根刺插入了少昊的心里。

是的，凤妮是在嘲讽少昊，却是以无声的形式嘲笑，但这却比有声的嘲讽更让少昊受不了。

受不了的还有太昊，凤妮虽然没有嘲讽他，但是凤妮对少昊的嘲讽，也等于是嘲讽了他，他毕竟是心中有愧，凤妮不嘲讽他，反而使他心中更难受，更觉愧对凤妮。至少，到目前为止，凤妮依然很尊重他。

“凤妮久未向师尊问好，实是因近些时日来，族中俗务繁多，未能抽出时间来，却不想今日竟会在此地再见师尊。因时地不宜，还请师尊原谅弟子不能行谢师大礼了！”凤妮目光再移向太昊，神情平静得让人吃惊地淡然道。

太昊哪还受得了？只得装作没有听到，但是却将目光垂了下去。

少昊却将目光投向了太昊，似乎有些幸灾乐祸之感。能够看到太昊如此窘迫之状，的确是一件让他感到痛快的事，虽然此刻他们同属于蚩尤手下的两员大将，但暗中钩心斗角依然是在所难免的。

蚩尤也微讶，他似乎并不知道凤妮与太昊有师徒关系。不过，他对凤妮似乎视他为无物的举止甚是恼怒，但是面对如此一位敌人，蚩尤竟然一时之间无法发作。尽管他是魔威难犯，可是凤妮这种淡笑自若、挥洒自如的气势，却自有一种让人心颤的魅力。当然，蚩尤也感受到了太昊的窘态。

蚩尤实有些吃惊，凤妮的寥寥数语竟使不可一世的太昊也斗志全消，确实非同凡响。他不由得冷冷一笑道：“既然你们有师徒情分，你何不领族人降伏于本帝？这样，你们师徒之情分就可以保全了，更不会让熊城血流成河，本帝也绝不会亏待你和你的族人，不知你意下如何呢？”

凤妮的目光又转回蚩尤的脸上，淡淡一笑，悠然道：“师徒之情固然重要，但相比我有熊数百年的基业，相比我有熊不屈之族魂，又是何其浅薄，何其微渺？我说过，时地不宜，并不是谈师徒情谊之时，凤妮虽俗，却未到卑颜屈膝求得苟存的地步，蚩尤你想错了！”

蚩尤大愕，神色间闪过一丝怒意，但旋又变得平静，凤妮的辞锋之利，不得不让他动容。

太昊和少昊更是脸热，心中也大为恼怒，凤妮此话等于是在变相鄙骂他们，但凤妮那大义凛然的气概却又让他们不得不心生惭愧，想到自己堂堂一代霸主，还不如一介小小女子，怎叫他们不羞愧难当？

有熊和蚩尤的战士全都停止未动，相对近百丈对峙，而凤妮则与蚩尤成了这片空阔之地的中心，所有人的目光全都凝聚在这几人的身上。

凤妮刚才的话音并不是很响亮，但是由于她以功力将语音送出，也使熊城城头的战士和高手人人听得清清楚楚，不由得人人心神激昂，斗志大盛，仿佛立刻便要冲上前来大肆厮杀一番，但是他们却明白眼前的战局，不得不强抑那颗冲动的心。

每个人都为凤妮捏了一把冷汗，有熊的子民，没有人会想到凤妮竟然独自一人出城与蚩尤相抗，而且是一人面对三大绝世高手，这确实很突兀，但是尚九诸长老封住城门，不许任何人擅自出城为凤妮助战，这让众战士都无法理解。可这却是凤妮的命令，因此没有人敢不遵从，虽然有熊战士万分担心，却也无可奈何，试问谁又能够胜得了蚩尤和太昊、少昊呢？

事实上，这对于蚩尤和太昊、少昊来说，也是一个极大的意外，他们绝对没有想到，会是凤妮独自一人出城面对他们，这使他们的计划全都乱套了。他们本想联手击碎熊城大门，然后就这样杀入熊城，血洗熊城，可是此刻熊城大门洞开，仿佛是在等待着他们的进入，但更透着无限的神秘，因为来自熊山那异常的五彩光芒，也不能不让人心生疑惑。

当然，以蚩尤、太昊和少昊的绝世修为，岂会觉察不出有一种特别的生机来自熊城的内部？是以，这一刻便是蚩尤也感到凤妮打开成门独自行出之举有着说不清的玄机。只凭凤妮这份勇气，如果没有所恃，她凭什么独对三大绝世高手？若说她是出来献城投降，却又不是，难道凤妮此来只是送死？

第一百四十二章 父子对立

蚩尤猜不透凤妮葫芦里卖的是什么药，若说凤妮是来送死，何以熊城之中的人表现得如此冷静？仿佛是对凤妮的生死漠不关心，这岂不是让人无法理解？

总之，熊城内外，包括凤妮，一切都透着难以言喻的怪异气息，一切都有些不合情理。

当然，蚩尤绝不会惧，天下间尚没有谁值得他惊惧，没有谁可以让他退缩。昔年无敌的伏羲和女娲已经不在人世，他根本就不相信这个世间会有什么东西可以对他构成威胁，何况对方只是一介弱冠少女。

“一个女流之辈拥有如此豪情，果然不愧为有熊之首！如果你愿意臣服于本帝，本帝可让你成为本帝的正妃，甚至可以将整个天下由你治理，那时，不仅可以兴旺你有熊族，更可以兴旺你华联盟和各大小部落，不知你可愿意？”蚩尤仿佛也对凤妮越来越有兴趣，竟然一本正经地出言道。

凤妮哂然一笑，似乎对蚩尤的话有些不屑地道：“凤妮虽身负重任，却非羡慕权术之人，天下何其大，你出此言不觉得太过狂妄了吗？何况，凤妮一介弱冠女子也无治理天下的能耐。”

蚩尤脸色一变，冷哼一声道：“本帝是因为欣赏你，才会抬举你！说到狂妄，这也需要本钱，天下之主，舍我其谁？谁还配做本帝的对手？只要本帝扫平熊城，那些跳梁小丑又能翻得起多大的风浪？只要本帝乐意，随时都可以让他们的部落从这个世间消失！”

“至少，你们还没有扫平熊城，如果你认为可以轻易踏平熊城的话，那你错想了！”凤妮冷然道。

“你认为你可以阻止我踏平熊城吗?”蚩尤冷笑着不屑地道。

“没有试过，怎会知道?”凤妮毫不退避地道。

“哈哈哈……”蚩尤不由得放声大笑，望着凤妮不屑地道，“就凭你?”

“有我就足够!”凤妮自信地道。

蚩尤惊讶地打量了凤妮一番，他并没有觉得眼前这个美女神情有什么毛病，除了她手中那奇异的盾形之物和腰间那柄镶有珍珠宝石、鞘身古朴的长剑外，便是她那让人难以置信的美丽，可是凤妮却如此肯定地说出那样离谱的话，怎叫蚩尤不惊?

蚩尤没有嘲讽，他对眼前这个女人似乎更多了许多的兴趣，他不觉得有与凤妮争执的必要，在内心深处，他竟也动了占有对方的心思。

“难道你就不为你族人的生命与幸福着想?难道你就要眼睁睁地望着熊城血流成河?”蚩尤竟似乎有些语重心长地问道。

凤妮笑了，笑得似乎很满足，很幸福。她并没有望向蚩尤，只是扭头望了望熊城之上的所有有熊战士，半晌才回过头来，悠然道：“我们族人的幸福便是为自己种族的荣辱战斗到底，尊严和幸福只有经过鲜血的洗礼，才会显出其可贵之处，我们何惧?我们何所畏?”

少昊和太昊都抬起了头，他们的目光全都聚在凤妮的身上，凤妮的话仿佛是深山中敲响的晨钟，让人心灵无法不被震撼。

太昊仿佛是第一次认识凤妮，心中也不能不为凤妮叫好。

蚩尤脸色一沉，他已经一再给凤妮机会，可是凤妮竟然毫不领情，叫他怎不心中暗怒?虽然他有些喜欢凤妮，但是这却不等于他便会放弃今日的杀戮!在倏然之间，他又想起了另外一个问题，那便是轩辕。

“是不是因为轩辕，你才会这样?”蚩尤冷然问道，语气之中透着一股浓浓的杀机。

凤妮禁不住身子微微一震，她没有想到蚩尤竟会在这种时候提到轩辕。是的，她也不明白，如果不是因为轩辕，她会不会这样做，会不会仍要血战到底……

“如果轩辕死了，你会不会答应我的提议?”蚩尤望着凤妮沉声问道。

凤妮自然知道蚩尤暗指要她做正妃之事，不由冷冷一笑道：“即使这个世上没有轩辕，我也同样会坚持己见。正邪势不两立，有熊永远都不会屈服于你这恶魔，哪怕全族只剩最后一个人，这人也一定是战死而非老死！”

蚩尤冷冷地笑了几声，充满杀机地道：“好，好，那本帝就成全你们！”

“蚩尤，你休得伤她！”一声惊喝，一道身影电射般自熊城之中掠出。

太昊身子一震，他对这声音太熟悉了，那人正是他的儿子伏朗！

伏朗在凤妮的身边立定，抢步站在凤妮的身前，神情凄厉，吼道：“要伤她，就先杀了我再说！”

“朗儿，别在这里胡闹！”太昊不由色变，呼道。

“哦，原来是令郎。”蚩尤神情稍缓，显然他并不想让太昊太过难看，毕竟此刻太昊乃是他手下的第一号战将，将来还会有很多地方要用得上太昊。所以，他才没有立刻出手杀了伏朗。

凤妮神色依然是那样的平静，仿佛根本就没有见到伏朗的到来，连话都不想说。

“我没有胡闹，孩儿就不明白，爹身为人师，德高望重，可是今日却为虎作伥，竟来对付自己的弟子，难道爹认为是我的错吗？”伏朗有些激动和气愤地大声反叱道。

“住口！你一个毛孩子知道什么？还不快回到爹的身边来！”太昊也有些恼羞成怒地吼道。

伏朗似乎铁了心要与太昊干到底，反出言劝道：“爹，你看看吧，这里站着你最心爱的徒儿，另一个是你的儿子，你今天所要对付的却是最尊敬和仰慕你的人，难道你忍心杀死这些人吗？难道你忍心看着这些人在对你的失望中死去吗？要知道，有熊是我们兄弟部族，有着数百年交情的兄弟部落呀……”

“住口！若是你今天不到为父身边来，从此之后，我太昊再也没有你这个儿子！”太昊大吼着打断伏朗的话。

伏朗惨然一笑，摇了摇头，无限伤感心痛地道：“爹，你知道吗？自小我都以你为傲，你便是我心中最伟大的人物，若说这个世间有神的话，在我的心中，那你就是神！我认为你无所不能，无所不会，从来都是将你的话当作真理。即使你让我利用感情来夺有熊，借师妹来控制有熊，我都没有半点反驳，因为你是我心目中的神，但所有的计划都以失败而告终，或许这便是天意，我不怪轩辕，不怪师妹，也不怪你，或许这一生注定我无法得到最心爱的人，因为一开始我便是心怀不轨，错的人只是我！可是，这一次——"

伏朗长长地吸了口气，愤然接道："这一次我不想再盲目，更不想再对不起师妹，爹，你好让我失望……"

太昊气得手都在发抖，他的心头像是有一把刀在割，说这些话的人不是别人，而是他的儿子！是他最寄予厚望的儿子！这怎不叫他气？怎不叫他心痛？但是伏朗的话句句深情，让他无法反驳。

"或许，我不该长大，或许，我不该明辨是非，抑或我不该拥有七情六欲，更或许，我根本就不该来到这个世间！爹，你知道你让我作出这样的选择是多么痛苦吗？或许你会生气，或许你不会原谅我，但不管结果会怎样，孩儿已决定与熊城共存亡！任何要对付凤妮的人都要先杀了我，便是爹也不例外！"伏朗的话说到最后，竟有种斩钉截铁的力度。

凤妮心头也大受感动，她没有想到伏朗竟然会说出这么一番大义凛然的话来，可见他确实是真心实意地爱着她。不过，她此刻的心中根本容不下多余的影子，此心早已只属于轩辕。

"师兄，你不必为我担心，凤妮之事自应由凤妮来解决！"凤妮淡淡地道。

"好个孽子！那便休怪为父无情了！我就先废了你再说！"太昊大怒，似乎已是气得怒火攻心。他从未受过如此奚落，从未有人敢在他面前如此训他，可是伏朗却敢如此教训他，这怎叫他不怒？

太昊说话间，身形如电般向伏朗射到，一片金黄的虚影仿佛罩住了伏朗所有可退的空间。

"慢！"蚩尤一声低喝。

太昊倏然收手，似是为蚩尤这声低喝所阻，他立足问道："魔帝此举何意？"

"太昊何必如此生气？年轻人总难免有些脾气，令郎也许只是一时糊涂，这才对你有所冲撞，你也不必如此动火，只要让他回去好好地想一想，他便应该可以想通了。”蚩尤淡然一笑道。

其实太昊哪里想对儿子出手？只是一时颜面无法放下，才会恼羞成怒，此刻蚩尤如此一说，他也正好借机下台，向伏朗叱道：“孽子，还不向魔帝谢过？否则今日定不会饶了你这孽子！”

“哼！”伏朗冷冷地望了蚩尤一眼，冷哼道，“谁要他假充好人？今日我心意已决，若是父亲不退出今日之战，我宁可战死于此，也不愿带着遗憾和愧疚窝囊地活一辈子，如果爹爹认为孩儿有错，你就杀了我，孩儿绝不敢反抗！”

太昊差点气得七窍生烟，伏朗竟然硬是不给台阶他下，可他又能如何，难道他还真会对其子痛下杀手不成？

那自然不会，但伏朗这一刻竟犟得跟一头牛似的，一点都不领情，似乎也不为他这个做父亲的着想，这使他一时之间也失去了分寸，不知该如何是好。

少昊似乎是不动声色，虽然饶有兴趣地望着伏朗，却并无幸灾乐祸之感。或许，是因为他心中也有些惭愧，毕竟此刻他也是臣服于蚩尤，与太昊之间，可谓是同病相连。是以，他并没有必要去取笑或嘲讽太昊，相反，他倒觉得眼下的两个年轻人颇有些与众不同的气质。

当然，这是因为少昊的心中存在着私心，并不是真心实意要助蚩尤，这才会以一种比较平和的角度去看待凤妮和伏朗，对凤妮和伏朗的明嘲暗讽并不动怒，而且修为已达到他们这等境界者，基本上是不会为世俗的七情六欲而动怒的，太昊倒是一个例外。

太昊动怒，是因为说话的人是他最疼爱的儿子，若是别人，他或许根本就不会在意。

蚩尤望着伏朗，嘴角泛出莫名笑意，摇了摇头道：“你太年轻了，什么都不懂，你爹也是一番好意，你又何必要让你爹生气呢？”

“不要你在这假惺惺的，我伏朗虽然不才，但今日却誓要与你这魔头抗战到底！”伏朗冷然道，神色竟平静得让太昊也有些意外。

蚩尤丝毫不动怒，没有人看得出他表情上的情绪，只是悠然地望着伏朗，笑道：“如果你可以挡我一招，我便立刻撤兵而返，永远也不再来攻打熊城，不知道伏朗公子愿不愿意与我赌上一赌呢?”

伏朗和凤妮全都一震，连太昊也有些讶然，他似乎没有想到蚩尤竟有如此提议。

伏朗也有些将信将疑地望着蚩尤，不敢相信地问道：“此话当真?”

“本帝从无戏言!”蚩尤不屑地答道。

“好，我与你赌!”伏朗断然道，虽然他知道蚩尤的武功已经达到了高不可攀的境界，但是他却不相信自己连对方一招也接不下，毕竟他自身也非弱手。当然，伏朗现在没有昔日那般狂妄，因为他知道这个世界比他武功高明的人比比皆是，在轩辕的手中吃过几次亏之后，他也变得谨慎起来。

“但，如果你输了，就再不能插手熊城之事。”蚩尤悠然道。

太昊不由得大为感激，他自然知道蚩尤这是给他找台阶下。

凤妮也觉得蚩尤并不只是只懂杀戮之人，至少他还懂得收买人心，如此一来自然使太昊对他心生感激。

要知道，能够让蚩尤如此下赌注，可见他对伏朗确实是极为看重。当然，这只是因为太昊的存在，否则的话，蚩尤要杀伏朗，就像是捻死一只蚂蚁那么轻松，根本就不会跟他啰唆。

伏朗知道蚩尤会有条件，却没想到条件却是如此简单。同时，他也明白，蚩尤这是向他父亲示恩，以便让他父亲真心臣服。

伏朗不由得扭头望了望凤妮，似乎是想征求凤妮的意见。若是叫他不再帮有熊，他担心凤妮会不会怪他。

凤妮似乎明白伏朗的意思，只是向他点了点头。

伏朗见凤妮同意，不由豪气顿生道：“好!我同意，如果我败了，再也不管你们与有熊之间的战事!”

蚩尤悠然一笑，道：“那好!你准备接招吧!”

叶皇心急如焚，他早就接到熊城危急的消息，可是那该死的高阳王竟然派出一群高手偷袭他，更让有虞氏越过太行山，绕过共工氏，截击他回救熊城的一千兵力。

高阳氏似乎是铁了心不要叶皇赶回熊城，想尽办法拖住叶皇，更自偃朱和尧城调兵与共工氏对峙，使共工氏无法调集人手支援叶皇。

高阳氏与有虞氏联合，其力量更胜陶唐氏，比之有熊虽有不足，但也足够让对手为之头大。

叶皇和柔水心情虽急，但却不能不先摆脱这群人的纠缠，否则的话，只怕根本就不容他赶到熊城，身边的人便所剩无几了。

所幸，龙族战士也倾力而出，便连贰负也亲率人马出战，但是他们所做的事便是阻击所有去有熊支援蚩尤的敌军。有虞氏和高阳氏欲赶往熊城支援蚩尤的两支战旅几乎是全军覆灭，东夷和伏羲氏诸部落支援蚩尤的兵力，也都受到了龙族战士的无情偷袭。

不过，支援蚩尤的兵力太多，连龙族战士也都有些应接不暇，但最幸运的却是每一次偷袭都能够成功，至少会让对方损失不少人。能够赶到熊城支援蚩尤的敌军，所剩还不到一半，其余一半都是折损在路途中。

贰负与叶皇会合，并与华联盟的几个小部落联手，借天时、地利之优势，几次夹击之下，这才将有虞氏的拦截之军击溃，更解决了高阳氏的高手们。

当然，这是因为陶唐氏很难分出力量来接应叶皇之故，因为陶基几乎带走了陶唐氏的大部分精锐战士去解熊城之危，这才使得有虞氏在翻过太行山之后会有机会猖狂。

贰负与叶皇会合，便迅速赶向有熊，数千龙族战士也向有熊靠去，但是这些人却仿佛是一把横在南方和北方的刀，任何想自南方攻击北方的敌人，都将受到偷袭。龙族战士的情报准确至极，但这却是因为一个人，那便是最熟知蚩尤的人之一——狐姬！

即使叶皇也没料到，狐姬竟然如此无私地助龙族拒敌，更将自蚩尤那方探得的情报全都传达给龙族。也只有被蚩尤信任的狐姬才能够知道蚩尤援兵的情况，因为蚩尤便是让狐姬为他去各地调集人手来攻打熊城，可是蚩尤做梦也不会想到狐姬竟会将所有情报全部透露给龙族，使得那些来援助蚩尤的各路人马等于自投罗网。

叶皇得知这一消息自然十分高兴，只是他对熊城的担忧却是有增无减。谁会不知道，只凭蚩尤和太昊、少昊三人的力量，便足以将熊城闹个天翻地覆，鸡犬不宁。而叶皇所领的援兵却在途中耽误了这么长的时间，是不是还赶得及？

叶皇比任何人都明白蚩尤的心性，因为世间只有他才最明白叶帝。叶帝似乎也最明白叶皇，是以，蚩尤才会让高阳氏和有虞氏想方设法阻住叶皇返程的时间，拖住叶皇，因为这个世上或许唯有叶皇才能阻止蚩尤的行动，因为蚩尤便是叶帝！

尽管蚩尤的魔魂改变了叶帝很多很多，但是他无法改变叶帝的情感，更无法改变叶帝的思维方式。叶帝与蚩尤之间，只是作了一个野心与武力的完美结合而已。

叶帝的躯体确实是蚩尤重生理想的寄托体，因为叶帝有着与蚩尤本性相同的邪恶，更有一颗着魔的心，其本身就深具魔性，乃大恶之人。因此，与蚩尤的魔魂相结合，只是将叶帝的魔性全面开发，这个结果甚至比蚩尤的前身更为理想。

叶帝与其弟叶皇却是完全两个极端的人，一个大恶，魔根深种；一个至善，天生仁义。而兄弟两人之间又有着让人无法阐释的神秘联系。

当然，这些只是心灵上的联系，这也便是何以叶帝绝不会伤害叶皇的原因，而这也成了蚩尤担心叶皇会破坏他行动的原因。

叶皇自轩辕的口中知道这种可能性，是以，他绝不可以让蚩尤作乱。不过，他并不知道轩辕是自狐姬的口中得到这种可能性的猜测。叶皇从来不怀疑轩辕的话，因为他相信轩辕，相信轩辕绝不是无的放矢之人，尤其对待自己的兄弟们更不会如此。是以，他会全力支持轩辕平定天下，以求得一个和平而安宁的世界，而有熊正是轩辕实现这个目标的基石。

伏朗的心情有些紧张，他明白，蚩尤的武功之高，便连太昊也有败无胜，那他根本就不可能成为蚩尤的对手。虽然他自诩是个习武的天才，也还算得上是个高手，但这只是相对而言的。不过，他只需接下蚩尤一招就行了，只是一招而已！

伏朗的目光向太昊瞟了一眼，但太昊根本就不望他，仿佛是根本就不当他存在一般，更无法知道太昊是什么表情，因为那层黄金面具阻挡了所有人的视线。

伏朗心中叹了口气，他知道父亲在生他的气。但他也明白，父亲是爱他的，而且爱得很深！否则以太昊的修为，以那古井不波的心性，他怎么可能会发如此大的脾气？如此震怒和生气？可怜天下父母心，可是命运总喜欢跟人开玩笑。

是的，正如伏朗所说，或许他不该爱上凤妮，不该以一种虚伪的态度并抱着有目的的心态去对待真正的爱情，这使得他注定会以失败告终。他不仅失去了最爱的人，更失去了本应该得到的功业。

这是因为轩辕的出现，一个比他更优秀、更具智慧的另类，伏朗也不能不承认轩辕的才智足以让天下人皆惊，一个不用一兵一卒，便可以将太昊和少昊这样两股庞大的势力玩耍于股掌之间，这是何等的不可思议！是以，伏朗来到熊城，也是欲让轩辕想想解救之法，只可惜，轩辕却不在熊城之中，这或许就是命。

伏朗已经犯了一次错误，已经失去了最爱的人，因此，他绝不想再犯第二次错误。

或许，这个世间无所谓对，无所谓不对，但伏朗却愿意为凤妮献出一切。直到这一刻，他似乎才明白爱一个人的真实的感觉，那便是只要对方能够幸福，他将不惜牺牲一切，包括生命！但能不能换得对方的爱却是另外一回事，也微不足道。付出，也是一种幸福，不过那是一种苦涩的幸福。

“爹，恕孩儿不孝，不过爹爹也应该为孩儿感到高兴才对，因为孩儿终于长大了，能够明辨是非，坚持自己的主张，这不正是一种成长的过程吗？如果爹爹不肯原谅孩儿，那爹爹的养育教导之恩只有等来世再报了！”伏朗突然向太昊跪下，坚毅地说完这些话，然后砰砰地磕了三个响头，这才起身与蚩尤正面而立。

蚩尤微讶，他感到有些好笑，这个年轻人确实有些特别。

太昊依然没有言语，甚至连看都未看伏朗一眼，但任何人都可以感受到他内心的震动，太昊之所以不看伏朗只是在赌气。

“准备好了吗?”蚩尤淡淡地问道。

伏朗深深地吸了一口气，想到这一招将可能决定有熊的命运，他有些难以平下心绪，倏地，他觉得肩头多了一只手!

伏朗的心头狂跳，他知道这是凤妮的手，凤妮竟在这个时候伸手搭在了他的肩上。

伏朗身子微颤了一下，转过身来，凤妮那不食人间烟火的绝美容颜与他只隔一尺而对。

凤妮的身材并不比伏朗低，她的目光极为温柔且略带忧郁地凝视了伏朗半晌，才淡然道:“谢谢!你永远都是我的好师兄!”

伏朗的心中倏地又凉了半截，原来凤妮仍只是将他当师兄看，但他却只能让苦涩留在心头，涩然一笑，道:“是的，我永远都是你的好师兄，所以你根本就不用谢我!”

凤妮笑了，如百花竞放，日月顿时无光，那一笑只让伏朗心神荡漾，他似乎还是第一次发现凤妮的笑容竟是这般甜美。

凤妮略一探身，竟在伏朗的额上亲吻了一下，她不感到半丝羞惭，一切都是那么自然，仿佛不知道他们周围有千万双眼睛在望着她。她吻得是那般自然，分开得也是那般自然。

伏朗一时之间竟傻了，他怎么也没有料到凤妮竟在两军对垒时亲了他一口，而且是那么坦然自若。虽然他在错愕之间，凤妮便结束了这一吻，但他却深深地明白凤妮这一吻之中那真挚的感情，一切都是那么坦然，那么纯真。

霎时，伏朗仿佛大彻大悟，自这段感情之中走了出来，心里一片宁和，就像凤妮的眸子一般，平静安详得不带半丝杂质。

“小心了!”凤妮轻声地叮咛一声，便像妻子在叮嘱远行的丈夫。同时她更伸手为伏朗整了一下衣领，动作温柔而细腻。

伏朗一时间豪气干云，仿佛这个世上已经没有任何事情可以阻止他与蚩尤一战，没有任何东西可以阻止他取胜的欲望!望着凤妮那温柔而关切的眼神，他沉重地点了点头，但却说不出话来，或许，此时任何话语都是多余的。

伏朗毅然转身，与蚩尤相对而立，整个人像是完全变了一般，焕发出无限的生机，斗志更像烈火一般燃烧。蚩尤已经不再令人害怕，至少，这一刻在他的眼里，已没什么可怕。

太昊和少昊也吃了一惊，即使是他们面对蚩尤时，都没有如此强烈的斗志，可是伏朗此刻所涌现出来的生机和斗志，却是让人难以置信的，像是一个奇迹。

难道爱情真能改变一个人？可是这种改变却是太不可思议了。

蚩尤也有些惊讶，但是他依然好整以暇，他根本就不会在意伏朗这个对手，天下间没有人可以在一刹那之间完全改变，即使是其神态和气势有所改变，但在一个力量太过悬殊的对手面前，其力量却依然是不会变的。因此，蚩尤根本就不会在意伏朗的改变。

“来吧，蚩尤，就让我伏朗见识一下你的魔功究竟有多么厉害！”伏朗无惧地冷然道。

蚩尤悠然一笑间，伏朗倏觉一股暗潮将他紧裹于其中，万钧压力自每一寸空间向他挤压而至。

伏朗心中大骇，蚩尤尚未出手便已经如此可怕，如果蚩尤出手，那还了得？想到这里，伏朗大吼一声，使尽全身的功力出招！

伏朗的损魔鞭卷起一团风暴，直取蚩尤的面门！空气似是撕裂的皮帛一般，发出惊人的尖啸之声。

蚩尤的眉宇间露出一丝冷然的笑意，望着破空而至的损魔鞭，悠然自若。

伏朗的目光与蚩尤的目光在突然之间相触，伏朗竟然心中一震，恍惚间，他仿佛觉得自己的招式漏洞百出，在蚩尤的目光之中不堪一击。

“呀……”伏朗在空中突地变招，损魔鞭化成一条翻卷的乌龙，以玄奇至极的弧迹撞向蚩尤。

风妮的神色似乎若有所思，太昊和少昊的表情则无法看见，倒是两人的眼神各有不同。

太昊的眼神似是极为关注，但又有些遗憾；少昊则好整以暇，似乎是想看看蚩尤怎样化解伏朗这惊天动地的一击。但两人眸子之中的神采却告诉了风妮此战的结局。

伏朗以最狂野的形势催发自己的全部功力，根本就不对自己加以任何的防护，一副只攻不守的架势。可以看出，他是想以命相搏接下蚩尤的一招。

当然，伏朗的打算是好的，即使是以自己一命来换得有熊的安宁，那也值得，只要能接蚩尤一招而不败就行了。而以蚩尤的身份，若是以招换招，自然算是他输了，是以，伏朗赌上了这一把。

蚩尤淡淡地笑了，但当伏朗发现蚩尤这个笑容之时，损魔鞭的一截已握在了蚩尤的手上，而他的功力犹如泥牛入海一般被吸个干净。

伏朗大惊，欲撤之际，蚩尤的手在他眼中已由小变大，仿佛成了整个天、整个地，他根本就没有任何反抗的机会，手腕已被抓在蚩尤的手中。

所有风卷残云的气势在刹那间尽敛，战局已经结束。

伏朗败了，他并未能接下蚩尤一招，或许可以说，蚩尤一出手，伏朗便败了，没有任何多余花巧的动作。

当然，蚩尤并无击杀伏朗的念头，如果他想杀伏朗，便像是捻死一只蚂蚁，在一招之间就完全可以置伏朗于死地。不过，蚩尤不杀伏朗却是因为太昊的存在，如果他想太昊助他，就必须让伏朗好好地活着。

伏朗只感全身力道一阵虚浮，仿佛自己在刹那之间变成一个空壳，蚩尤的手比钢钳更紧，沉重如山的压力几乎使他快要窒息了。此刻他才明白，蚩尤的武功究竟是如何的可怕，那根本就不是他所能够想象的。

败了，伏朗心中一阵悲苦，他终究还是不能够接下蚩尤一招。

“你败了。”蚩尤极为淡然道。

伏朗没有作声，却将目光投向不远处的蚩尤大军，眼神竟前所未有地空洞，仿佛灵魂已经随风而去。

蚩尤松开了伏朗的手，又道：“现在伏朗公子该不会再管有熊之事了吧?”

伏朗依然未答，只是缓缓地收回目光，长长地叹了一口气。是的，他再也不能助有熊了，事实上，即使他相助有熊，又能起到什么作用呢？以他的力量，竟连蚩尤一招也接不下，根本就没有资格与蚩尤为敌，也根本就没有能力相助凤妮，是以，他唯有长叹。

蚩尤泛出了一丝悠然的笑意，只听伏朗那一声长叹，便知道伏朗是个遵守信诺之人，也便是说伏朗已经认输了。只要伏朗认输，不再插手有熊的事，他便不必要再与太昊之间发生摩擦。

当然，如果伏朗不认输或反悔的话，蚩尤只会先擒下他，再出手对付有熊，因太昊之因，他绝不会伤害伏朗。

伏朗缓缓地转过身来，与凤妮相对望了一眼，心中更是无限的苦涩。

"对不起，我无能为力！"伏朗轻叹了一口气道。

凤妮依然很温柔地望着伏朗，平静地道："我知道师兄尽力了，这不怪你！"

伏朗涩然一笑："谢谢你的谅解！"说话间，目光却移向了熊城。

伏朗无限留恋地望着熊城，那一个个剑拔弩张的有熊战士，一个个面带紧张却仍傲气不减的有熊高手，还有那高大的城门，使伏朗禁不住神思飞跃。

记得第一次护送凤妮返回熊城之时，那是何等风光，如众星捧月一般受到整个熊城子民的热烈欢迎。那时，有熊子民十里相迎……熊城之中，也有他最美好的回忆，最初的凤妮，对他简直是百依百顺，只有那段日子他才真正地感受到自己生命的充实……可是现在呢？

伏朗又叹了一口气："是呀，过去的都是美好的，当时是身在其中，难以体会，过后再一思索，才明白错过的东西会让人多么心痛。或许，这便是命运，这便是人性的劣根。可是，这个世上没有后悔药可吃，如果时光能够倒流的话，我一定会好好把握……"想到这里，他心中又叹了一口气。

凤妮心中涌起了一种异样的感觉，她觉得伏朗的目光空洞得可怕，这是她第一次发现伏朗有着这种可怕的目光。

伏朗缓缓地收回目光，又落在凤妮的脸庞，涩然地吸了口气，道："我可以再亲你一下吗？"

众人皆愕，便连蚩尤、太昊、少昊也都大惊，凤妮一愣神，并无半丝羞涩之意，凑上两步，悠然地闭上美目。

蚩尤心中极不是滋味，他竟对伏朗生出一丝妒意，这种感觉连他自己也觉得奇怪，这是他很少有的，他只是曾嫉妒过轩辕……

想到轩辕，蚩尤的恨意更浓，天下间美好的事物总是被这小子给得去了，包括桃红，还有眼下的凤妮，连有熊、陶唐这般的强大部落居然也都属于轩辕，便是自己的亲兄弟叶皇也帮轩辕来对付他，这是最让他心痛之处。

蚩尤仍然无法摆脱叶帝的思想感情，他们已是一个共同体，相辅相成却又各有特色的个体，这或许便是蚩尤重生魔体的不完美之处。

伏朗心中没有一丝亵渎之意，反而变得无比平静。他爱凤妮，但他却知道，他与凤妮的感情仅止于此，不可能还能重返昔日恋人的美好时光。错过的，永远都已经错过了。当然，问题是，此刻连他也觉得，只有轩辕才能配得上凤妮。因此，他也止住了自己的任何遐念，而此刻凤妮的配合，已经让他心满意足了。至少，他仍旧拥有一吻的权利。

伏朗轻轻地吻了下去，在千万道目光的环伺之下，他旁若无人地吻了下去。

太昊心中也很苦，那种滋味是没有人能够明白的。他愧疚，是对凤妮，也是对自己儿子的愧疚。演变成今日之局的罪魁祸首不是别人，而是他自己，如果不是他自私地想利用凤妮对伏朗的感情，又利用儿子对自己的信任，那事情又怎会弄至今日这般地步？

伏朗的轻吻，便像是一柄刀子在切割太昊的心，虽然伏朗不再向他说只字片言，但行动却已经是在讥讽太昊的自私。

太昊心中暗暗地叹了一口气，仿佛一下子苍老了数十年，儿子的痛苦与他的痛苦又有什么分别？只是，他直到今日才发现这一切，可是这已经晚了，一切都已经晚了。

是的，错过了便过去了，一切都已远逝，所拾起的仅是残余的遗憾，这便是命运。

少昊没有动，但眼神却有些沉郁，仿佛是被勾起了往昔的某一段沉重的记忆。

天下三大无敌高手竟然全都保持着沉默，数万道目光全都聚在伏朗对凤妮的这一吻之上，天下万物仿佛因此而静止……

伏朗缓缓地离开凤妮的红唇，他只是轻轻地吻了一口，在他的心中，凤妮便像是女神，不可侵犯的女神。因此，他能得这一记轻吻的机会，便已心满意足了，而让他引以为傲的，却是在天下三大无敌高手的环伺之下，在两军对垒阵前，大战一触即发的情况下吻了凤妮，这一切足以让任何人自傲。

这不仅仅是因为凤妮的身份和美丽，更是因为这千古难遇一回的背景，所以伏朗得此一吻足矣。

凤妮缓缓地睁开眼睛，神色依然是那般平静，只是脸颊之上多了一些红润，使其无法形容的美丽更加无法形容。

伏朗的神色也变得极为平静，眼神之中虽仍带郁郁之色，但却可以让人感受得出他内心的平静。

"师妹，多保重!"伏朗不无伤感地与凤妮对视了一眼，淡淡地道。

凤妮也涩然一笑，点了点头道："你也一样!"

伏朗悠然一笑，蓦地转身向那片无人的旷野中缓步行去。

伏朗的举措实让双方战士大惊，但是凤妮和蚩尤、少昊仿佛是在意料之中，并不惊讶，太昊想说什么，手抬了起来，但却又放下了，只是望着伏朗那孤独而落寞的背影，双眼竟有些湿润了。

伏朗竟没有再向太昊说半句话，连看上半眼也没有，便像是一只失群的孤雁。

太昊的心头一阵酸痛，不过，他知道伏朗这一刻是不可能原谅他的，甚至是一辈子，除非他退出此战，但那可能吗？因此太昊只好让伏朗离去，或许给他一些时间，让他静静地想一段日子，便会回心转意。太昊也明白，此刻伏朗最需要的便是静，是以，他抬起的手又放下了，更将要说的话咽回了腹中，只是用目光默默地送着伏朗渐行渐远的背景。

蓦然间，伏朗袖间滑出一柄短剑，便在太昊和凤妮惊呼的当儿，重重地刺入了自己的心窝!

"朗儿……"太昊绝望地凄呼，同时身形如光影般向已行出二十余丈远的伏朗射去。

“师兄……”凤妮也惊呼，但是她却没有追上去，因为她对面尚有蚩尤虎视眈眈。

伏朗的躯体缓缓倒下，那短剑的剑尖自背部透出，让凤妮诸人看得清清楚楚。

这是谁也没有料到的结局，伏朗竟选择了死亡作为自己的归宿，作为对太昊的一种抗议。

这一切，太突然了。

蚩尤也呆了，他亦没有估到伏朗竟然如此偏激。

少昊也为之震动。

“朗儿!”太昊刚好抱住伏朗那快要倒地的躯体，泣声悲呼。

伏朗却已经听不到父亲的呼喊，这一剑下去刚好刺中心脏，立时气绝身亡。他选择这样一种方式作为结局或许是最好的，因为他实在不愿意眼睁睁看着蚩尤大军对熊城战士的屠戮，他无法接受自己最敬爱的父亲去杀死自己最心爱的女人的现实。可是他已经败给了蚩尤，更答应了不可以再插手熊城之事。因此，他不能选择为爱人而战，唯有让自己永远地离开这个矛盾的、残忍的世界。

事实上，他能够帮凤妮战自己的父亲太昊吗?

不能！无论如何，太昊都是他的父亲，最尊敬的父亲，他如何能够面对与父亲作战的现实？如果现实是如此残酷，他宁可选择逃避，宁可选择永远地离开这个世界。所以，他在两难的抉择之中，选择了第二条道路。

第一百四十三章　太阳神盾

凤妮心中也升起了一阵难以言喻的感受，但她却没有任何表示，只是暗暗地叹息了一声，她明白伏朗的心情，也明白伏朗的情意，但她却不能改变命运，更不可能再爱上伏朗。或许，她确实被伏朗感动了，但感动并不等于爱。

凤妮的神色平静至极，无悲无喜，无嗔无怒，仿佛在刹那之间超脱于尘世之外，伏朗的死，她似乎在霎时已遗忘。或许，是她的心已经麻木了。在她内心的深处，永远只有一个人的影子，那便是轩辕。

蚩尤也吃了一惊，凤妮的眼睛在刹那之间变得深邃无比，仿佛可以洞悉世间一切，那淡淡的、郁郁的目光，有着一种让人心颤的力量。但令蚩尤惊讶的却是，凤妮竟能够在如此短的时间内自伏朗的死中回过神来，确实不能小觑。

当然，蚩尤根本就不会当凤妮是个能阻他杀入熊城的对手。一来是因为凤妮不过是太昊的一名弟子，再厉害又能比得上太昊吗？那自是不可能。因此，凤妮的武功他根本就不用担心；二来，凤妮只是一介女流之辈，虽然美得不似尘世之物，但这对他来说，只能算是一种诱惑，而不算是阻力，这也便是蚩尤为何不急着出手对付凤妮的原因。

在蚩尤的眼里，熊城已是囊中之物，最妙的是凤妮竟然亲自送上门来，擒贼先擒王，如果擒下了凤妮，熊城岂非不攻自破？因此，蚩尤好整以暇地面对这个美女对手，欣赏的成分反而多于战争的成分，这也使得那剑拔弩张的气氛变得有些怪异。

似乎没有人再注意伏在伏朗尸体上悲号的太昊，所有人的目光全都再一次凝聚在凤妮和蚩尤的身上，任何人都可以感觉到凤妮与蚩尤之间气势的异变，即使是在数十丈之外的两军战士，也都感受到了这股沉重的压力。

凤妮那鹅黄色的披风无风自动，但整个人却如一潭不知深浅的清水，无法揣度。这个变化连蚩尤都有些惊讶，因为这不应该是来自凤妮的气势，而凤妮只是太昊的弟子，怎可能拥有如此不可揣度的力量呢？

“难道凤妮真是有所倚仗？”蚩尤心中在思忖的同时，却开口道：“我想再说一次，如果你愿意臣服于我，我不仅可以不再攻打熊城，更会让你主宰我为你打下的河山，那你就可以在一人之下万人之上了……”

“不用说这些无聊的废话，有熊族中没有不战而降的人，更不会有苟且偷生之辈，正邪势不两立，今日我们只能凭实力说话！”凤妮断然打断蚩尤的话，冷冷地道。

蚩尤不由得大恼，凤妮竟这般不识抬举，他本想让凤妮成为自己的女人，可是凤妮的话使他又记起了对轩辕之恨，不由冷笑道：“很好，我蚩尤得不到的女人，轩辕那小子也别想得到！今日就别怪我辣手摧花了，我要熊城为你这句话付出最惨重的代价！”

凤妮不屑地一笑，目光别开蚩尤投向远处通向熊城的大道，但她却又轻轻地叹了口气。

路依然是那条路，但凤妮却没有看到想看到的人。轩辕依然没有奇迹般地出现在路的那一端，没有出现在凤妮的视野之中，是以凤妮轻轻地叹了口气。

她多么希望轩辕能够奇迹般出现在那条大道上，哪怕只是再见他一眼便死去，至少，她会少了许多遗憾。但命运总要给人一个残缺的结局，给人一种残缺的心情，是以，凤妮无奈。

凤妮收回目光，心中再一次排除所有的杂念，她感觉到自太阳神盾之中有一股强大的能量注入她的体内，使她的思感和精神无限地延伸，仿佛是不断长大的八爪之鱼，即将发生的整个血战中一切动态的或是静态的都仿佛全在她的脑子之中清晰地反应出来，她的心灵便像是一面镜子，一切的外物皆无法遁迹。

凤妮还是第一次感受这种奇妙的感觉，虽然她有过一次与太阳神盾亲密接触的经历，但那一次只是她的思感进入了太阳神盾的内部，窥得了她父亲存于太阳神盾之中的秘密。但这一次却不同，她的思感是向四面八方的空间延伸，恍惚之间，她似乎已经完全把握了整个战场的形势，便连蚩尤的动静和形态也丝毫没有遗漏。

蚩尤和少昊全都吃了一惊，在刹那间，他们似乎觉得风缥缈起来，变得不太真实。

蚩尤和少昊自然明白这是怎样的一种境界，是以，他们全都大惊。在他们的眼里，风妮虽然是有熊之主，但却不过是太昊的弟子，即使是美丽且聪明，可其武功又怎会高到哪里去？但此刻一见，却全然不是那么一回事。

太昊停住了悲泣，他是被风妮那向四面扩散的气机给惊醒的，尽管他内心的伤痛是无法形容的，可他毕竟是一代霸主，这一百多年的岁月让他懂得了太多，也让他的心变得坚强甚或是麻木。虽然，爱子的死对他的打击是难以估量的，但他仍能在最短的时间内收拾情怀，面对现实。

太昊恨！恨自己，恨苍天无情，恨风妮，恨蚩尤，此刻的他，恨世间所有的人！

但恨又有什么用？生命的逝去并不是用恨就可以挽回的。因此，太昊感到悲哀，感到自己枉自称雄了这一百多年，竟连儿子都保不住，老来丧子，这简直是一种讽刺！最具讽刺的却是伏朗并非死在别人的手中，而是自己结束了自己年轻的生命。

只有这一刻，太昊才明白伏朗心中是多么的痛苦，对他是多么的失望。以伏朗的身份和条件，竟选择了这种方式告别人世，到死前，一句话也不留给自己的父亲，这才是太昊心中的最痛。

当然，这也是因为自小伏朗所受的溺爱太多，致使他在许多挫折之后，无法摆脱自己内心的郁闷，这也是他选择死亡的主要原因之一。

太昊紧抱着伏朗渐渐冰冷的躯体，北风呼啸之中，伏朗身上流出的鲜血染红了太昊的金甲，但很快便结成了冰，太昊却似乎没有什么感觉。

蚩尤的眸子里闪过火一般的魔焰，那一身黑色的衣衫之上也仿佛罩上了一层魔火，他终于将风妮当成了他的对手！

“很好，果然是不同凡响，难怪敢只身出城挑战本帝！不过，明年的今日，仍将是你的祭日！”蚩尤仰起头脸，满头的长发在呼啸的北风中杂乱无章地飞扬而起，那本有些苍白的俊脸，这一刻竟显得森然，阴冷得可怕。

凤妮却将目光投向深邃莫测的蓝天，心中暗叹道：“轩郎，永别了！”

蚩尤出手了，漫不经意之中，像是鬼魅一般撞向凤妮。

凤妮并未收回目光，但是她的心中已经找到了蚩尤出手的位置。与太阳神盾联为一体之时，她便像是拥有了整个天与地，她的心神无所不在，她的思感无所不存。

噗……凤妮的太阳神盾以准确得骇人的角度迎上了蚩尤的拳头。

蚩尤并未倾尽全力，事实上，对于击杀凤妮，他仍有些于心不忍，他要生擒凤妮，就算得不到她的心，他也想得到她的身。是以，他下手只想试探一下凤妮的虚实。但是，这或许正是他最大的败因，最难以饶恕的失误。

凤妮的太阳神盾一触蚩尤的手臂，蚩尤只感一道电流透臂而入，以他根本来不及反应的速度传遍全身。

蚩尤大吃一惊，却发现凤妮的嘴角边逸出了一丝诡异莫名的笑容，他急忙倒退！

蚩尤骇然惊觉，在他退却之时，竟牵动了凤妮及其手中的怪盾。

凤妮和太阳神盾如同吸附在蚩尤手上的蚂蝗一般，根本就已经连为了一体。

凤妮的身形闪起一层五彩的光润，像是一块会发光的宝石，使其更是美得耀眼。

少昊也吃了一惊，他没想到蚩尤竟在第一个回合便开始退，这对他来说，确实感到意外，也很不可思议。如果说凤妮逼退了蚩尤，那确实是一件不可思议的事情，可事实终究是事实。

蚩尤只觉得那奇异的电劲越来越强烈，竟如洪潮一般，让他无可抗拒，这是一股截然不同于他往昔所见过的任何气劲！这是一种完全陌生，但却是无可阻御的奇异力量，就像是精神与思感一样，可触而不可及，更无法相阻。

蚩尤在刹那之间倏然想起了另一段深藏在心底的记忆，那是昔年他与伏羲众神决战时，众神联手，以伏羲先天八卦为中心，竟然接通了天外天的力量，正是那股来自天外天的外空间力量将他击得粉身碎骨，而使他的魔魂遭到封存。后来，那决战之地便被伏羲建起了神门，而蚩尤则在神门之中被先天八卦气劲禁锢了一百多年。

而眼下这股无法阻抗的电劲，竟与当初那来自天外天的力量有着让人心惊的相似！因为这是来自外空间的力量，因此这个世界之中没有任何力量可以与之相抗，这才使得蚩尤根本就不可能阻住这股劲气的入侵。

想到这里，蚩尤惊骇欲绝，他哪里想到，凤妮竟然能够运用天外天的力量，竟能够接引外空间的力量来攻击他，这怎不让他惊骇欲绝？难道他今日要重蹈当年的复辙，被击得粉身碎骨而亡？

“去死吧！”蚩尤大惊之下，左臂迅速挥出，一股黑色的气柱朝凤妮胸前的太阳神盾击去！

蚩尤要尽快与凤妮分开，如果让凤妮与他连成一体，那天外天的力量只会将他们同时炸碎成飞灰！但他却绝对不想与凤妮同归于尽。

天下间，没有人比蚩尤更了解天外天力量的可怕，如果那股力量足够的话，完全可以将这个世界毁灭，甚至会引起空间大乱。当然，若这股力量是由人接引而下的，那就有限了，因为这要看每个接应外空间力量的人有多强抗拒外空间力量冲击的能力。

人，就像是一个蓄水池，如果水池大，它所引用的水自然多一些；若水池小，它自然只能少量地盛装，过大不及，只会使自己受损。当年伏羲借先天八卦之助，合众神之力才能够引下那毁天灭地的力量，不仅击毁了蚩尤的肉身，更让刑天变成了废人。同时，方圆三百里地化成一片焦土，正是今日涿鹿之地与塞北的那片沙漠所在。那股力量不仅伤敌，更会伤己。因此，众神在那一战之后，相继而死，连伏羲也不例外。而今天，蚩尤再遇这种力量，怎不让他惊骇欲绝？他此刻更明白，凤妮是想与他同归于尽。

蚩尤知道凤妮的意图却是有些迟了，而且，他也太低估了太阳神盾的力量，或许，他不该对太阳神盾一无所知。正因为太阳神盾是蚩尤一无所知的神器，这才成了凤妮与敌同归于尽的筹码。

不仅蚩尤对太阳神盾一无所知，便是太昊、少昊也不知道太阳神盾的威力，他们只以为这是因凤妮的武功本身就是如此，而不明白凤妮的力量乃全是来自太阳神盾之上。

如果蚩尤知道这股外空间之力是来自太阳神盾的话，他绝不会再用左拳轰击太阳神盾，更不会想这般震退凤妮，事实上他的举止正中凤妮下怀。

噗……蚩尤的重拳击在太阳神盾之上，本来开山裂地的力量竟全然被吸纳，在太阳神盾之中仿佛存在着一个充满强大引力的虚空，也可以说太阳神盾便像是两个空间之中的黑洞，而驱使这个黑洞开放的，便是凤妮的思想和精神。

蚩尤的力量不仅被消于无形，而且双手更被太阳神盾所吸。太阳神盾之中储藏的有熊十代太阳的功力被蚩尤的力量给击得生出强大的反抗之力，只震得蚩尤五脏欲裂。

有熊十代太阳所积累下来的力量是何其巨大，更加上来自天外天的力量，便是蚩尤也无法抗拒。

蚩尤的拳劲击在太阳神盾上，太阳神盾爆出万道绚烂的五彩光芒，凤妮也像是一盏巨大的彩灯一般，绽放出美丽而诡异的彩芒，整个天空都被这四散的彩光所罩。

蚩尤的双拳与太阳神盾之间更冲起了两根巨大的光柱，色彩暗淡，却隐显彩芒。

光柱破云升天，直上九霄，一时之间狂风大作，飞沙走石，电闪雷鸣，仿佛是天地在刹那间塌陷崩裂，那种气势只让观阵的双方都骇然欲绝，那狂野的力量如飓风一般向四面散出，数十丈开外的两军战士被吹得东倒西歪，七零八落，有些人甚至被掀翻在地。

蚩尤身上的黑气一涨再涨，他怎么也没有料到自己竟陷进了凤妮所设的死局之中，但他怎会甘心认命？在这一刻，他似乎也明了这股神秘的力量是来自太阳神盾之中。是以，他想倾力震开太阳神盾的引力，与太阳神盾断开接触。

少昊的银甲竟在凤妮和蚩尤的气场之中发出叮当震响，强烈的战意和那灭绝的气势激得少昊热血奔腾，他的眼中闪过一丝兴奋而又欣喜的神采！他所注视的，只是蚩尤那肿胀的披风，虽然他的目光无法看透蚩尤背上的披风，但是他的心灵却已找到了蚩尤的漏洞。

少昊的目光横扫而出，他现在要在意的不是蚩尤，而是另一个对手——太昊！

少昊的目光横扫而出，却与太昊的目光对接，两道目光竟擦出了一丝火花，似有形实无形，在目光相触的同一时间，少昊和太昊竟笑了。

二人笑得那般默契，同时之间，太昊与少昊一起出手！

太昊和少昊两大无敌高手同时出击，使本来已经足够混乱的天地更为混乱。

太昊已经放下了伏朗的尸体，他心中唯有恨，唯有杀机，是以他要杀人！

少昊知道太昊要杀的人是谁，因为他也正想杀人，是以，他们的杀招随笑而出。

没有人比少昊和太昊两人更明白来自蚩尤的威胁，这个魔王的功力已经达到了通天彻地的境界，如果是单打独斗，没有人是蚩尤的对手，即使是少昊和太昊联手，也不一定能够占到任何便宜，但这一刻却是不同。

不同之处便在于多了一个凤妮，多了一个太阳神盾。

谁也没有想到，凤妮加上太阳神盾竟有如此可怕的力量，连蚩尤也完全无法脱身，不仅无法脱身，更陷入了一个死局。这种机会乃是千载难逢的，稍纵即逝，因此太昊和少昊绝不想错过这个大好的机会——他们要一起诛杀蚩尤！

少昊要杀蚩尤并不奇怪，他投入蚩尤的部下本就是想借机除掉这个魔王，重获自己应得的一切，重新成为东夷之主。既然找到了今日这么好的机会，他怎么会放过？

太昊要杀蚩尤也不足为怪，天下间能够让他感到恐惧的人便唯有蚩尤，他称雄南方已有一百多年，而今却要在蚩尤面前卑颜屈膝，他心中怎能服气？而且伏朗的死难道与蚩尤没有关系？太昊恨，恨蚩尤，恨自己！因此，他绝不会放过任何击杀蚩尤的机会，最难得的却是能够与少昊心照不宣，同时出手诛杀他们共同的敌人。

是的，太昊绝不会相信，若以他与少昊全力合击的力量仍杀不了蚩尤，那是绝对不可能的，何况蚩尤此刻正全力对付凤妮的太阳神盾，根本就无法分神来理会他和少昊的攻击。

熊城城墙上的有熊战士只感到神驰目眩，但是每个人都心神大振，凤妮竟然可以力战蚩尤。

熊城的高手一个个张口结舌，他们怎也没想到太阳凤妮竟有着如此强大的力量。

熊城方圆五十里的天空都被一层密云低压着，四面八方的云团仍在以让人难以置信的速度向熊城方向汇集，但在这低暗沉郁的密云下，却有一层奇异的彩芒让人眼花缭乱，更有两道暗彩的光柱刺破云层透入霄汉，没有人知道这两根光柱延伸了多高，但这两根光柱却随着凤妮和蚩尤身形的游走而移动，便像是两道游动的龙卷风，所过之处，密云便被划破、裂开，另外的地方又迅速合上，只偶尔会有一缕阳光透落。

电火顺着两根光柱如千万条银蛇般滑落，然后在蚩尤的双臂与太阳神盾之间交缠，结成电球，再爆开，如此反复循环，使整个混乱的天地诡异莫名。

这个时候，那些熊城战士才明白，何以凤妮下令不许他们出城接应，因为以他们的力量，只会被这盘旋的气劲撕裂绞碎。

蚩尤的战士尽皆仓皇而退，退避不及的，甚至被沉重的压力挤死，有的则被无情的电火击死。

凤妮的身上彩光愈盛，而蚩尤的身上则已被电火全部裹住，使得蚩尤的容颜变得狰狞可怕，形如厉鬼。

太昊和少昊的身形暴动，只让熊城中的高手全都大惊，此刻凤妮正与蚩尤僵持着，如果太昊和少昊再出手相助蚩尤的话，凤妮焉有命在？但是熊城中的高手也是欲救不能，这样的距离，就是想救凤妮也是鞭长莫及。何况，谁是太昊和少昊的对手呢？

尚九长老闭上了眼睛，他不想看到悲惨的一幕，因为他比任何人都清楚这会是怎样一个结局，更知道，天下已没有人能够解开这个死局。

而阳交长老此刻手中多了一面令全城震惊的令旗，它正是太阳旗，这是凤妮赐给他代管、可以统率三军的令旗。当然，这面令旗将在轩辕归返之时交由轩辕掌管。

凤妮的眼里透出一丝淡淡的笑意，她看到了太昊和少昊的出手，而她等的也便是这一刻！

蚩尤心中大惊，因为他已经感受到太昊与少昊攻击的对象并不是凤妮，而是他！

蚩尤的战士也都看到了这一切，但是他们根本就无法在这四大高手同时出击的情况下有丝毫的动作，甚至连立足都不稳，跌跌滚滚地退至两百丈之外。有些人走避不及，非死即伤，战马、战鹿一阵疯狂地骚乱，其场面之惨烈，确实让人无法形容。

蚩尤的确没有想到凤妮竟还有如此一件撒手锏，可是他发现得太迟了，根本就不可能逆转形势。而且，他已经越陷越深，那来自天外天的力量已胀大到让他的经脉快要爆裂的地步，不仅如此，自太阳神盾中所传出的力量还不止天外天的力道，还有有熊历代太阳的功力，这使得两股不同的真气在蚩尤的体内大肆翻搅，以其无敌魔功也无法将之尽泄于体外。

蚩尤体内的每一根经脉都仿佛在承受着千万根钢针的刺扎，那种痛苦是无法形容的，他身上的肌肉也全都无法承受这来自内在的力量，开始变形暴涨。而在他的眼里，凤妮却是好整以暇，依然那般优雅绝美。

“去死吧，蚩尤！”太昊和少昊同时高喝，两人四掌以开天辟地之势向蚩尤背上轰然击下！

蚩尤心中暗呼：“吾命休矣！”

轰……轰……两声巨响在蚩尤的身上传来，天空之中爆出一串亮丽的电火，犹如倾盆而下的流星雨，透过黑暗，低沉压抑的密云洒落在蚩尤和凤妮所在的空间。

所有在熊城城楼上观战的有熊高手倏觉眼前一片光亮，迷茫一片，但是他们此刻已知道太昊和少昊要杀的人不是凤妮，而是蚩尤！因此，他们心头也松了一口气。

太昊和少昊两人则大惊，他们的双掌分别击在蚩尤的两大重穴之上，但是在他们的手掌与蚩尤的背脊之间闪出无数强烈的紫火。紫火仿佛是自蚩尤的体内传出，随之而来的却是两股强大得令他们无法抗拒的力量注入两人的体内。

轰……轰……太昊和少昊同时狂号一声，倒跌而出，身形划过虚空之时，喷出一口鲜血，浑身的经脉如被电火烧灼一般，全都抽缩起来。

蚩尤也狂号一声，狂喷出一口鲜血，整个身躯亮成了一团黑火，在电光的缭绕之下，便犹如一只怪兽。

凤妮的身子也一震，只觉得蚩尤的力量在骤然之间暴增了一倍不止，太阳神盾爆出一团奇异的紫色光彩，使方圆百丈全都变得鸿蒙不清，而她自己的身体仿佛变得透明，五彩的光芒自体内的每一个细胞中射出，本来已经美得耀人眼目，现在却更是无可比拟。

在鸿蒙的紫色天地之中，所有人都能看清凤妮的容颜，头上发结已散开，秀发如五彩飞瀑一般飞泻在肩头，一身绿衣掩不住自体内所透出的五彩光芒，整个人犹如自九天飞下的神女，只让每个人都有一种欲顶礼膜拜的冲动。

凤妮和蚩尤的躯体依然连在一起，似受了一股强大的冲力，将两人的身子冲上了半空，而两人身上的光芒也达到了极限。

在恍惚之间，凤妮竟仿佛奇迹般的听到了轩辕的呼声。

这呼声却是传自心底！似乎有一股强大的精神力量与她的思感交接，一种奇异的景象竟闪现在凤妮的脑海之中，清晰得让她有些吃惊和不解。

恍惚间，她竟看到了轩辕，那是一个她极为陌生的地方，而轩辕正向着她的方向飞奔而来！那简直不是人的速度，而像是一只飞鸟，遇山过山，遇涧越涧，似乎没有任何东西可以挡住轩辕的脚步。不仅如此，轩辕竟真的如同一只飞鸟般张开双翼，直接飞过两座山头……

一切的一切，都是那般虚幻，但又是那般现实，仿佛是凤妮身临其境一般。

凤妮还听到了来自轩辕内心的呼唤，感受到了轩辕内心的焦灼。她明白，轩辕正在以最快的速度赶回熊城，但还在路上。她也知道，轩辕已经感应到她的处境，所以才会这般焦灼。

凤妮似乎还明白了，今日的轩辕已非昔日的轩辕，只凭这强大的精神力，她就可以明白轩辕变了。

凤妮知道，轩辕的精神和思感一直在牵系着她，只是她并不知道而已，因为她的精神犹未达到与轩辕对接的境界。可是此刻她体内已充斥了奇异的天外天力量，更充斥了来自太阳神盾之中的奇异能量，所以她能够感应到轩辕的存在，感应到轩辕的心情，以及对她深切的思念和爱意，可是命运却像是跟她开了一个玩笑。

是的，命运跟她开了一个玩笑，也与轩辕开了一个玩笑，因为凤妮知道，自己生命的终结便在下一刻，她永远都不可能再见到轩辕了，禁不住在心中暗呼："轩郎——永别了！"

在所有人的注视之中，两根暗彩的光柱突地暴涨，将凤妮和蚩尤吞噬其中。

轰……天地在刹那之间化成一片混沌。

黑气、紫芒、五彩的光亮、电火……全都化成了星星点点，斑斑驳驳地杂合在一起，不知哪是蚩尤，哪是凤妮，哪是太阳神盾。

那一声巨响之狂，只让天地变色，虚空破碎。

惨号声、马嘶声、鹿鸣声、熊城城墙倒塌声、惊呼声、尖叫声、雷电交击声……所有的声音夹杂在一起被搅碎，然后化为虚无，充斥了每个人的听觉神经，而后，什么也听不到，只有耳鼓之中的回音在嗡嗡作响。

看不见、听不到，所感觉到的便是要将人撕成碎片、将人化为飞灰的风暴！

天地在崩陷，山河在裂变，一切的一切，都是那般狂野而不可收拾。

没有人知道这是否还是自己所生存的世界，没有人感觉到自己存在的位置。

天不再是天，地不再是地，人不再是人，像是在一个不真实的噩梦中独自飘浮而无法自持。生命在刹那间变得空虚一片，什么都不再真实。

每个生命，都像是在虚渺之中无休无止地飘浮，完全不着边际，强烈的气流充斥着每一寸空间，在无休止地激荡。

这是何等的声势？这是什么世界？

轩辕极速地奔跃着，没有人能够想象他的速度，犹如肋生双翼，自这个山顶滑向另一个山头，数百丈的距离仅凭披风之助就可以极速翔过。

轩辕心中的急切是难以言喻的，他感应到凤妮那必死的决心，但是他却又突然停止了脚步，一股奇异的感觉涌上他的心头。

“轩郎——永别了！”是凤妮的呼声，轩辕的脑子之中亮起一幕让他难以置信的场景。

顿时之间，轩辕傻了，他知道，一切都已经迟了，他脑海中所感应到的却是凤妮最后与蚩尤同时爆开的场面。而凤妮竟化成了一团五彩的光芒飞散成尘末，然后天地一片混沌……

“凤妮……”轩辕禁不住一声长长的凄呼，跪倒在一座小山头上，遥望着熊城的方向，眸子里滑下两行清澈的泪水。

一切都迟了，即使是他的速度再快，也不能一步赶到熊城，可是命运却总是将这短短的一步距离当作玩笑的资本。

“凤妮……”四野无人，轩辕长哭不起，他是多么清楚地感应到凤妮对他深沉真挚的爱意，不仅如此，凤妮心中的遗憾也让他清楚地感应到了，在凤妮临死的一刹那，他们的思感完全结合，因此，彼此内心再无半点秘密可言。

轩辕哭罢，又仰天长啸，群山共鸣，万鸟俱惊，犹如惊涛怒潮翻涌，亿万铁马金戈征战相伐，一时天地变色，草木尽折。

啸声夹杂着浓浓的杀伐之意，方圆十里内的鸟雀俱裂腑而亡……

良久过后，轩辕似是累了，竟呆跪在山头之上，灵魂仿佛已经远离躯壳而去，只剩下满心的悲愤和苦痛。

凤妮竟先他而去，想到昔日的种种情怀，想到那浓浓深情，那欢笑嬉戏，并肩作战的日子，轩辕的泪禁不住再一次流了下来，却是已带红色的血泪。

轩辕不再伸手去抹，他只是望着天边的云彩，望着天顶正高的骄阳，一切全都变得空洞，变得了无生趣。

这一刻，他才知道，他爱凤妮，竟是如此之深，竟是如此之热烈。

是的，正如他所说，只有离别，才能够更深地感受到对方的重要，才能够更深切地明白爱是何等的滋味，可是轩辕怎么也没有想到，与凤妮的那一别，却成了今生的永别，这怎不叫他心痛？怎不叫他伤感？

天下，又有何意思？生命，又有何意义？即使是能够主宰天下，却无法填补心中的空虚，这个天下要之何益？要之何为？

如果生命真的是一场梦，或许还有重做的机会，也可以醒来，但生命却并非一场梦……

轩辕禁不住仰天长叹，蹙然无语，只是遥望着群山，一时之间仿佛成了无家可归的浪子，不知该何去何从。

良久过后，似有数个世纪那般漫长，天地慢慢平静了下来。

知觉又归返了每个人的躯体，但整个世界都是一片宁静，如死一般的宁静！此时阳光已经自渐散的密云缝隙间洒下，竟然颇有几分暖意，但是每个人所看的景象已不再是最初的一样，仿佛天地都已经改变了。

熊城那坚固至极的城墙竟然倒塌了一个六七丈宽的大豁口，地上一片狼藉，有熊战士死伤数百，他们全然不知道是怎么回事，似乎只是在突然之间，一切便已经发生了，生命也便离自己远去了。在这毁天灭地的风暴之中，生命竟是那般的脆弱，那般的不堪一击。

熊城之前，出现了一个数十丈见方的巨大深坑，仿佛是被天外的巨大陨石撞击而出的一般，坑中泥土一片焦黑，寸木不存。

焦黑的泥土微有些蓬松，显然是被强大的撞击力所震。

深坑的中心处最深，几达三丈，而它的周围呈一个陡坡向四面延展。

远处，蚩尤战士的尸体乱七八糟地躺倒一片，更有伤重之人在那里呻吟。他们似乎也被眼前的一切给镇住了，竟然忘了哀号，忘了逃离。

尚九长老也傻了，但他却最先清醒过来，不禁大声悲呼：“太阳……”

尚九长老的呼声惊醒了许多人，这时候所有人似乎才想起刚才凤妮与蚩尤的一战，可是此刻凤妮呢？而蚩尤又在哪里？还有太昊和少昊又去了哪里呢？

一切都显得那么玄乎。

阳爻长老也被尚九的呼声惊醒，在同时之间，他挥动着手中的太阳令旗，高呼："给我杀光这些贼子，为太阳报仇！"

阳爻长老这一呼之际，他自己已一马当先地冲出了熊城大门。

城头之上的有熊高手皆如雨点般射落熊城之外，向远在一里外慌忙撤离的蚩尤大军冲杀而去。

轰……轰……蓦然之间，那巨坑之中的泥土突地暴出一金一银两道光影。

泥土四射之中，一金一银两道身影踉跄地向两个相反的方向如箭一般离去。

尚九长老忍不住惊呼："太昊！少昊！"

那两道身影正是太昊与少昊，他们竟是自地底之下蹿出来，但却并未死去。不过，只看两人的行动便知道他们已经受伤非轻。

太昊手中似乎还抱着伏朗的尸体。

"追！"尚九长老怎肯放过这两个罪魁祸首？此刻不痛打落水狗，更待何时？虽然太昊与少昊的武功高得让人心惊，但对于受伤的老虎，尚九长老还不会害怕。

事实上，太昊和少昊的武功并不足以让熊城害怕，只要由熊城中的数大高手联手，便可以与之抗衡。因此，太昊和少昊一直都不敢与熊城正面为敌。虽然自从有熊上代太阳去世之后，族中便没有能独立与太昊、少昊相抗衡的高手，但其深厚的根基，使之积累下了大量让人不敢轻忽的高手。以六大长老为首的高手此刻是熊城之中的中坚力量！

齐充立时受命，领着他所亲训的死士与另外两名高手向少昊掠走的方向追去，另有一些高手朝太昊奔逃的方向追去。一时之间，兵分三路，两翼之军各一千，中路大军却有三千之众，再加上熊城之中的子民们上下齐心，人人为凤妮的勇气所感，纷纷操兵刃杀出了熊城，仅留下一千人紧守熊城。

轰……那深坑最中央底部的泥土也突地裂开，在熊城高手赶到的一刹那，蚩尤竟然也破土而出。

蚩尤浑身精赤，但浑身的肌肤全都如焦炭一般的颜色，却依然散发出浓烈的魔焰。

"蚩尤……"有熊战士皆大吃一惊，慑于魔帝的魔威，竟都停住了脚步。

众人稍怔神，阳夋长老狂吼一声：“杀!”

有熊战士眼中仿佛又浮现出了凤妮独战三大无敌高手的场景，顿时一个个勇气倍增，蜂拥着向蚩尤冲去。

蚩尤略一愣神，似乎这才发现有熊军已如潮水一般的涌了过来，不由得微惊，竟然转身就跑。虽然他此时伤疲不堪，但是其速度却仍不能不让人心惊。

蚩尤竟然不战而退，魔威尽失，立时使得有熊战士气势大振。

“不许践踏这深坑!”尚九长老突然挡在有熊战士的面前高呼。

阳夋一怔，不过立刻明白了尚九的意思，因为凤妮也可能像蚩尤一样，在这深坑的地下。如果这么多战士踏足而过，凤妮岂会还有命在？虽然，此刻他们只要自深坑之中冲过去，便可以追上蚩尤，并将之擒杀，但是他们岂能置凤妮的生死于不顾?

阳夋一挥令旗，有熊战士只好绕过深坑向蚩尤追去。

就是这样稍一耽搁，蚩尤便已经冲入了自己的队伍之中。

“给我杀!”蚩尤也高喝道。

蚩尤的战士见蚩尤又重新回来，不由得大喜，更是精神大振，纷纷又回头向有熊战士迎来，但仍有些人只顾自己逃命，因为在人数方面，蚩尤军比有熊军要少许多，何况此刻有熊是全民皆兵，那气势根本就是无可抗拒的。因此，那些见机得快的人便独自逃走了。

蚩尤并不参战，也不会观战，他只是抢了一匹战马，夺路而逃。

蚩尤这一逃，其手下的战士和战将全都阵脚大乱，谁还会不知道蚩尤已是身受重伤？不由斗志全失，再加上有熊战士一阵冲杀，立刻大败而溃。

有熊战士手下毫不容情，一个个都杀红了眼，这是为凤妮报仇，也是为被屠杀的族人报仇！他们的心里唯有仇恨，只杀得蚩尤大军哭爹喊娘。

阳夋长老则领着一干高手紧随蚩尤的身形不放，他定要将这魔王追上，否则的话，将会后患无穷，哪怕便是身死也要将蚩尤诛杀！就为了一个蚩尤，有熊不知道死了多少人，后来又有元贞长老无辜的牺牲，以及凤妮的生死未卜。此刻阳夋长老的心中只有一个信念，那就是必须击杀魔帝蚩尤，不再给他卷土重来的机会!

第一百四十四章　举城齐悲

蚩尤大军大败，一路上，尸横遍野，几乎是全军覆灭。

伯夷父、陶基自外围狂攻而入，更是击溃了帝大和盘古智高的防守，直杀而入，回救熊城！吴回则领着众城的战士，大战盘古智高和帝大。

在兵力之上，双方不相上下，这一战只杀得天昏地暗。

陶基与伯夷父只是带着近千人突破防守回救熊城，却没想到蚩尤的大军已溃，赶着回来杀一群落水之狗。当他们与无咎所领的大军合在一处之时，方知熊城已自解其围，蚩尤和少昊、太昊重伤而逃，凤妮生死未卜，不由大喜，虽然忧心凤妮的安危，但是太昊和少昊，甚至是蚩尤都重伤而逃，这使得熊城形势急转。

伯夷父领着一部分人马返回熊城，以主持大局，而陶基与无咎长老则返杀而回，与吴回大祭司的兵力内外夹攻，只杀得盘古智高和帝大狼狈而逃，八大寨的蚩尤军皆不战而退。

蚩尤的大军似乎已经明白了大势已去，纷纷弃寨而逃，赶去与东方的五大联城兵力会合，意图凭东部的五大联城死守。

帝大和盘古智高也是欲返五大联城，因其为坚城，是以，至少暂时可以挡住有熊大军的反扑。

帝大的想法确实没错，只是陶基大军的追袭，几乎让他们的兵力折损了八成，他们根本就无法抗衡陶基的攻击！

虽然盘古智高可以与陶基战上近两百招，但是盘古智高无心恋战，而帝大的矛法虽好，可是陶基的枪法更是世间一绝，乃是惊夜神枪的传人，其枪法之绝，比昔日矛宗的任何高手都要可怕，帝大顶多只能接下百招。

何况，对方的高手并不只陶基一人，还有无咎长老及有熊的大祭司吴回及几大统领。

仅吴回的实力便可以抗衡帝大，因此，盘古智高和帝大仅只有逃命的力气，而无还手之力，这样一来，蚩尤军岂有不死伤无数之理？

帝大和盘古智高心里有些不明白，以蚩尤和太昊、少昊的联手之击，是何等威力，是何等的可怕，何以有熊大军竟然能够全面反扑？不过，可以想象，这定与不久前那奇异的天象有关。若不是绝世高手相搏，怎么可能出现如此可怕的奇异天象？可是，他们根本就想不出，天底下，有谁会拥有如此强横的力量与蚩尤相抗衡！

当然，这世上未知的事情太多，也没有必要每件事情都仔细追究。何况，既然已经败了，追究责任已经没有任何意义了。

齐充所领的追杀少昊的兵力却遇上了少昊残余高手的阻挡，双方一番苦杀后，竟然让少昊给逃了。

齐充大怒之下，一反轩辕的仁念，将少昊的残余兵力全部诛杀，不留一个活口。不过，他明白，从这些人的身上并不可能得到少昊的下落，那这些人也没有什么利用的价值，因此他们下手绝对无情。

齐充追不到少昊，便一直向东面追杀，因为东面是东夷的地盘，少昊最有可能向那个方向潜逃。

阳爻长老却放出灵鸠追踪蚩尤的踪迹，他绝不想让蚩尤逃脱，这个魔王实在是太危险，如果让其养好伤之后，熊城很可能将再一次陷入浩劫之中。因此，他必须尽快除掉此魔，绝不能给蚩尤养伤的机会。

蚩尤确实很狡猾，利用自己的战士绊住有熊军的当儿，竟然溜掉，使阳爻长老追丢了。

蚩尤更利用密林和众多他的战士混淆灵鸠的视线，他似乎已经知道受到了灵鸠的监视，这才如此。

阳爻长老一时倒还真有些找不准蚩尤的行踪，但，他会搜索每一处可疑之地。

帝大和盘古智高似乎极为不幸，在快到辛城之时，竟遇上了君子国战士的伏击，再一次被杀得七零八落，仅剩下帝大和盘古智高杀出重围，逃回辛城。

陶基一到，立刻切断五座联城之间的联系，更封锁了几座城关，所部署的兵力将五座连城全都包围了起来。

外围的接应，却是被分散在各地的龙族战士给截断了。

所谓的联城，现在在蚩尤战士的眼里却成了孤城，外无救兵，内部却是粮草不够。

其实，每座坚城之中的蚩尤大军并不多，才那么数百人，多的也仅只有七八百人。当然，如果是对外敌坚守，有五六百人就已足够了，可是现在是对内坚守，一切似乎就有些麻烦了。而且，在没有援兵的情况下，死一人就少一人。

此刻，有熊战士气势如虹，而蚩尤的战士则情绪低落，又无真正重要的高手支撑，而且这些人许多都是来自不同的部落，有的是东夷人，有的却是伏羲氏人，也有的是高阳氏的人，这些人在失去了蚩尤、太昊、少昊这几根主心骨的情况下，各打各的算盘，这下更是内忧外患，形势危急。

有熊战士的情绪极为高昂，事实上，这些日子以来，有熊处在极不利的形势，因为联城寨口中聚集了蚩尤、太昊、少昊这三大无敌高手。而在这之外的战斗，华联盟一直都占着极大的优势。因为，在十大联城之外，蚩尤大军处在被动的状态，因此他们只好被伏击，被偷袭了。

此刻有熊战士没有了蚩尤和太昊、少昊这三大无敌高手的威胁，每个人都扬眉吐气，定要一雪此恨，加之这里本是有熊的地盘，对地势和地形都极为熟悉，交战起来，蚩尤大军根本就讨不了丝毫好处。

熊城上下，陷入了一种沉重的悲哀之中，尚九长老领着所有有熊子民，用手扒开深坑之中的泥土，却没有找到任何关于凤妮的踪迹，只是在废墟之中找到了伏朗的损魔鞭与一些不知名的细碎物质，入手炽热，微泛紫光。

尚九长老的心中升起了一阵苦楚，直觉告诉他，这些细碎的物质是来自太阳神盾的，这便是说，太阳神盾很可能已经爆碎，那凤妮呢?

凤妮究竟去了哪里?为何蚩尤、太昊、少昊在那阵强烈的爆炸之中活了下来，而唯独凤妮却不见了呢?尚九长老有些不解，唯一的答案，便是他心中的那种不祥的预感。

尚九让人找遍了熊城大门外方圆两里的每一寸土地，可是却根本就没有发现任何有关于凤妮的踪迹。

熊城子民无不心中暗自悲蹙，每个人的脑海之中仍然浮现着凤妮在最后一击之时那似仙非仙的风姿，那绝美的容颜。

击退蚩尤，无人不感激凤妮的恩德!

有熊的族人无不以自己的太阳和总管轩辕为傲，因为是凤妮和轩辕给他们带来了幸福，带来了繁荣和安定，可是凤妮却为了有熊的存亡而牺牲了自己，全城的子民无不黯然伤神。

尚九长老其实明白凤妮是凶多吉少，因为他也知道太阳神盾中的秘密，知道引用天外天的力量只会将自己推向死路，伤敌先伤己。因为手持神盾者的身体乃是引用天外天力量的中介，当这股外空间的力量通过持盾者己身之时，其体内的经脉便开始首先承受强大的压力，承受外来力量入侵的痛苦，当身体承受到极限之时，便会爆裂而亡，至于究竟会爆到什么程度，那便要看对手的力量了。

想想，蚩尤是何等人物，凤妮想要杀死他，她自己所承受的压力将是如何的强大。因此，尚九长老其实已经明白了结果，那强烈的爆炸正是因为天外天的外力与蚩尤和凤妮太阳神盾之中所储存的力量相撞所引起的。除了这种可能之外，不可能还有其他的力量能够引出如此可怕的破坏，便连熊城那两丈厚的坚石城墙也塌下了一大片，可想而知这种威力是何等惊人。

是的，在这种强烈的爆炸之下，凤妮要保住性命的可能性微乎其微。不过，尚九长老仍想找到凤妮的踪迹，哪怕是遗体也好。

蚩尤和太昊、少昊之所以未死，是因为他们不像凤妮那样直接受损害，而且他们的本身修为之高，比之凤妮不知要强上多少，太昊和少昊更有那刀枪不入的护甲和面具相挡，因此他们所受的冲击虽大，却不能致命，倒是把他们全部击入了地底之下。

蚩尤的伤势极重，这一点尚九长老也看得出来，只看蚩尤那奔跑的踉跄之势，其伤势比太昊和少昊还要严重。

少昊的心中极苦，他来到了东部的联城之外，远远地便看见将联城紧围的有熊大军。他若是想入这几座城暂作休歇，那已是不可能的了，以他现在的状态，别说是有熊的高手，便是来几名普通战士就可以将他剁成八块。

少昊只觉得自己的伤势确实是严重至极，这一百多年来，他从未伤得如此之重，即使是与刑天交手，他也没有伤得如此之重。至少，他还可以自刑天手下逃脱，并在刑地的伏击之下突出重围，可是现在的状况根本就不能与那次相比。

少昊怎也没有料到凤妮竟然如此可怕，不过，他最遗憾的却是与太昊同时出手竟未能诛杀蚩尤！

当然，少昊也知道，在事前他绝对不会想到会出现这样的结果。他心中只是想与凤妮联手杀死蚩尤，谁知道这却帮了蚩尤一个大忙，他们竟然成了蚩尤散出体内无法排泄力量的渠道。

只要少昊和太昊不出手的话，蚩尤唯有在天外天的力量冲击下爆成碎末飞灰。可是他们当时根本就不知道蚩尤在苦抗天外天那一股奇异的力量，是以他们同时出手了。

太昊和少昊的力量反而将蚩尤体内的天外天力量给排逼而出，甚至让他们同时分承了这股力量，也便成了三个人联手合抗天外天的力量，这才使得蚩尤逃脱一劫，而太昊和少昊却因此受了重伤。

少昊知道，太昊绝不会比他好到哪里去，他只是有些遗憾凤妮竟这样惨死。同时他更担心，凤妮这一去，谁还能对付得了蚩尤？当然，凤妮拥有那毁天灭地的力量也是他所没有想到的，但正是由于自己和太昊急着要诛杀蚩尤，反而使他因祸得福，逃过一劫，这才铸成大恨、大错，所以，少昊心中气苦。

少昊现在最担心的尚不是有熊的追杀，倒是蚩尤的幸存，如果这魔王不死，那他绝对会卷土重来，到时，少昊自忖自己唯有挨打的份！若是天下多了一个蚩尤，多了一个刑天，永远轮不到他少昊去快活。

刑天虽然可怕，但是与蚩尤相比，似乎仍要逊上一筹，因为刑天的魔魂虽然苏醒，但他的躯体却是一堆废弃的垃圾，犹如行尸走肉，他只能凭思感和精神搜辨敌我。没眼、没耳，甚至连鼻子都已不见了，整个脑袋仿佛只是一截长满头发的粗脖子，而脖子却是根本就没看到。

正因为这个原因，少昊才逃出了刑天的追杀，才能在落败的情况下借沙地潜走。当然，若非朱雀神将领着那群战士前来接应，更做了替死鬼，他能不能逃脱，那还是另外一回事。但不管如何，刑天的缺陷比蚩尤要多得多，只要能够针对刑天这些很明显的缺陷设计出击，并不是没有战胜刑天的可能，可是蚩尤却不同。

蚩尤与叶帝的结合，几近完美，无论是心性还是其他的方面，叶帝正是继承魔性的最佳人选，而且叶帝本身就是一个极为聪明的人，以其资质，竟能够将蚩尤的能量得到充分的开发，而形成了这无敌的魔王。

如果换作不是叶帝本就心存魔念，深具魔性的话，那蚩尤的能量再强也只可能开发出七八成而已，而偏偏叶帝继承了蚩尤的魔魂，这或许便是天意。

少昊想与帝大会合，看来已是不可能了，而他此刻若是独自一人逃回穷桑，这一路上，只怕很难，也不知道有多少伏兵会在路上等着他。

少昊望了望天空，又望了望前方的密林，不由得微微一咬牙，竟向前方的密林中隐去。

帝大诸人紧守坚城，他们确实可以防守陶基和吴回的进攻，一时之间，陶基也找不到最好的攻城之策，但是帝大和盘古智高却忽略了另一个特殊的部落——土方部！

帝大确实没有想到，等他想到之时，辛城之中的粮草已遭到了与庚城一样的火劫。城中四处起火，一时之间，只让帝大和盘古智高乱了阵脚。

辛城之中的粮草本就不多，若是这么一烧，他们将处在外无救兵、内无粮草的绝境。

陶基更在城外不住地对辛城的城垛进行袭扰，似乎只要城头上人一少，他便会立刻大举进攻，这使得帝大根本就不能够抽调城墙上的防卫力量去救火。

帝大亲自登城拒敌，而盘古智高则指挥救火，现在的这种处境，他们根本就无法可想，仅能齐心协力地渡过难关，否则唯有死路一条。

帝大正在城头查看之际，倏闻城中一片杀喊之声，他不由得回头一看，这一看之下，差点让帝大心里直叫娘。不知为何，吴回竟领着一支由高手组成的战旅杀入了城中，人人皆是以一敌十，所过之处，人仰马翻，蚩尤军已经溃不成军。

不光是帝大不明白是怎么回事，便是辛城的那么多蚩尤战士也是莫名其妙。

吴回这支步兵战旅仿佛是自天而降，人人一手执藤盾，一手操利刀，进退之间，井然有序，显然是经过了千锤百炼的精锐战旅。

城外的陶基听得城中喊杀声四起，大喜之下，一马当先地便向城下冲到。

城上乱箭齐发，但是对于陶基来说，这些东西根本就算不了什么，没有一支劲箭可以落至他的气场之内，而有熊战士更是高持盾牌，向城下掩杀而来。

一时之间，城下盾接盾，便像是顶起了一片闪光的密云。城上的利箭根本就不能对有熊战士造成任何威胁。

帝大心中大急，他自城上跃下，大战吴回，如果让吴回打开了城门，那么辛城便正式宣布失守了。因此，他无论如何也不能让吴回打开城门。

吴回大笑着迎战，他与这个对手已经交手多次，却一直都没有什么结果，今日他更不在意，因为他知道，胜券已在握。

帝大骇然发现，吴回的身边无一不是高手，另外一人所使的也正是火神的独门武学“烈火神功”，此人正是轩辕让其保护凤妮的火烈。

根本就没有人能够阻得住火烈的攻势，而另外一个年轻人亦是威如猛龙，帝大也认识，这些人都是熟知，他立刻明白，这群盾刀结合的人阵正是轩辕所组成的山海战士的精锐，而那年轻人则是山海盟的另一个头目——少典神农！

帝大知道少典神农的武功不俗，虽比不上他，但此刻也是无人能挡。终于，他最害怕的事情还是出现了——神农劈开了辛城的城门，陶基领着战士如潮水般涌入了辛城之中。

帝大怎会不知大势已去？哪还有半点恋战之心，一带坐骑便向东城门败去。

熊城全城戴孝，尚九长老终于绝望了，他知道根本就不可能再找到凤妮的遗体，在那种情况下，只有一种可能，那便是灰飞烟灭！

熊城的每一户都挂上白幡，巨大的灵堂便设在宗庙之中。

八大寨中，也挂满了白幡，有熊族所有的子民都自动戴孝。

熊城之内泣声一片，尚九长老也是悲怆无限，不仅仅是伤悲凤妮的逝去，也为元贞长老的仙逝而痛泣。这一切全都是那般巧合，元贞长老也是因为太阳神盾而灰飞烟灭，便连凤妮亦步上了其后尘。对于他们来说，再也无法评断太阳神盾究竟是祥瑞之物，还是不祥之物。

当然，现在连太阳神盾也爆成了碎片，没有必要再去追究它是否是吉祥之物。

伯夷父以最快的速度传书犹未归来的叶皇和柔水及贰负，让其封锁所有通向南方的通道，绝不可以让太昊、少昊返回南方，更不能让蚩尤赶到南方与高阳氏会合，如果让蚩尤顺利到达高阳氏，那样他便很有可能得到恢复的机会。若蚩尤恢复了功力和斗志，那后果是谁也难以预料的。

尽管熊城陷入了一种沉重的氛围之中，但一切事宜都依然继续，因为谁都知道，这种时候乃是至关重要的时刻，只能化悲痛为动力，而不能因悲痛而忽视更重要的事情，那样凤妮和元贞长老的死便有些不值了。

事实上，凤妮早已料到了自己必死，是以她在取出太阳神盾之时便已留下了遗言。将兵权暂交由阳爻长老和伯夷父掌管，政事则由尚九和无咎等长老负责，只待轩辕归返主持大局。并叮嘱了众人，若是她有什么不测，则由轩辕继承太阳之位。

数百年来，还从未有过外人继承过太阳之位，但若是由轩辕来继承太阳之位，却是没有人可以反对的，也可以说是众望所归，何况还有凤妮的遗嘱？

事实上，有熊的大小事宜，轩辕负责了大部分，所有的决策都是由轩辕所提出来的。从才智和武功上来说，轩辕都是无法挑剔的，而且，轩辕更是有熊除了凤妮之外，名符其实的第二号人物。

现在熊城所盼的，只是轩辕的归返。只有轩辕归返熊城之后，有熊才能真正地着手重建。轩辕所代表的是有熊人的斗志，是有熊人的信心，唯有他才配称太阳圣士，配称有熊的英雄。

可是，轩辕此刻又在什么地方呢？

轩辕回来了，越过太行，他仅用了两个时辰。他以疾如奔马的速度赶回熊城，但是却在途中感应到凤妮的遇害，整颗心都变得无比沉重，仿佛世上的一切都失去了意义。他有些失魂落魄地散漫地步行于回返有熊的途中。

一切，都像是做了一个痛苦而又离奇的梦，他不明白，他拥有如此的武功和智慧又有何用？竟连自己最心爱的女人都无法保护。

雁菲菲是在他眼皮底下死去的，而此刻凤妮也远离他而去。这一生中，对他起到决定性影响的两个女人，就这样一个个离他而去，这对轩辕的打击之大，是谁也难以预料的。

鬼方的大军开始动了，他们已经知道蚩尤军大败，更明白此刻有熊族的形势一片混乱，虽然有熊胜了，但损失却十分惨重，他们不乘此机会出手，更待何时？

机会，稍纵即逝，刑地深深地明白这一点，是以，他屯居十大联城外的兵力只在顷刻间便逼至壬、癸两城之间。

当然，刑地绝不想放过昆夷和土方诸部，这些人居然临危思变，降于有熊，这使他极为生气。这次举兵再次南征，他便有心要对这几个部落予以最沉重的打击，让他们为此付出代价。

昆夷寨和吉方诸部的大寨相距极近，又与癸城相距不远，因此这之间是一个三角犄形，刑地并不敢将兵力逼入他们与癸城之间，那样只会三面受到夹击，甚至会落得惨败而归。

刑地败不起，鬼方的兵力已经很薄弱了，失去了许多部落的支持，此刻鬼方十部已只剩下血鬼、刑天、荤育和沚曲四部，因此，鬼方的情况并不是很妙，总兵力才不过五千余人，要想征服有熊仍有些不够。但是，他们的优势却是拥有魔神刑天这个可以与蚩尤相抗衡的无敌高手，因此蚩尤一去，刑天便无人可挡了。这样一来，鬼方确有卷土重来的机会。

鬼方的兵力多半来自极北绝域，那里是刑天部的圣地，虽处极北之地，但绝域之中却并不甚寒冷，居住着三分之一的鬼方军民。因此，刑地这次仍能够领着三四千兵力远征而出。

鬼方的力量并不很薄弱，至少仍有刑地、魔奴和天魔三大妃在撑着，另外，刑天部的高手极众，这些人都是留守极北绝域的刑天部元老，也有许许多多新兴的高手，在极北绝域之中，几乎存在着鬼方一半的高手。而这一次南征，这群高手却已倾巢而出，他们要趁刑天重生的大好时机再开创一番伟业。

刑地强攻昆夷寨，不过他却发现昆夷寨极为坚固，而且里面的防守十分严密，看来昆夷部的实力不小。这些日子来，昆夷部部众似乎已经预感到刑地会对他们出手，因此防范得极为严密，使得刑地无从下手。

虽然刑地的武功在昆夷部中找不到对手，但大军作战并非单靠一人之力。昆夷和舌方两部合在一起，寨中高手也不少，再加上两部首领，几人联手，便足以与刑地抗衡，这使得刑地讨个没趣，但他却绝不会就此作罢，而是绕道直袭林胡部的寨子。

严允、林胡和山戎合成一寨，因为这三部的兵力有一些抽调去有熊南面与黄叶族共拒蚩尤的援军，寨子竟然空了许多。刑地并没有费多大的力气，便控制了整座寨子，不过他并不想伤害这里的子民，因为这些人也曾是鬼方的子民，降于有熊只是迫于无路可走。同时刑地更想借机再让这几部归服于自己，共同对付有熊，是以，对待寨中的子民并不是很苛刻。

寨中的子民虽然害怕，但也不会反抗，因为刑地的威势他们并不陌生。

伯夷父接到昆夷寨中的飞鸟传书，知道刑地占领了严允寨，不由得大为震怒。

刑地竟然趁这种机会想来捡便宜，他是绝对不会袖手不管的。

这本是一个极为严重的问题，因为鬼方拥有一个可以与蚩尤相抗衡的可怕高手，便连少昊也铩羽而归，更弃荤育城而逃。而此刻有熊经过蚩尤这一劫，损兵折将不少，再要去战刑天这老魔，便是伯夷父也有些头大。但不管如何，伯夷父仍征集了两千兵力，前去援助昆夷寨。

有熊的兵力虽然折损不少，但是仍然比东夷或鬼方多上许多。有熊的实力之雄厚，实为天下之最，虽然这些日子以来战争接连不断，却也并没有让有熊元气大伤。

当然，这是因为敌方只是强悍在某几个人的力量之上，而不是在广阔的兵源上，因此，对有熊族的普通战士所造成的损伤尚不足以让有熊一蹶不振。

伯夷父的大军西出癸城，迅速赶至昆夷寨，他分出一千兵力向严允寨进攻，当然，他所施的自然是包围战术。同时之间，他更调回昆夷部的战士，借黄叶族的战士，对严允部施行大包围，完全断开刑地的出路和进路。遗憾的却是伯夷父算漏了一个很重要的人物，那便是真正的魔神刑天！

魔奴与刑天同至，伯夷父的包围圈一攻即破，根本就没有人能够阻挡得了刑天的进攻，便是伯夷父也根本就不是刑天的对手。

伯夷父大败，连昆夷寨也回不去，只得退向癸城。

昆夷更是紧闭寨门不战，人人自危，谁都明白刑天的可怕，这是一个几可与蚩尤相提并论的无敌魔王，仅凭昆夷寨根本就不可能阻挡得了刑天的脚步。

魔奴出袭土方寨，土方寨中几乎是空的，地神土计早就已经料到刑地会来，而他却是已领着战士去助有熊攻打东面五大联城去了。这也便是何以辛城突然四处起火，吴回突然出现在城内的原因了。

土计及自己的族人，会遁土之术者并不少，当然并不是每个人都如土计这般出神入化，但若想在城角下自地下钻入城内，应该是没有问题。这些人不仅会遁地之术，挖地道之术更是一绝。在有熊族土木营战士的相助之下，很轻易便在城东挖开了一条地道。

陶基的兵力在辛城之西吸引了帝大和盘古智高的注意力，东方乃是辛城通向东夷之路，那一方反而防犯并不很严。因此，正好给了土计挖开一条短地道的机会，这也是帝大败走辛城的主要原因。

事实上，轩辕早就说过土计是个很危险的人物，那便是此人的防不胜防，就像满苍夷一样深具威胁。不过，轩辕幸运的是，这两个深具威胁的人物全都为他所用。

土计确实很聪明，他已事先将土方部的人迁入了癸城，寨中只留下不多的几个老弱病残不愿走的人。因此，魔奴所攻下的几乎只是一座空城，根本没有多大的利用价值。

让伯夷父深感庆幸的是，刑天只是在杀败他之时出现过，后来便没有再出现，也不知道去了哪里，抑或在耍什么诡计。当然，昆夷吃紧也是让伯夷父头大的事情，说不得他只好请陶基和吴回同来对付那魔神刑天了。

不过，伯夷父相信昆夷寨尚能支持一些时日，因为有有侨族长蛟幽领着那数百有熊精锐战士支援，而昆夷寨的力量并不薄弱，他现在只盼轩辕赶快回返。

蛟梦根本就不敢出战，因为没有人是刑地的对手，最可怕的仍是刑地的开天神斧。

开天神斧名列神族十大神器第二，并非幸至。蛟梦根本就没有什么东西可以与之抗衡，无量尺在神农手中，另外几件神器，一件在陶基的手中，而陶基却未能抽身而来，还有自伏朗那里得来的损魔鞭似乎没有人会用，伯夷父拿着它被刑天打得狼狈而逃。

另外几件神器全在轩辕那里，太虚神甲、昆吾神剑、尊神刀、极乐弓、含沙剑这五件神器本就在轩辕的手中，而辟邪剑也自风骚的手中所夺，也便是说，轩辕身边已有六件，而有熊方面共有神器九件。可惜，蛟梦手中一件也没有。

事实上，即使是蛟梦的手中有，他也不是刑地之敌。因此，他只能够坚守昆夷寨，所幸，昆夷寨之中的装备还是很好，唯一缺的便是劲箭。

为了阻止刑地一次又一次的进攻，只好大量地浪费劲箭。射到后来，便没什么箭可射，只好削竹、削木为箭，这种情况使得昆夷寨中气氛也紧张起来。

算起来，昆夷的箭矢尚不够，仅一天中，便射得差不多了。

刑地第九次进攻时，已不再像头几次那样佯攻，而是领来盾牌手在前方开路。

刑地所制的盾事实上很简单，便是斩树劈木，以大木块为盾，形虽简陋，但实战效果却是极佳。

昆夷用竹木之箭启发了刑地，因此他连夜赶制出了一些大盾，一时之间，使得昆夷寨下全是晃动的木盾，盾接盾，昆夷的箭根本就不能够伤到鬼方战士。这样一来，便连蛟梦也乱了手脚。

刑地的木盾很有效，这些木头都极湿，因此其收缩性和韧性极好，箭矢射到盾上，不能射裂木盾，只能插在上面，除非以蛟梦这样的功力怒射，才能使对方盾毁人亡。但是蛟梦和昆夷的高手，几人力量十分有限，哪能射得及？片刻之间，便让鬼方战士杀到寨门之下，刑地一人当先，开天斧以无坚不摧之势，重劈寨门。

昆夷寨之门，在顷刻间轰然被毁，刑地领人便直接杀入了城中。

蛟梦诸人不得不正面与刑地对敌，当然是数人战刑地一人，可是刑地这一刻根本就不与他们相对，而是神斧怒斩有熊战士和昆夷战士，其势有如破竹，根本就无人可挡。

一时之间，喊杀声震天，昆夷寨陷入了一片疯狂厮杀之中。

蛟梦已经不再盼望伯夷父来相助了，因为那是根本不可能了。他也明白伯夷父的心情，若是有刑天这样一个神秘的敌人在暗中环伺的话，他也不敢轻举妄动。他只好追在刑地之后对鬼方战士施以无情的杀戮，血必须以血来清偿！不过，蛟梦很快便被人截住，乃是天魔八妃之一。

天魔八妃的武功都极为厉害，比之昔日鬼三诸人也不会逊色。因此，相较起来，蛟梦还是相形见拙。

昆夷与舌方部虽然也有高手，但有一些人在战蚩尤之时，或死或伤，也有的在东部五大联城外受了重伤。因此，留在昆夷寨中的高手并不多，否则的话，刑地也不能逞强了，当日便是太昊也难攻下昆夷寨。

人人都杀红了眼，鬼方战士杀入寨中后，便弃木盾大砍大杀，因为木盾太笨重，借之靠近寨墙还好，但拿来近身肉搏却不太适宜。

“轩辕——”不知是谁突然惊呼了一声，声音犹如一个巨雷惊碎了虚空。

在狂战之中，这两个字仍然有着无可比拟的震撼力。

所有人的目光不由自主地投向了声音传来之处，所有人也都呆住了。

那不是轩辕是谁？鬼方人对轩辕的印象太深刻了，这个名字对于他们来说不啻是惊雷贯耳，在内心深处，似乎存在着那么一些敬惧和畏怯。而此刻再见轩辕，便连蛟梦也呆住了。

轩辕所过之处，无论是敌我双方都如纸鸢稻草人一般被抛了出去，或轻或重，但都未受伤。而让人惊骇的不是这些，而是轩辕根本就不曾出手，只是脚下犹如御着轻风，根本就不沾地面。

所有斩向轩辕的兵刃全都反噬而回，在轩辕身体的周围仿佛有一层无形的气场，可以发生任何奇迹的气场，而轩辕的目标只有一个，那便是刑地！

轩辕的目标是刑地，刑地也清楚地感应到了，轩辕那浩瀚无边的气机已经封锁了他周围的每一寸空间，仿佛为他编织了一只无形的笼子，沉重无比的压力，只让他身上的毛孔全部张开。

“这是轩辕吗？他什么时候突然出现在这里？”刑地的心中涌上了一种难以形容的恐惧，这是他从未有过的，即使是面对太昊和少昊，他也从未皱过眉头。可是今日再见轩辕，他却心虚了，而这一切，只是因为轩辕的眼睛！

是的，是轩辕的眼睛，轩辕的眼中似乎有一层穿透任何东西的奇异魔力！

一触及轩辕的目光，刑地便仿佛赤裸着身体置身于无人的荒漠之中——绝望、寒冷、孤独、无助，更无所遁迹！所有的一切都变得虚渺而不真实，但却又能感受到恐惧惊惶的内心思想。

“这是轩辕的目光吗?”刑地不敢想象这是几个月前在他手底下狼狈逃窜的轩辕，他也难以想象这是来自人的眼神。

一个人的眼神深邃得不可揣度那并不可怕，可怕的却是这个人的眼神不仅深邃，更是空洞，空洞得便像是将一切真实的东西全部陷进去，空洞得一对眼眶仿佛有了两个截然不同的空间的分界线，空洞出了一种内陷的气势，而让所有真实的东西都变得虚渺起来。

轩辕变了，不只是眼神，更自气势之上也有了根本的改变，无论是有形的还是无形的，都给刑地一种不可攀望、不可抗拒的感觉，这使得刑地惊惧不安。他不明白轩辕怎会突然出现在这里，而这些时日轩辕究竟是干什么去了？为什么蚩尤攻到了熊城也没有见到轩辕的踪迹和消息？而此刻却又突然出现在这不应该出现的地方呢？

刑地一直观望着蚩尤和有熊的战斗，他也并未借机收拾那些鬼方的叛徒，那是因为轩辕一直都没有动静，这很不合常理。因此，他不敢轻举妄动，轩辕的诡计和智慧已经让鬼方感到深深的惧意，而刑地已再也输不起了。可是到最后，他们依然没有看到轩辕的出现，他们才以为轩辕那日与天魔作战伤重不治而亡。只是因为有熊怕外人知道，这才隐瞒实情。谁知道，轩辕竟然会在令人最意想不到的时候出现在昆夷寨。

蛟梦这一方也都缓了下来，轩辕身上仿佛带着一种奇异而神奇的力量，使每个人的战意都不自觉地减弱下来，而他的气势也使每个人的心神被慑，无论是敌方还是己方。

那是一种无法形容的感觉，无法形容之处便在于它的虚渺，那纯粹是一种来自精神上的震撼，便像是一群饥渴欲死的人突然在荒绝的戈壁上找到了一处绿洲，那是言语所无法禅述的东西。

所有人都似乎明白轩辕的目标是刑地，无论敌我双方的战士，全都不约而同地为轩辕让开一条宽阔的路来，只在眨眼之下，轩辕与刑地之间便已毫无阻隔了，一条狭长而齐整的空地之上，这边是御风而行的轩辕，那边却是持斧而立的刑地。

嗤嗤……两条人影以极速横在刑地的身前，一胖一瘦，正是刑地的两位神将，曾是轩辕以此换取蛟幽手中的两个战俘。

胖瘦神将的脸色极为难看，他们已经摆好了立即出手的架势，可是两人的手心却已在冒汗了。他们自己也说不清这究竟是怎样的一种感受，所感受到的是一种从未有过的心虚。

整个战场都静止了下来，这是难以想象的奇迹。整个战场，仿佛只是轩辕与刑地的战场。两位天魔妃子也迅速掠到刑地的身边，她们似乎没有想到要再杀其他的敌人，因为在突然之间，所有的威胁仿佛都只是来自于轩辕。

第一百四十五章　纵横无敌

昆夷的许多族人并未真正见过轩辕，便是鬼方的许多战士也不曾见过，真正见过轩辕的，只是一少部分人。

当然，轩辕的名字早已传遍了鬼方的每一个角落，那便像是一个打破传说的神话，只有轩辕才能够击杀天魔罗修绝，而眼下的轩辕，并没有让他们失望，只凭这无人能挡的气势，便不会有人怀疑轩辕击杀天魔的能力。

敌我双方自动分开，以轩辕和刑地之间的狭长空地为界，没有人敢再向轩辕出手，轩辕那种神鬼莫测的功力只让每一个人都为之心寒。

也没有人继续向刑地进攻，因为刑地只属于轩辕。

胖瘦二神将突地大吼一声，自两侧向五丈开外的轩辕扑至！他们不能等了，因为他们根本就承受不了轩辕那沉重的气势，若不出手，他们都怀疑自己会窒息而亡！是以，他们已经不想再有太多顾忌，毫不犹豫地出手了！

轩辕连眼皮也不曾眨一下，依然以轻缓而飘悠的步伐向刑地滑去。

每个人的心似乎在刹那间提到了嗓子眼上，眼望着胖瘦二神将的拳势便要攻到轩辕的身上，可轩辕仿佛视若无睹一样。不过，没有人叫喊或提醒轩辕，因为他们感受到了来自轩辕内心那强大的自信，仿佛一切的事物都在他的掌握之中。

砰……砰……轩辕没有挡，胖瘦二神将的拳头重重地击在轩辕的身上，但是在倏然之间，他们发现自己的独龙拳竟然没能让轩辕停下半步，或是皱一下眉头。也正在此时，他们更骇异地发现，独龙拳劲竟自轩辕的体内回流给他们，而且更是强大了数倍。

胖瘦二神将同时发出一声惨号，如同纸鸢一般的自他们跃出的方位和弧度被抛了出去，而且速度更快更猛。

轩辕依然没有出手，但是胖瘦二神将也未能让轩辕的身形有丝毫的停顿。

刑地大大地吃了一惊，他怎么也没有料到轩辕的功力已经达到了如斯境界，竟这样轻易便将胖瘦二神将击败。

天魔二妃忙接住胖瘦二神将的躯体，但她们也不由自主地被震退五步才卸去胖瘦二神将身上的力道，不由得暗自咋舌。

胖瘦二神将身上力道一卸，便同时狂喷出一大口鲜血，溅得二妃身上到处都是。

“刑地，今日将会是你的死期!”轩辕的声音极为平淡，但却让人有种不寒而栗之感。

刑地也吃了一惊，轩辕竟然直接呼出了他的名字，而轩辕说此话之时那肯定而自信的语调更让他有些心寒。他觉得，轩辕变了，真的变了。

蛟梦也觉得轩辕又变了，无论是自哪个方面来看，轩辕比上一次救他之时多了一种超然出尘之感，仿佛已不属于这个尘世之人。

“就凭你?”刑地的话似乎有些气短，双方罢战之人也听出了他的底气不足。

轩辕笑了，仿佛是看穿了刑地内心的一切。

“轩辕，去死吧!”天魔二妃想到天魔的仇恨，不由得抢先出手，顿时犹如两团黑火一般，直撞向轩辕，声势之强劲，比之胖瘦二神将不知道强横多少。

轩辕摇了摇头，轻吸了一口气，自言自语道：“女人呀女人!”同时之间，袍袖轻轻一拂，两团紫气若两团火球一般直撞向天魔二妃。

轰……轰……天魔二妃顿时如遭雷击，火球化成碎片而散，两具异常美艳却略带诡异的躯体便像两只折翅的残雁般落在地上，嘴角边更溢出了一缕缕血丝，神情更是凄厉。

轩辕的身子自二妃身上凌空而过，连多看一眼都没有，仿佛他根本就不在意天魔二妃的存亡。

天魔二妃怎么也没有想到，自己竟在对方一拂袖间便被击败，就像是做了一场噩梦一般。不过，她们没有死，似乎是轩辕有意手下留情，否则，轩辕要杀她们，便像捻死一只蚂蚁一样简单。

所有的人都被轩辕的气势所震住了，要知道，天魔二妃都得到了天魔的真传，武功之高不会比鬼三之流逊色，可是却在轩辕手下连一招也挡不了，那轩辕的可怕之处，又已达到了何种程度呢？

天魔二妃有些艰难地爬了起来，相互对视了一眼，皆看出了彼此内心的惊骇。她们根本就不可能成为轩辕的对手，也没这个资格。此刻，她们更已经没有了再战之力。

刑地只感到手心有一股股冰凉的汗水渗出，他从未在面对一个敌人时紧张成这个样子。今天，他还是第一次。

死亡，并不可怕，可怕的只是面对死亡的想象。刑地自然不是害怕死亡，可是一个从未考虑到死亡的人，一旦可能面对死亡，他便会生出许许多多的想象，而这种想象却让人不能不心虚。

轩辕立定，只距刑地一丈，目光似笑非笑地逼视着刑地，却有种说不出的阴森和恐怖，使得刑地觉得自己身上每一处地方都似是破绽所在，更有种体无完肤的感觉。

轩辕没有出手，也没有说话，可是那种压抑却是有增无减。

刑地肩头一耸，锵的一声，他以最快的速度将开天斧拼接了起来，并斜斜地举斧而起。

一时之间，天地一片肃杀，强大无比的杀气如烈酒一般飘散于空中，双方的战士皆自觉地向两边迅速分开。

功力稍浅的人更是衣衫尽裂，仿佛空中挥舞着无数锋利的小刀。那沉重得让人难以喘息的气势，使得地面叶飞石走。

轩辕依然只是看着刑地，目光却是越来越幽深，越来越沉郁。他想到了雁菲菲，如果不是因为刑地，雁菲菲怎么可能会死去？他的孩子怎会这么快便失去了母亲？是以，诛杀刑地，已是势不可违之事！

刑地似乎突然明白了轩辕的心思，明白了何以轩辕要杀他的原因。他不再犹豫，低号一声，开天斧如流星赶月一般自上滑落而下。

疯狂的气劲化成一道白色的闪电，奔射而出，裂云、破风、碎空……天地仿佛在这一道闪电之中一分为二……

这才是真正的开天斧，这才是神斧的真正威力！一开始，刑地便尽使杀招，他绝不敢有半丝保留，因为轩辕比他想象的还要可怕！

轰……一连串气劲在地面上爆裂，自刑地的面前至五十丈外的昆夷寨墙，全都轰然裂开一道五尺宽的深坑。

轩辕不见了，地上有的，只是一些残肢断腿，还有一群被带着气劲飞射的泥土砖石击伤在哀号的人，但是，却并没有轩辕的影子。

敌我双方的战士都骇然而退，犹如大海退潮一般。在这种情况下，他们根本就没有任何的抗拒能力，开天斧的神威是他们根本就想象不到的。

只刚才那一击，已经让所有人看到了危机。是以，鬼方战士和昆夷诸部的战士皆骇然而退，整座昆夷寨之中很快便只剩下了刑地。

不，刑地知道还有一个人的存在，那便是轩辕！轩辕没死，而是以惊人的高速闪过了这一斧，直觉告诉他，轩辕便在他的身后！

刑地的动作没有半丝停顿和拖泥带水，整个身子一旋，开天斧借扭腰之力横扫而出！顿时，天地一片昏暗，风暴狂卷而起，泥飞石走草木折，汹涌的杀机使得方圆百丈之内弥漫着一层浓浓的死气。

开天斧本是黝黑的奇铁所铸，斧刃虽为暗白色，但整个斧面却是极为沉黯，也不知道是何种质地，太阳的光线一触及斧面，便立刻被吸引。因此，在挥出神斧之时，仿佛整个天地的光线全被神斧所敛，所以天地一片昏暗。

轩辕果然是在刑地的身后，其好整以暇之状，悠闲得让刑地心寒，因为轩辕竟是在掸去身上的尘土，目光依然悠然而沉郁。

斧光再过，轩辕的身影再闪，仿佛是一场梦一般虚幻莫测。

刑地根本就找不到轩辕的实体，抑或可以说，轩辕以比他目光更快的速度移动身形，或是以更诡异的方式留下自己的影子而已。

虚空被开天斧全部搅乱、捣碎，而此刻更让刑地骇然的事情终于出现了。

整个虚空之中到处都是轩辕的影子，仿佛轩辕化身了亿万个，充斥着每一寸空间，或大或小，或远或近，甚至有些轩辕的影子分成数截……一切都变得无比诡异，每一个轩辕都在向着刑地笑，每一种笑容却又都不尽相同……

刑地狂吼一声，开天斧一翻一搅，空中的轩辕影子全都化成碎片，但这些碎片却化成了更小的轩辕影子，依然是面目俱全……

这是什么武功？这是什么魔法？这是何等的惊怖？一切都像是在噩梦之中一般，变得不真实起来。

可这是梦吗？不，是现实！刑地很清楚自己是醒着的，可是这一些魔魇般聚而不散的影子又是怎么回事？

刑地快要发疯了，他根本就找不到轩辕的真身所在，根本就不知道该如何去对敌，倏然之间，他发现了一点异样，那便是眼睛！

是的，眼睛，轩辕的眼睛，无论轩辕的影子是在哪个方位，可影子的眼睛都是正对着他的目光的；无论轩辕的笑容是什么样的形态，可望向他的眼神却是全然相同的。

刑地明白了，这一切看似魔法的东西和状态，其实只是因为轩辕的眼睛正对着他。

好可怕的一双眼睛，竟然完全可以不进攻，凭眼神就能让他发疯，这怎叫刑地不惊骇欲绝？

轩辕的眼中似乎有一种奇异的魔力和张狂，让人越陷越深，越来越不能自拔，便连对手心中也生出了更多的幻象。

“去死吧！”刑地明白了轩辕的方位，一个能够始终让自己的目光与他正对的方位便是轩辕所存在的位置，所以，他出斧了，凝聚了全身功力拼死一搏！

刑地知道，此刻的轩辕，武功已经高得可怕，最可怕的似乎还不只是轩辕的武功，而是那让人心寒的奇异精神力。这种力量透过轩辕的眼睛而严重地干扰了他的思绪，使他无法自制地产生可怕的幻觉。如果他不拼死一搏的话，那么他只会死得很难看，甚至根本就没有还手的余地。

“好，果然不愧是刑天之弟！”轩辕的声音悠然落入刑地的耳中，那亿万个轩辕的影子倏然幻灭，化成了千万紫色的气雾向刑地面前蔓延而至。

轰……刑地这一斧依然斩空，但在倏然间，他发现轩辕的面孔已经出现在他的面前，仅隔两尺而已。

刑地不由惊骇地狂号一声，但他还没弄明白是怎么回事时，便感到胸口一阵沉闷，再听到的便是骨折肉碎的声音。

轩辕的掌势如刀，以无坚不摧之势直插入了刑地的体内！

斧影俱敛，刑地与轩辕的身体相隔两尺对立，但两人的表情却绝不相同。

刑地一脸难以置信的绝望神色，而轩辕的表情却平静至极，但他的左手依旧插在刑地的心窝之中。

“你死得不冤！”轩辕淡淡地道了一声，手臂上闪过一道紫气，刑地的躯体蓦然化成一蓬血雨炸裂开来，开天斧也弹射而出。

轩辕却在血雨之中静立成了一尊石雕，没有人知道他此刻心中在想些什么。

刑地之死，刑天竟然没有任何动静，看来鬼方之败已成了定局。

让人没有想到的却是，刑地竟然是死在轩辕的手中，而且死得十分狼狈。

天魔二妃撤出后遭擒，这次可谓是败得极为惨重。面对轩辕的威势，鬼方战士大部分都选择投降，因为昆夷诸部本就是降于有熊的鬼方部落，相对来说比较具有亲和力。而且，鬼方刑地一死，便等于已是无主，虽然他们都听说过刑天，但却从未真正地见过此人的面目，因此，没有多少鬼方人对之抱有信心。

昆夷寨一战只有来自极北绝域的一些高手领着一些人杀了回去，余者，即使是天魔二妃也降于轩辕手下。

轩辕顺势收回昆夷大寨，根本就没废一兵一卒，只是对天魔二妃一番游说便即降伏。

魔奴见势不妙，他也不再紧守土方寨，领军仓皇地逃回荤育城，而刑天一直都未曾出现过，仿佛是自这个世上完全消失了一般。

轩辕返回熊城的消息，如同春风一般漫遍了有熊的每一个角落，轩辕力杀刑地，收服鬼方军的消息也同样传遍了有熊的每一个角落。

轩辕终于回来了，可是心中却植下了深深的痛苦和遗憾。他在宗庙大堂看到了凤妮和元贞长老以及他那战死的父亲少典王虎叶的灵位，他也在到宗庙的途中听到了尚九长老关于太阳神盾的叙述。可他再望了一眼摆在宗庙大堂后方的虎叶的灵位后，将目光移到宗庙前方的凤妮灵位上再没有移开，自始至终也都没有说过一句话。

所有的人，尽皆陪着轩辕默哀，直到夜已极深，所有的人全都走光了，轩辕犹一动未动，连目光也未曾移动一下。晚餐他没有吃，也没有人催他，没有人提醒他。

尽管，每个人都在担心轩辕的身体，都在担心轩辕的情绪，可是似乎没有任何语言可以作为劝慰的话语，因为每一个人的心都是那么痛，那么沉重。

人走绝，夜如水，空旷的灵堂上唯轩辕如泥塑木雕一般静守在凤妮与虎叶的灵位旁，本已流干了的泪水，终于再一次湿润了眼眶。当尚九长老一声长长的叹息惊醒了他时，已是四更天了。

“长老还未休息?”轩辕紧闭的口终于开启了，但仍掩饰不住内心的痛楚和落寞。

“大总管不也一样吗?”尚九长老未答反问道。

轩辕默然，他知道尚九长老内心的悲痛跟他是一样的，禁不住也长长地叹了一口气。他所感应到的事情终于成了现实，连最后一点侥幸的希望也完全破灭了，他还能够奢望什么呢?

尚九长老见轩辕良久未语，不由得深深地吸了口气道：“人死不能复生，还有许许多多的事情等着大总管去处理，希望大总管节哀顺变，以大局为重!”

轩辕又沉默了半晌，长长地嘘了口气，问道：“蚩尤是向哪个方向逃遁的?”

“据阳爻长老的消息，灵鸠所查，蚩尤好像是向南方逃逸而去，如果估计没错的话，那魔头应该是逃向了高阳氏。”尚九长老咬牙切齿地道。

“好，那我明天立刻起兵踏平高阳！马上传我兵令，通知华联盟所有盟族随时听我调令！”轩辕斩钉截铁地吩咐道。

尚九长老不由得吃了一惊，反问道：“明天？”

“是的，有何不妥吗？”轩辕也反问道。

“明天只怕是时间有些仓促了，首先大总管要将熊城的一些事情处理好，至少需要一天时间，还望大总管三思呀。”尚九长老恳然道。

“熊城之事，自然要交由长老亲自去处理了。至于一些特殊事情，待我破了高阳后再回来处理好了。”轩辕想了想道。

“太阳曾立遗嘱，要大总管归返熊城后，便请大总管继任有熊太阳之位，这样才好统领和指挥全族之人去为凤妮太阳雪仇，如此凤妮太阳在天之灵也会无憾的，还请大总管明日先继太阳之位再出兵高阳！”尚九长老诚然道。

轩辕一听又长长地叹了口气，他明白凤妮的心思，也明白尚九长老的心意，毕竟这些人都是他最为亲信的人。

“我不是太阳血统，若成为有熊太阳，岂不会被人笑话？”轩辕问道。

“天下间谁敢笑话大总管？整个有熊有谁会不服？唯有大总管才堪配继承太阳之位，何况还有凤妮太阳的遗嘱为凭。”尚九长老断然道。

“龙哥依然在世，不若让他回来主持熊城……”

“大总管何说此话？龙哥虽然是太阳血统，但他对有熊寸功未建，而且与众臣不熟，若是他当太阳，谁也不会心服。虽然我尚九身负维护王族使命，但我第一个反对请回龙哥，现在是非常时期，世事不能只以一个模式而成，该变革之时就得变革！大总管平时行事超凡脱俗，该不会在此事上尚有妇人之仁吧？”尚九长老断然打断轩辕的话道，接着又道：“何况，有熊已经历经此劫，再经不起折腾，只望大总管成为太阳之后，能够让我有熊变得更加繁荣昌盛和安定，而不是需要龙哥回来制造危机。因此，还请大总管不要推托！”

轩辕望了望这慷慨激昂的尚九长老，心中也不禁一阵感动，他明白在尚九长老的心中，只会为有熊的将来着想，而不是只为维护王族血脉的正统着想。他想到元贞长老大义凛然的牺牲，不禁又恢复了心中的斗志！昂然道："好！那明日便由长老去安排，后天，我将南征高阳！"

"报，夫人和歧仙长回来了！"一位金穗剑士行入相报道。

"哦。"轩辕抬头望了金穗剑士一眼，问道，"在哪里？"

"在总管府！"金穗剑士应了一声。

"你去告诉他们一声，今夜我不回府中，只想在这里静一静。"轩辕叹了口气道。

"属下知道。"金穗剑士应了一声后便立刻退了出去。

"长老也先去休息吧，明天还会有很多事情要做。"轩辕对尚九长老道。

"那大总管也早点休息。"

轩辕点了点头，却在那里愣愣地想着问题。不过半晌，一阵脚步之声响起，让他回过神来，抬头一看，却是陶莹和歧富来了。

轩辕不由得微讶，但见歧富向他点了点头，便径自在一旁点了几炷香，先在虎叶灵前拜祭一番，后又分别在凤妮和元贞长老的灵前将祭香插上。

陶莹也没有说话，接过歧富递给她的香来到虎叶的灵前深揖一礼，强忍着泪水没有哭出声来。随即再来到凤妮的灵位时，想起与凤妮这些日子来的相处，泪水却忍不住滑落于地。

陶莹拜完元贞长老后，擦了擦泪水，来到轩辕的身边，语调有些哽咽地道："人死不能复生，夫君要节哀顺变。"

轩辕抬头望了望陶莹那泛红的眼圈和隐含泪光的眸子，长长地叹了一口气，伸手极为怜惜和疼爱地将之揽坐于身边，轻轻地抚了抚那飘逸的秀发，淡淡地道："我爹与凤妮是不会白死的，我将会用蚩尤的鲜血来祭她在天之灵！我会为她完成所有未完成的心愿，她将不会有任何遗憾的！"说到后来，轩辕的声音也有些哽咽了。

陶莹听到此处，不由得俯在轩辕的肩头痛哭起来。她本还想强忍着，害怕勾起了轩辕心头的痛处，谁知轩辕早已为之哭过，心情已经平静了下来，反是轩辕的话，引得她再也无法控制内心悲痛的情绪。凤妮不仅是她的好知己，更是好姐妹，因为轩辕的关系，她们之间的感情简直比亲姐妹还要亲，是以，陶莹实在是无法再忍住自己的情感。

歧富也鼻头微酸，他在为轩辕难过，他明白轩辕内心的痛苦，可是轩辕却必须坚强地活着，这自轩辕那无可奈何的叹息之中完全可以听出来。

轩辕紧拥着陶莹那纤瘦的躯体，只是轻柔而缓缓地抚摸着陶莹的秀发，强行控制内心再次被掀起的伤痛，却不知道该如何安慰陶莹。

良久，陶莹已经稍稍缓过神来，控制住自己的情绪，似乎记起了什么似的，仍带哭腔地道："夫君，你去安慰一下燕妹吧。"

轩辕一怔，问道："发生了什么事？"

"柳静女王和跂通圣王双双仙去！"陶莹悲蹙地道。

"什么？"轩辕大吃一惊，讶然盯着歧富问道，"怎么会这样？"

"是刑天所为，当我们赶到之时，他们已经心脉尽碎，仅剩一口元气保住性命，老夫也无能为力，致使他们伤重而逝！"歧富说到这里之时不由叹了口气道。

"刑天干的？"轩辕此刻才明白，何以在他击杀刑地之时和之后，刑天一直都不曾露面，看来就是因为他正在与跂通和柳静交手。天下间，除蚩尤之外，也便只有刑天才拥有这样的力量，即使太昊和少昊也不可能在独对跂通的情况下，能够伤到跂通。

事实上，跂通在服食了地火圣莲之后，其功力之高，绝不会在太昊和少昊之下。因此，陶莹说跂通仙去之时，他才会这般吃惊。同时，他也明白了跂燕何以会悲痛的原因。

轩辕不由得暗暗叹了口气，想不到柳静当日在东山口君子城之时并未死于火神祝融之手，反而在今天死于刑天之手，而且连跂通也没有幸存。这或许是天意，想来，柳静确实是深爱着跂通，而跂通更是至死不渝地爱着柳静，两人能够结伴而去，也是一种不幸中的大幸。

跂燕见到轩辕来了，再一次伏在轩辕的怀中大哭起来，桃红和陶莹及满苍夷怎么劝都劝不住。

轩辕一时之间也不知道该如何劝说，他心中的苦涩并不比别人轻，可他作为男人，作为跂燕的夫君，却必须展现出自己强硬的一面。

跂燕终于得到了父母的承认，但是她仅只叫了父母一声爹和娘，柳静和跂通便双双去逝。这对于跂燕来说，确实有些残忍，她宁可根本就不知道这个世上有爹和娘的存在。可是，她偏偏知道了这一点，而且是在这最无可奈何的情况下知道的，轩辕也深深地理解跂燕的心情。

轩辕整夜没睡，他所要做的事情太多太多了，熊城之中的伤者达到数千，各处受伤之人皆送到熊城来治疗，熊城之中的一些药物皆已用得差不多了，可是战争尚在延续，伤者将会越来越多，如何处理这个问题也是一个关键。

轩辕回了熊城，那失陷的五大联城也相继被夺回。这之中，土计确实立下了极大的功劳。不过，这五大联城虽相继被夺回，可是城中已是面目全非，无论是城墙还是城内的建筑，其破损程度都极为厉害，不过，这已没有多大的关系。

东夷大军这次损失之大，几乎折损了一半的兵力，根本就无力再行北征，整个黄河北面的力量全都成了有熊所辖，仅余东临海边的鸟夷，但这些人已经不足为患。

少昊的实力仅剩下济水之南的地方，可以说，整个黄河之北全都已是华联盟所辖。黄河与济水之间存在着高阳氏，另有在太行之西南的有虞氏。北方的鬼方现在更是不存在威胁，或许还有一个刑天，但此人毕竟太过单薄，一人之力总有限，何况有熊拥有轩辕这个已经变得不可思议的高手。

大部分军将各就各位，十大联城重新在控制之下，但是现在分派在十大联城的兵力不是很多，所有的重要人物都赶返熊城，因为熊城将要召开自战事以来，最为特别的一个大会。那便是关于太阳的遗嘱，确立新太阳人选的大会。

轩辕当然是主角，无论怎么说，他都已是有熊的第一号人物，军事大总管，所有的兵权都掌握在他的手中。而且，轩辕乃是天下公认的有熊新一代支柱人物，无论是武功还是智慧，都足以让天下所有的人对有熊另眼相看。因此，轩辕昨夜在劝得跂燕睡着后，便开始了新一天的忙碌，他连一点休息的时间也没有，像是一个完全不知疲劳的超人。

跂燕、陶莹诸女确实是累了，这些天来，自崆峒山没日没夜地赶回熊城，这一路奔波的疲惫可想而知，她们虽然功力深厚，但是却无法与轩辕那超人般的体质相比。

轩辕的体质得到了完全的改变，几乎根本不用食用任何食物，便像广成子一般达到辟谷的地步，只要稍饮一些水，便差不多可以补充自己的体力。支持他的，是天地间无穷无尽的生机，只要天地间生机不绝，轩辕便可以无忧地活下去——这或许只是一种理想的境界，抑或只是一种妄谈。

赶至熊城的，不仅仅有有熊各路重要人物，更有各降部的代表和首领，同时，华联盟的许多部落也派来了使者。

这几天之中，熊城城墙的坍塌之处已经补好，熊城内外也清理了一遍，就只有熊山有些变化。昔日宗庙的建筑极多，但这次除主殿周围的几座大殿外，余者全部倒塌，几乎不留痕迹，这是当日太阳神盾出世的结果。不过，这并不影响熊城的盛况。

熊城，依然是不可怀疑最为繁荣和坚固的城池，就因为城中密集的人口和许许多多雄奇的建筑。

盛会也不能算是盛会，所在之处却是在凤妮、虎叶及元贞长老的灵堂之上。

熊城上下，仍然在为凤妮和元贞长老戴孝，而虎叶的灵位之所以能摆在熊城的灵堂之上，是因为他是轩辕的父亲，所以便连轩辕也不例外地披麻戴孝。外来之客也是人人手扎白布条，以示心中的哀悼。

今日熊城的气氛与昔日大有不同，每位来到宗庙大殿的人最先要做的便是对着摆在左边的凤妮和元贞的灵位行礼，这才向几位长老和轩辕等身份极高者致意，一切没有必要的话全都省下了。

大殿之中极静，只有脚步之声和门外金穗剑士让来者报名的声音，其余的一切都显得极为沉闷和安静，包括陶基和君子国的人及土计诸人。

客人基本都到齐了，而有熊的十城八寨七营的主要首领除战死者之外，余者皆到，另外便是山海战士副统领之一的神农诸人，蛟梦和族中诸人也列位而坐，整个大厅之中坐着数十位高手。

尚九和吴回则是今日的主持。吴回首先主持了对凤妮和元贞长老的祭悼，之后便由尚九宣读凤妮的遗嘱。

遗嘱的大意便是："有熊今临大难，凤妮决意以身殉城，与敌人决一死战！若有任何不测，则将太阳之位传给轩辕，让其主持有熊内外一切事务，力兴有熊，除魔为道，以安定天下为志……"

听罢凤妮的遗嘱，人人点头称赞，更是对凤妮的高尚情操和伟大志向钦服不已，由此也更对凤妮的死生出了许多惋惜，有些人则是淌下了泪水，一时之间唏嘘一片……

"有熊不能一日无主，现请大总管禀承太阳遗命，继承有熊第十二代太阳之位！"尚九长老压下所有人的声音，高呼道。

"轩辕年轻无为，实不宜担任太阳之职，只怕是得太阳错爱了，还请长老另找贤能，轩辕定倾力相辅！"轩辕突地立身而起，出言道。

众人全都一阵错愕，没想到轩辕竟会如此表态。他们都觉得轩辕成为有熊太阳乃是理所当然之事，又有凤妮太阳遗嘱，怎的轩辕却要推托呢？

"试问有熊之中，有何人贤过大总管？大总管虽然年轻，但功绩之高，世所共睹！试问，若大总管不担此任，谁人敢担此任？"尚九长老似乎明白轩辕的意思，高声反问道。

"不错，大总管的功绩谁人不知？首先送凤妮太阳自南方而回，出生入死，再到力战九黎，破快鹿骑，破鬼方大军，杀天魔，再到智斗太昊、少昊，威服诸部，现又杀刑地，平鬼方，而且治军治族有道，否则哪有今日有熊之兴盛团结？"吴回也附和道。

"是呀，除了大总管之外，谁任太阳，我齐充第一个不服！"

"我们全力支持大总管，若谁认为自已的功绩盖过大总管，我木青倒要与他比试比试！"

"除大总管外，谁当太阳我都不服……"一时之间七大营、八大寨和十大联城之主人人神情有些激愤，对轩辕的呼声一浪高过一浪，根本就找不到一个反对的人。

尚九长老伸手压下众人的呼声，来到轩辕面前，突地跪下，诚恳地道：“请大总管为我有熊大局着想，放下一切不必要的顾忌，领导我们有熊吧！同时，也请大总管看在众兄弟的分上……”

“长老你这又是何苦呢？”轩辕大惊，没想到尚九长老竟会当众下跪，一时之间，有熊十城八寨七营的首领全都跪下，外族客人也全都肃然起身。

“请大总管接太阳之令吧！”众人全都恳求道。

“大家这又是为何呢？快！快！快起来，有话好商量！”轩辕慌忙扶起尚九长老、伯夷父和吴回以及蛟梦等人。

“那大总管是答应继位了？”尚九长老喜问道。

“得大家如此厚爱，轩辕若是再有负众望，岂不是故作矫情？大家快快请起，轩辕从此定要禀遵凤妮之遗愿，倾力为有熊、为天下的安定奉上我绵薄之力！”轩辕也有些激动地高声道。

众人大喜，纷纷起立。尚九长老则乘机道：“请大总管祭太阳在天之灵，立即登位！”

轩辕不再推辞，依言拜过凤妮的灵位后，又在宗庙后山的太阳神像之下开坛。

神坛早已搭好，祭品很快便摆上，轩辕正欲祭祀太阳神像时，突地闻听不远处一声沉喝：“慢——”

众人不由得全都将目光移了过去，所有的人皆大大地吃了一惊，便连尚九长老也不由得脱口而呼道：“龙歌！”

轩辕也愣住了，龙歌竟刚好在这个时候赶回了熊城，不知是天意如此还是巧合所致，一时之间，便连他也不知该继续祭祀还是该停下。

许多人与轩辕一样，都不知道该如何去面对这个场面。谁也没有料到龙歌突然而来，这一切使每个人的思维短暂地停顿了半晌。

“想不到龙歌王子能及时赶回来，参加大总管继任第十二代太阳之位，真是巧极！”伯夷父立刻看出了情形不对，他可不想龙歌来搅和，是以抢先说道。

龙歌神色一变，冷然瞪了伯夷父一眼，哼了一声道：“什么大总管，谁是大总管?”

“想不到龙歌王子也赶回来了，真是太好了。当日王子突然失踪，整个有熊都为之担心，看到王子安然归返，凤妮在天之灵也会安息了。”轩辕终还是一个拿得起、放得下的人物，脑子更是灵光至极，立刻先入为主地朗声道，绝不给龙歌拆穿当日他暗使狡计的机会。

“哼，我突然失踪？好个我突然失踪，轩辕，你倒真会装疯卖傻!”龙歌没想到轩辕竟先来此一招，不由得心下大怒。

轩辕脸色一沉，装作不解地道：“轩辕不知王子此话怎讲。”

龙歌一时也为之语塞，当时所在的全是轩辕的人，根本就没有外人可以证明轩辕设计逼走了他，是以轩辕这一问他竟不知该如何回答。

“王子一脸风尘，定是自远道而回，不如先行歇息片刻，一切待太阳大礼完毕后再说如何?”尚九长老插言淡然道。

“长老此话是什么意思？我乃太阳血统，太阳之位舍我其谁？难道长老忘了祖训?”龙歌怒目相问道。

“王子有所不知，此举是根据太阳遗嘱而为，虽祖训有云，但上代太阳已废除祖训，破旧立新，太阳之位，唯能者和有德者居之。因此，还望王子见谅!”尚九长老不卑不亢地道。

“尚九长老所说没错，这里有太阳遗嘱，第十二代太阳已立大总管轩辕，还请王子不要有碍祭祀太阳神!”无咎长老也插口道。

龙歌心中大怒，道：“好哇，你们不念祖训，竟监守自盗，立外人为有熊太阳，此等做法，是何等大逆不道！你们身为执法长老，竟如此不知礼法，实应将你们重罚！来人哪，将这两个大逆不道的人给我拿下!”

龙歌身后立刻闪出四个装束古怪的大汉，以快得难以想象的速度向尚九和无咎两人抓去。

尚九和无咎吃了一惊，他们没想到龙歌说出手就出手，还真敢对付他们，而且这四人的武功之高似乎任何一个都不在他们之下，这怎叫他们不吃惊？但他们仍然以极速避开了。

锵……宗庙卫士和金穗剑士的剑同时出鞘，数十柄剑穿插而出，目标直取那四大汉！

龙歌神色再变，金穗剑士竟敢对他的人出手，也便是说，连这些剑士也是完全支持轩辕了，这怎不叫他怒火攻心？

轩辕心中也暗暗吃惊，龙歌身边的这四人武功之高，足以与尚九诸长老媲美，而在龙歌的身后仍有八名这般装束的大汉，只看这些人，每人的武功都绝对不俗，只怕也不会比这出手的四人逊色。也便是说，龙歌至少已经带了十二位顶尖高手返回熊城，他这次意图很明显，那就是要回来争夺太阳之位！

那四大汉泰然不惧，但是却住手退后不战。他们似乎也明白，如果这样混战下去，绝对不利于他们，因为这里全是对方的人。

金穗剑士和宗庙卫士也都住剑不发，数十柄利剑呈一道半月的弧形将龙歌和他带来的十二人全都围在其中，似乎只要对方有任何动静，他们就会毫不犹豫地立刻扑上，给予沉重一击！无论对方是王子龙歌还是这一群装束古怪之人。

龙歌的目光环视了一眼周围的众人，只见包括十城、八寨、七营的统领在内，人人怒形于色，个个摩拳擦掌，仿佛立刻便要扑上将他擒住一般。龙歌见此情形，不由心中凉了半截，此时他才明白，轩辕在这些人之中是多么得人心。

陶基和土计诸人便像是在看笑话一般望着龙歌，每一个人都仿佛在针对他，孤立他，这使龙歌心中气苦之余更多了许多恨意。若要他就这样眼睁睁地看着轩辕得到太阳之位，他是无论如何也不会甘心的。

尚九长老和无咎长老也大怒，沉声道："龙歌王子，请你自重，这里乃是太阳神所在之地，在此地动手乃是对太阳神的大大不敬，念在你身为王子的分上，今日之事到此为止。若王子不能按有熊之规行事，我只好请出宗庙之法，还忘王子三思！"

龙歌大怒，但是他势不能用强，这里的人无一不是高手，若双方动起手来，对他绝对不利。尽管他这几个月来发生了脱胎换骨的变化，但又岂能敌得过这许多高手？

第一百四十六章　王位之争

龙歌很清楚熊城高手的实力，不过，他极不明白，何以轩辕在短短的几个月之中竟能够使这许多人信服？便连曾属于蒙络和创世的人也都对轩辕这般。更让他惊讶的却是连土计和鬼方的高手也出现在这里，弄得这里的人乱七八糟的，使他根本就分不清眼下的形势。龙歌只知道，此刻自己的形势很孤立，这是他在返回之前所未能料到的。他本以为无论怎样，只要有宗庙支持他，便可以借自己从王母国带来的高手与蒙络和创世相抗衡，可是他快到有熊之时，才知道一切已经人事皆非，不仅蒙络和创世已成为过去，几乎被人遗忘，更听说蚩尤与有熊大战，连太阳凤妮也战死，大总管轩辕刚回熊城……于是他更急切地赶回熊城，可是事实让他失望了。

才短短的三个月时间，有熊已经变得面目全非，不仅处处都有战火烧灼的痕迹，更四处都流传着蚩尤大败及凤妮杀退蚩尤、太昊、少昊三大高手的事迹，同时也流传着轩辕击杀刑地，平鬼方诸多之事，仿佛天下间没有人会不知道凤妮和轩辕的名字。

凤妮是他妹妹，做了太阳他并不会反对，但轩辕当日设计逼走了他，可是此刻却成了有熊除太阳之外的第一号人物，怎叫他不生气和忌恨？因此，他决定回来揭穿轩辕的嘴脸，更要乘机夺下太阳之位，但是这个时候，他才真正地明白，熊城变了。

是的，虽然许多人对他仍然很客气，但这里已不再是他的天下，甚至是不欢迎他。这种不欢迎不是像昔日蒙络和创世那样，那时虽然蒙络、创世不欢迎他，但有熊子民和熊城中的许多人都会期待着他，可是现在，自上至下，连那些子民也对他这个王子爱理不理，似乎都明白他的归来是与轩辕争太阳之位。因此，在这种特殊的时候，有熊子民反而不欢迎他的归返，这让他很是难堪。

“轩辕，枉风妮对你一片真心，你竟要如此卑劣的手段，与这两个大逆不道的人伪造风妮遗嘱，你真是卑鄙无耻!”龙歌眼珠一转，突地开口叱道。

轩辕脸色大变，尚九和无咎也气得脸色发青，怒道：“你血口喷人!”

“龙歌，你说话注意一些，如果你安安静静地不捣乱，我们还尊重你是王子，如果你不注意身份如此污蔑大总管，我齐充第一个要驱你出熊城!”齐充怒道，他对轩辕极为尊敬，哪想龙歌竟然如此含血喷人，怎叫他不怒?

一旁的十城八寨七营的统领全都叱责龙歌，一时之间，龙歌竟成了众矢之的，这确实是龙歌所没有料到的结果。这些人似乎完全忠心于轩辕，即使轩辕确有过错，看来这些人也仍会支持他，这怎叫龙歌不怒?同时也使他更明白一点，那便是即使他得了太阳之位，这些人也不会支持他，甚至全部叛离，仿佛有熊与轩辕已经融为一体了。

轩辕见场面这般混乱，知道是该他开口的时候了，不由得伸手虚按。

众人的吵闹声立刻戛然而止，比什么都有效。

轩辕望了龙歌一眼，淡淡地道：“风妮新逝，举城皆哀，请龙歌说话不要有伤风妮在天之灵。大家的眼光是雪亮的，谁好谁坏，孰优孰劣，各人心中自有一个衡量的标准。因此，这些无谓的东西，争执起来根本就没有意思，但请龙歌明白一点，我们所为的目标都只有一个，那便是有熊的繁荣昌盛，天下的和平与安宁!至于谁坐太阳之位，只是一种形式，如果谁能做到这一点，轩辕愿双手奉上太阳令，保证不会有任何人与之为难。因此，请龙歌不要借一些莫须有的罪名来诋毁轩辕和两位长老及宗庙的尊严!”

众人全都一呆，轩辕的话虽然平静，但是却有一种无法抗拒的威严，使人不能不为之信服，即使是龙歌也找不到反驳之词。

轩辕淡然接道：“轩辕虽自认不俗，但说到使有熊繁荣昌盛，使天下安宁太平，也不敢妄谈，但众位长老和众兄弟们盛情难却，更不想有负凤妮之遗愿，这才不得已而接令。只要能找到贤者，轩辕自会退位让贤。”

龙歌这下倒真的无语了，除非他说自己可以让有熊繁荣昌盛，使天下安定太平，可是他怎能将之说出口？至少有熊的这么多人心中不服，他更不可能使有熊繁荣昌盛，不禁心中长叹：“罢了，罢了……”

“轩辕，你可敢与我公平一战？胜者便继位太阳之位，败者则远离熊城，永不回来！”龙歌突然长长地吸了一口气，望着轩辕冷然道。

“王子，你这是无理取闹……”

“是呀，为什么要和你比……”

轩辕压住众人的话锋，深深地望了龙歌一眼，淡然道：“如果龙歌败了呢？”

“远走昆仑，再不踏足有熊！”龙歌斩钉截铁地道。

“好，我答应你的要求，如果我败了，我也永远不再踏足有熊！”轩辕自信地道。

“大总管！”尚九也有些急了。

“长老不必多说，如果我败了，太阳之位便是龙歌王子的！若谁不服便是与我轩辕过不去！”轩辕制住尚九长老的话题，肃然道。

一时之间，四下俱寂，众人皆不再言语。事实上，也没什么好说的，这些人对轩辕的武功都极为自信，即使是龙歌的武功再好，难道他还会强过刑地？何况，龙歌的武功，在数月前众人已经基本上清楚，虽然极为不俗，却仍不能够与刑地这等高手相提并论。

宗庙的广场之上，观者如山，人潮涌动，皆因这是有熊两个最有影响的人在决定太阳之位的归属。

龙歌，有着太阳血统，若是在平时，乃是名正言顺的太阳，可是他的对手偏偏是被有熊每一个子民所深深热爱和尊敬的英雄轩辕，而轩辕更是第十一代太阳所定下的接班人。因此，这一场争战的确是免不了的。

许多人都来观看，谁都想看看这两大年轻高手是怎么交手的，有熊子民只是见过轩辕力战齐充的场面，但那种深刻的印象犹深深地烙印在每个人的心中，而今日的轩辕会不会比昔日更为厉害呢？这场决战会不会比昔日那场更为精彩呢？这正是众人所期待的，同时，许多人也是想来一睹轩辕的风采。

龙歌与轩辕相距五丈而立，但目光却紧锁在一起。

轩辕感到龙歌这三个月来确实是改变了不少，无论是气势还是其他的方面，都发生了极大的改变，变化最大的却是龙歌的眼神。

龙歌的眼神深邃得如一潭无底的清水，仿佛透着一层迷茫而邪异的光彩。

轩辕跨上几步，神态极为悠闲，他不觉得世上会有什么人值得他去害怕，龙歌则更不会，即使他没有崆峒之行，也不会惧怕龙歌。

龙歌感触最深的仍是轩辕的气机，他虽然正对着轩辕，可是他总觉得所面对的轩辕太虚幻，像是毫不真实一般，这种感觉使他心中极不自然。他不明白何以会有这样的感觉，因为眼前的轩辕是实实在在的，没有半点虚拟，但为何会存在着如此感觉呢？

龙歌稍闭上眼，紧守灵台，更让他骇异的是，灵台根本就是一片空白，根本就捕捉不到轩辕存在的可能性，这是绝对不可能的事情，但却实实在在地发生了。

龙歌骇然眼开眼，轩辕依然站在那里，可是他的思感和灵觉根本就觉察不到轩辕的存在，一点印象也没有。那只有一个可能，轩辕不再是一个实体，而是与天地相接的整体，这才会使人无法觉察到轩辕的存在。而在分神之际，他感到轩辕的目光突地变得异常明亮，就像是深邃夜空中的两轮明月，幽静、安详和诡异。

龙歌竟仿佛在刹那之间陷入了那一片深邃的夜空之中，空阔、宁静，他看到的不再是轩辕，而是群山，是星月交替的天空，是广袤无垠的天地。

龙歌的心神不自觉地越飞越远，仿佛是在天地之间自由地翱翔。他看到了那广阔的草原，那密密的森林，那奔跑的奇兽……天地之间仿佛洋溢着一种奇异而又美好的生机。同时他又似乎看到了日月交替，生死轮回，一切的一切，都是那般真实而又不可触摸，他只是这个天地之中的匆匆过客。他有些气馁，有些遗憾，他看到了一个个死去的亲人，看到凤妮及许许多多的人物……蓦然之间，他又仿佛置身于怒海狂风之中，乘着一叶小舟在风暴中挣扎、呼喊，但根本就无济于事……忽儿又似乎是自万丈悬崖之上飞坠而落，摔得粉身碎骨……

蓦地，龙歌惊醒了过来，额角尽是汗珠，脸色难看至极。他对着天空长长地叹了一口气，他明白，自己败了，根本就不是轩辕的对手，只在心神的修为上，便比轩辕相差太多。他之所以能自轩辕的精神世界中挣脱出来，并不是他的修为达到了何种程度，而是轩辕放了他一马。如果轩辕继续引他深入，他只会魂飞魄散而亡，甚至不会有任何人看得到他的伤痕。

这是何等可怕的力量，龙歌惊醒，是因为轩辕突然闭上了眼睛，截断了龙歌与另外一层神秘世界的联系。

“你胜了！”龙歌长叹着道。

所有人都为之大愕，龙歌竟然就这样认输？他们根本就不曾交手过！不过，也有人并不奇怪，因为龙歌刚才与轩辕静静对峙之时，时而发笑，时而哭泣，时而惊惧……那种种莫名其妙的表情只让所有人都有些不明所以。

这一切，龙歌仿佛根本就不知道，他便像是进入了一个梦魇之中，所有的情绪都不再由自己支配。

龙歌似乎也明白了这些，他并不是一个不明事理的傻子，此刻在有熊之中，他大势已去，而决斗轩辕更是力不从心，若是再死缠烂打，那只会使他更为难堪。是以，他在没有将脸丢尽之时认输，反而是最为明智的选择。

尚九和龙歌身边的那些人似乎明白了一些什么，但却又不全懂，倒是吴回和陶基看得心神大振，因为他们也接触到了轩辕的眼神，那是他们从未有过的经历，所以他们明白何以龙歌败了。

四下的有熊子民和战士全都看得莫名其妙，这场决斗似乎比他们所想象的不知道要乏味多少，并没有出现他们意料中的火爆场面。

轩辕再次睁开了眼，淡淡地笑了笑，道：“既然这样，轩辕便不再多说了。不过，请龙歌放心，轩辕一定会让有熊繁荣昌盛起来，不负凤妮所望！”

龙歌没有半丝表情，更没有什么话好说，败便是败了，有熊再不是他久留之地，这里并没有人会欢迎他，他的心中充盈着无限的失落感。这生他之地，却将成为他永远难返的地方，但是这又能怪谁？命运最喜与人玩这种游戏，这本就是一个弱肉强食的世界，生存便必须凭实力！他败了，也没话可说，只看有熊子民对轩辕的敬爱程度，他也明白，自己根本就斗不过轩辕。

“走吧！”龙歌没有再搭理轩辕的话，只是向身后十二名自王母国带来的高手轻喝了一声，头也不回地向山下走去。

有熊子民自觉地为龙歌等人让开一条通道，一个个都目送着龙歌远去，眼神之中倒有着几分怜悯同情之色，他们没想到龙歌便这样败了。

轩辕望着龙歌远去的背影，却没有再说任何话语。

龙歌的风波竟是这般轻易地被平息，这使得众人都松了一口气。不过，话说回来，若是龙歌坐上太阳之位，许多人都会心中不服。

而龙歌这几个月究竟去了哪里？为什么几个月前突然失踪，却又在这种时候突然出现呢？若是几个月前龙歌赶回了熊城的话，只怕有熊的太阳之位很可能轮不到凤妮，但是龙歌却没有在那时返回熊城。这一切只有轩辕心知肚明，因为这正是他一手策划的。

这一切或许只是天意，龙歌确实没有想到几个月之后，有熊竟会发生这般翻天覆地的变化。他做梦也没有料到，轩辕是故意逼走他，然后更出手连蒙络和创世这两人也干掉，只在短短不到十日间便将凤妮扶上了太阳宝座，更设计大败鬼方、杀天魔，组织华联盟，制伏鬼方诸族，使其不败而降，这使得轩辕和凤妮在有熊的地位以快得让人不可思议的速度加以巩固，其声望之高超过了历代太阳。是以，数月之后，龙歌再想插手有熊之事，根本就是不可能。

有熊人对轩辕的信奉，便像是对待神明一般。

事实上，也确实如此，试问谁能够在数月之间，建下这般的战绩呢？这就像是一个奇迹，也使世人公认了轩辕的智慧之高绝对是无人能比的。虽然近日来，有熊遭受蚩尤战火的焚烧，但这并不影响轩辕的声望，反而使有熊人在危机之中更感受到英雄的重要，使他们对轩辕成为太阳的呼声更高，因为在有熊人的思想中，只有轩辕才能使有熊强大，战无不胜。

而且这次战蚩尤之时，华联盟所出的力气绝不小，尤其是陶唐氏、君子国、龙族这几大部族功不可没，而华联盟正是轩辕所创，因此，有熊人更感受到，只有轩辕才能够组合更多的力量对付外侵之敌。

理所当然，轩辕已正式成为众望所归的有熊太阳，更是大封有功之人。

封驻守于九黎本部的蛟龙为庚城城主；杜修战死，则由蛟梦任甲城之主；土计建了奇功，让其部族之人迁入别城，将杜圣的别城封给他；伯夷父此战有功，则封为军事大总管，余者各有封赏，轩辕更对陶基等人大加感激，为陶唐氏送上大礼以表谢意。

杜修和杜圣的家眷被接进熊城，受到特殊照顾。齐充则被升为军事副总管之职，死士总教头则由满苍夷接手……

诸如此类调动，举不胜举，总之人人都有奖赏，每个人都极感满意。轩辕的调配乃是经过昨晚苦思，仔细推敲所得的结果。而且这些日子以来，熊城许多重要人物死伤极多，刚好以新人补充，外对死者家眷加以安抚，轩辕更下令召回逃散的有熊子民。

由于伤者太多，药物紧缺，轩辕让神农抽调出两百名识得药草之人随岐富外出采集药草，更让神农掌管整个有熊的药物流通，负责对外采集之职。因为那段轩辕受伤的日子，神农跟着岐富学得了不少的医术，因为神农本身对毒物就有研究，是以与岐富极为投缘，这才向轩辕请得此职。

蛟梦知道，神农曾养过白虺，对毒虫毒草自是极有研究。

此时的轩辕对神农最清楚不过了，因为虎叶曾告诉过他，神农自小便偏爱收集毒物标本，因此，神农遇上岐富这种医道圣手，正是最妙的搭配，所以轩辕并没有阻碍神农的选择，如果能让神农习得岐富的医道，那将是受益无穷，更何况，神农能够为有熊子民作出贡献，他也自是异常欢喜。

这次建下大功的还有两人，他们也是最为特殊的两人，那便是花猛和猎豹。

花猛和猎豹两人联手竟在丙城郊野袭杀了帝大。虽然当时帝大身受重伤，但花猛和猎豹两人能合力将之袭杀，这也极不简单，也证明这两人联手的攻击方式已经趋向纯熟和圆通。这两人的武功又以另一种形式恢复过来了，对于其他人来说，这确实像是一个奇迹，不过这却是因为轩辕激起了他们的斗志。

凤妮的灵位被轩辕摆放在冰窖之间，与雁菲菲的遗体摆放在一起。

冰窖由云娘和专人打理，轩辕也好长时间未见到儿子小悠远了，终日俗事缠身，根本就没有时间陪儿子。

今日轩辕难得抽身来看儿子，小悠远已经六七个月大了，胖嘟嘟的，异常可爱。昔日轩辕不在之时，凤妮每日必来看小悠远，有时还会让其同睡，对小悠远可谓极尽关怀。是以，熊城无论是凤宫之人，还是太阳宫之人，都极为喜欢这个小宝宝。

轩辕来时，小悠远刚好睡着，他却不能吵醒这位小宝宝，看着小悠远那甜甜的睡相，他心中也难得地涌出一片温暖，桃红诸女也都众星捧月般围在小悠远的摇篮边，一个个都对其爱护备至。

望着小悠远，轩辕不禁暗暗叹了一口气，只有这种年龄才能真正的无忧，可是孩子总会有长大的时候，那时他同样会变得心事重重，满怀遗憾，整天会为俗务奔忙不停。

轩辕确实很难找到时间陪儿子，虽然这一刻他在这里陪着儿子，可是下一刻他便将要南征高阳氏和有虞氏。

杀戮，总会存在于世间，只要有矛盾，就会有杀戮，而这个世界却是因为矛盾才存在，因为矛盾才会发展。因此，杀戮是永远都不可能休止的，只可能稍敛，由大规模变成局部，这或许便是洪荒之中的真正法则。

陶莹诸女似乎也明白轩辕明日便将出征，因此，这一日他们都尽心地享受着难得的相聚和安定，唯一挂在心头的阴影便是凤妮的死去，这是一个难以弥补的遗憾。事实上，这也是轩辕立志要南征高阳氏的主要原因，有些东西只能以血去偿还！

伯夷父早已去安排和选调战士，在这一日之中，要与所有华联盟的部落取得联系，同时要自四面八方孤立高阳氏和有虞氏。

轩辕准备痛痛快快地与蚩尤决一死战，痛痛快快地大战一场。

鬼方已无法威胁到有熊的安危，刑天也因与跂通、柳静之战受伤，应不会很快复原。东夷也同样无法威胁到有熊的安危，所有的力量全都聚集在南方！

少昊、太昊都将一一臣服在有熊的脚下！

不可否认，太昊和少昊也是蚩尤的帮凶，虽然在最后的时刻欲杀蚩尤，但其对有熊所造成的损失，必须让他们加倍奉还！

轩辕出征，有熊所有的子民全都出来欢送，场面之浩大，绝无仅有。

此次轩辕调集一万有熊大军，他自已为主帅，齐充为前锋，附以刀营统领李秀、枪营统领秋横，另有土计、满苍夷诸人为辅。

青天、火烈等人随军而出，陶莹、跂燕、桃红也都与轩辕一起出征。

这次的军容之壮，实是以前有熊从未有过的。

另外，自陶唐氏调集一千精锐战士，由唐宽率领。

轩辕身边的高手如云，那曾经卧底鬼方和东夷的几名广成仙派的高手也几乎全都归返轩辕的身边，只有一些人深入南方，随时透露有关穷桑与伏羲氏的动态。即使是轩辕坐在熊城不动，他也能完全掌握到穷桑和伏羲氏的动静，这也是何以当初，他能准确地知道太昊驻军太行山，少昊调兵于三阿的原因。

战争，知已知彼方能百战百胜，轩辕绝不会忽略任何情报。

君子国的五百精锐战士在有熊之外相候，加上这些人，轩辕便有一万一千五百精锐之师，其中骑兵两千。

而叶皇和柔水及贰负所领的龙族战士也正在前方的路上相候。

事实上，单只这些战士便已经超过了高阳和有虞两部的总兵力。

有虞和高阳两部虽然是五虎族之中的两部，但是其人丁加起来才不过三万余众，除去老幼，其总兵力，称得上精锐的战士只有五千人，杂军大概有七八千余众。但是任何一部的力量都不可能比得过有熊大军，何况，这还并未算那几千龙族战士和华联盟其他部落的兵力。

在粗略估计之下，轩辕此次出征高阳的总兵力将达到一万六千余人，这是何等的气势！虽然这些人还不能算多，但是对于洪荒之中的任何一个部落来说，都是不可想象的。

有熊在收服了鬼方诸部后，人丁已达十万余众，若想征集兵员，很轻易便可以组出一支两三万人的战旅，虽然这次遭蚩尤之劫，但有熊的元气并未受损。

轩辕此举并不是炫耀，而是要让世人看看，任何与有熊和华联盟作对的部落都将会摧枯拉朽般自这个世上毁灭，绝对没有半丝人情可讲！同时，这也显示出了轩辕与蚩尤一战的决心，更是在警告东夷和伏羲氏不要轻举妄动！而这一万六千名精锐战士卒可将东夷和伏羲氏镇住，使之不敢轻易派兵支援高阳和有虞。

轩辕很清楚地知道，这次自己攻打高阳和有虞，很容易促成高阳与伏羲等南方部落联合，因为高阳可以制造出他欲南征的假象，使得南方诸部在担心的情况下与高阳联手抗敌。是以，轩辕索性将声势造大，首先把南方诸族镇住，使其连稍动抵抗的念头都不敢。当然，轩辕同时还派使者远赴伏羲氏，说明此次攻打高阳之意旨在剿灭魔帝蚩尤，更虚情假意地感激伏朗对凤妮的一片深情，及太昊在最后关头助凤妮伤了蚩尤之举，阐明有熊与伏羲仍是兄弟部落，应该加深合作，共同对付魔帝蚩尤。

轩辕还对太昊帮蚩尤对付有熊表示理解，并说这只是太昊为了除此魔王而忍辱负重，他对太昊此举怀着深深的敬意……一些客套的话，当然更派人为伏羲氏送去重礼。

轩辕深深地明白，如果伏羲氏也支持高阳氏的话，那后果只能使战局极为艰难。因此，他必须先稳住伏羲氏，在对付了高阳氏之后再想法对付太昊。

轩辕绝对不会轻易放过太昊和少昊，不过，这却不是一时半刻的事，而是应该有计划、有步骤地进行。

在对待蚩尤的问题上，相信太昊和少昊不会阻挠，因为太昊和少昊最惧的人，便是蚩尤，若是让轩辕先与蚩尤大战一场，对他们而言有百利而无一害。

轩辕的书信也是要太昊安心，此刻的太昊心中有鬼，最怕的是有熊有什么风吹草动，而轩辕这封信实际上只是一种怀柔手段而已。在他的内心，只恨不得将太昊千刀万剐，但却还要虚与委蛇地应付着。

有熊大军近两万，浩浩荡荡地向南逼进，所过之处，众小部落望风而附。

轩辕的大军一路上不断地壮大，本来属于东夷的众北方部落尽皆降服，这些人哪里敢螳臂当车？谁若是相阻轩辕，只会被铁蹄踏得片瓦不留，试问谁能抗拒这万众大军的践踏？

齐充和李秀领着三千人马作为先锋，一路上开山辟道，以便后面的大军安全通过。其声势之高，震撼天下。

龙族战士纷纷自各路会合，似乎所有的人都想痛打高阳氏这只落水之“狗”。

蛟龙守住九黎本部正是攻击高阳的重要战略之地，因此，齐充的兵力将前锋军向九黎挺进。

贰负的大军则自太行南侧穿过，领着四千战士切断有虞氏和高阳氏的联系，使得有虞根本就不可能增援高阳，同时更自四面切断高阳氏与外界的联系，然后则是自四面进攻高阳所有的领地。

轩辕的大军未到，整个高阳已经陷入了一片沉郁的混乱之中，几乎所有的高阳人都丧失了斗志，谁能够想象以自己这数千兵力战有熊两万精锐战士呢？那岂不是螳臂当车吗？何况有熊战士的强悍是出了名的，龙族战士的善战也是出了名的，轩辕智勇双全，更是世所公认，这样的组合谁能匹敌？

有熊距高阳虽有千里，但行军十余日便足以赶到高阳，因为沿途都有人接应，那都是华联盟的地方，根本就不用轩辕多想。

高阳氏这百余年来，还从未尝试过面对如此大敌。有熊昔日虽然强大，但要想调集两万大军远征，似乎还没有这个能力，但是整个华联盟却不同了。

高阳王高阳烈最初并不怎么看好有熊，因为蚩尤的魔威足以让人相信有熊将会在蚩尤的魔爪之下化为废墟。可是他却没有料到，蚩尤不仅败了，而且还几乎全军覆灭，连太昊和少昊也在熊城之外大败。而最让高阳烈骇异的，还是华联盟的凝聚力和轩辕的号召力。

高阳烈确实很蔑视轩辕，虽然外面流传着轩辕许许多多的传说，但是他总不太相信，以为世人只是以讹传讹，更不相信这个世间有人能够在一年多的时间内一蹴而就地成就伟业！可是当蚩尤的援军每次都被华联盟的战士袭击得七零八落之时，他才发现，轩辕所建立的华联盟竟是如此可怕，就像一张天罗地网一般，遍布着世间每一个角落，每一个人都似乎愿意为以轩辕为主体的有熊拼命，这之中很清楚地便可以看出轩辕的号召力是多么的强大。在这个时候，高阳烈也曾暗忖："难道是我做错了吗？"

事实证明，确实是高阳烈错了，他太盲目自大、自以为是了，就是他为自己的部落种下了不可弥补的祸患，可是此刻后悔已经迟了。

高阳氏方圆五十里的猎户在一日之间全部消失，这些人都很知趣地先一步搬走。本来高阳烈想抓一些猎户来充军，可是他的想法落空了，没有人愿意为高阳氏去与有熊为敌，愿意去面对那两万大军。

每一个高阳人都感到了危机，惶惶不安。高阳城中的每个人都行色匆匆，每个人的心情都极为沉重。

高阳烈对着窗外的天空发呆，却被一阵敲门之声惊醒。

"进来！"高阳烈低低地唤了一声，但却并没有回过头来。

吱呀……木门开启后，却响起他手下最亲信的弟子高阳杰的声音："师父，勇长老让您去长老会有要事相商。"

高阳烈的眉头轻轻地皱了皱，这已是今日第四次有长老找他商量，往日十天半月长老会都不会有事，可是今天却大大反常。高阳烈禁不住心中烦乱，他有些烦这些长老一个个一副好像要上断头台的样子，似乎多开些会就可以退走有熊大军一般，一日居然要相商这么多次，他的心里已经够乱够烦了，似乎想静静地想一想都不行。

"你去回复他们，我马上就来！"高阳烈有些不耐烦地道。

高阳氏长老会是高阳最具权威的地方，八大长老乃是除高阳王之外地位最为尊崇的人。而长老会有时候比高阳王的权力还要大，那是因为长老会的决议更代表所有的高阳子民。

高阳王的权力只是在重要的时候起决定性作用，因此，高阳烈必须参加长老会的重要会议。

高阳勇乃是八大长老之首，也便是除高阳王高阳烈之后的第二号人物。

此时高阳勇的脸色有些沉郁，看不出是什么表情，另外七大长老也都依序而坐，神色极为肃穆，显得有些心事重重。

与高阳勇相对的是大祭司胡鸠，此人的身份稍有些特殊，但在高阳氏中享受着长老的待遇，他所负责的是高阳氏所有的祭事。

有熊大军南征，为高阳带来的可能会是灭顶之灾，这怎会不让每一个人着急？谁不知有熊高手如云？而传说轩辕更杀了天魔罗修绝，后又击杀了刑地，此人之智慧几乎无人能敌，这本身就是一个强大的威胁！加上有熊的两万大军，即使是倾高阳所有的人力，也不够两万，这怎不让他们心忧？

高阳烈的脚步声惊碎了殿内的宁静。

高阳勇诸人全都立身而起，向高阳烈点头致意，待高阳烈坐下，众人才落座。

"几位长老让我来，不知有何事相商？"高阳烈一落座便开门见山地问道。

"伏羲氏拒绝了我们所送的礼物，不想出兵相助我们，夏后氏本来还想出兵，可是却又后悔了！"高阳勇有些气恼地道。

"什么？"高阳烈一惊而起，他心中顿时凉了一大截。

"太昊怎么说？"高阳烈有些心冷地问道。

"伏羲神庙的人声称，伏羲氏在这次北征中族人伤亡太大，需要休生养息，是以他们无法抽调兵力前来支援，我们送去的礼物原封未动地被退了回来。"胡鸠叹了口气道。

"伏羲神庙分明只是在推脱，不知我们现在该怎么办？"长老高阳季忧心地道。

高阳烈的脸色也很难看，如果伏羲氏不相助的话，只凭高阳和有虞的兵力，根本就不可能抵抗得了有熊大军的逼压！

“难道太昊不担心轩辕乘机挥军北上？”高阳烈惑然问道。

“据我所知，轩辕已先让人送礼写信给伏羲神庙，这才使得他们不愿意出兵相助！”长老胡沁无奈地摇了摇头道，这次便是他亲自出使伏羲氏，请求对方派兵援助。

“好个轩辕，竟然如此厉害！”高阳烈听到这里，不由得心中大感泄气，他怎也没想到轩辕行动竟然如此利索，想得如此周到。

事实上轩辕确实想得很周到，他并不是自熊城中派人前往伏羲氏，而是飞鸟传书将信交给已经赶到了高阳氏附近的阳爻长老，让其直接在范林拿了礼物出使伏羲氏。因此，其速之快，比高阳氏犹有过之，从而也使得高阳氏无机可乘。

夏后氏与高阳氏隔济水相望，本来已经答应出兵，但是他们却知道见机行事，既然伏羲氏不出兵，他们也只好不出兵了，这使得高阳氏一下子失去了来自南方的强力支援。

虽然胡沁能说会道，但事实是不容改变的——

高阳氏代表的是蚩尤的一方！而蚩尤比轩辕对伏羲氏的威胁大多了，至少在太昊没见过轩辕出手之前是这么认为的，何况太昊此刻已身受重伤，好不容易逃了回来，损兵折将之下，确实经不起再次折腾。而且轩辕此次领兵两万，几乎是倾尽华联盟之军，他也不想为了蚩尤再去与轩辕对敌，于是选择了坐观虎斗。更何况轩辕预先送来这份大礼和书信，大礼只是其次，最重要的还是那封书信的分量，使得太昊也想让高阳氏与蚩尤一起灭亡。

“那我们派去有虞的兄弟可曾回来？”高阳烈又问道，他仍寄托着一丝希望。

高阳勇摇了摇头，道：“龙族战士已经切断了我们与有虞联系的所有途径，我们的战士根本就过不去，何况就算能去又如何？有消息传，龙族首领贰负领着四五千人马截断了这之间的通道，我们便是倾全族兵力，也不会比贰负的实力雄厚，更何况我们根本就不能倾力而出。”说完高阳勇叹了口气。

高阳烈愣了半晌，此刻他也根本不知道该说些什么。战争是极为残酷的，同时也是最为现实的，一分力量便是一分力量，强弱之间并没有悬念。

“轩辕的先锋军已经渡过了黄河到了九黎，与叶皇留守在那里的龙族战士会合。据探子回报，留守九黎的好像是一个名叫蛟龙的年轻人，且极为不俗！”高阳季又道。

“他们的先锋军是什么人所领？”高阳烈又问道。

“好像那人名为齐充，另外还有几位高手，但具体是些什么人，暂时却不得而知了。”高阳季禀道。

“如果我们立刻出战，趁他们阵脚未稳之际，岂不是可以杀他们一个措手不及？”高阳烈想了想道。

高阳勇摇了摇头，道：“族王忘了九黎之地易守难攻，我们即使此刻出击，只要他们避入神谷或神堡，我们所有的攻势将是徒劳，甚至有可能被其截断归途。那时，只怕我们更无法抗衡轩辕的大军了。”

“勇长老说得没错，据探报称，有熊先锋军有数千兵力，其中骑兵一千，这样的实力再加上驻守在九黎的力量，并不下于我们高阳，因此即使双方交锋，我们也根本占不到任何便宜。”高阳季又道。

“那我们岂不是要坐以待毙？”高阳烈此刻才后悔当日竟鬼迷心窍要杀尚九长老，这才使高阳与有熊翻脸成仇，落得今日这般大祸临头之局。

“不知魔帝是不是真的已经回来了？”胡鸠试探着问道。

高阳烈脸色一变，望了胡鸠一眼，道：“还没有回来，本王也不知道叶帝去了什么地方。”

高阳勇的脸上微微闪过了一丝不快，他的目光一直都未曾离开高阳烈的脸庞，却看到高阳烈在说这话之时，言辞有些闪烁，显然是不尽其实，不过他却并没有将之揭穿。在这种情况下，高阳烈居然还要为蚩尤遮掩，确实让他心生不快。

胡鸠显然也发现了高阳烈的言辞闪烁，不尽其实，但作为大祭司，他却不能过问这之中的事情。

“族王，有熊所要对付的只是魔帝蚩尤，我们只要将之交给轩辕，一切岂不是迎刃而解吗?”

说话者是高林长老。

“长老何出此言？轩辕此举的目的又岂只是在于叶帝呢？他是意欲南征而已，我们即使交出叶帝，他们一样不会放过我们的，否则他又怎会调集如此众多的兵力?”高阳烈反驳道。

“只要族王首肯，我愿意拿着魔帝的首级去见轩辕，保我高阳无事!”高林断然道。他的语气有些激愤，因为尚九乃是他的至交好友，可是在他的相护之下，却仍然遭到高阳烈的追杀。他一开始便反对支持蚩尤，但是高阳烈却不听其劝，而此刻高阳烈似乎还要包庇蚩尤，怎叫他不恼?

“高林长老，你就这么自信?”高阳烈也有些怒意地冷然问道，他对高林的这种语气很是不满，当日若不是高林护着尚九，尚九定已被杀，是以他对高林很不满。

众长老似乎听出了高阳烈话中的火药味，高阳勇不由道：“高林也只是为族人着想而已。”

高阳烈冷冷地哼了一声，他还不想得罪高阳勇，是以只好忍下一口气，不再作声。

高林却不在意，悠然问道：“不知族王可有什么更好的办法解决眼下的危机?”

“如果我们高阳氏就这样被轩辕一个毛头小子给吓着了，那岂不是太损我高阳氏的风节？兵来将挡，水来土掩，就算战到最后一个人，我也要让轩辕知道我高阳氏不是好惹的!”高阳烈冷然道。

“族王此话虽然有理，但是如果可以有其他的解决办法，族王何不试着一用？依属下之见，高林长老的提议并不是不可行的。”胡鸠也出言道。

“那大祭司是说我们应该向有熊屈服了?”高阳烈反问道。

“胡鸠并不是此意，我也只是为族人着想，能曲则曲，能伸则伸，只要能让族人得以安宁和平的生活，暂时的委屈又算得了什么?”胡鸠慨然道。

高阳勇也点了点头，道：“大祭司的话确实有理，我们不能为争一时之气而置族人的幸福于不顾呀!”

“可是我们根本就不知道叶帝现在哪里，又如何能将他交给轩辕呢?”高阳烈见众人都是这个意见，不由断然道。

众人一时无语，高阳烈此时仍然不愿意说实话，他们又能如何?不管怎样，高阳烈乃是高阳之王。

“据属下所知，魔帝应已归返高阳城，如果族王不反对的话，我想下令搜捕他的行踪，只要找到了他，一切的危机自然就会迎刃而解，不知族王意下如何呢?”高阳勇突然道。

高阳烈一呆，没想到高阳勇竟然会有这样一招，一时间，愣了半晌却不知该说什么好。在这种时候，若是八大长老全都同意高阳勇的做法，那么，便是他这个族王也没有办法，因为除了这一条路之外，几乎已经没有办法解决高阳迫在眉睫的危机了。

第一百四十七章　阵前求和

高阳氏在外来压力的逼迫之下，不得不决定牺牲蚩尤以换取高阳氏近两万子民的安危，于是在高阳城展开了对蚩尤的搜查。

高阳勇下令，并亲自领人挨家挨户地搜寻，他得到的消息是：蚩尤确实回到了高阳城。

这次搜寻看来他是下了狠心，包括每一位长老的府第也在搜寻的范围之内。

而此刻，轩辕的前锋军已经自东面发起了进攻。其势锐不可当，偃朱城只在一日之间便即失陷，根本就难以抗拒有熊的大军入侵。

轩辕的大军已经抵至黄河之畔，顺黄河之水逆上，很快便到共工氏，而那时轩辕得到共工氏的支援，将会是高阳氏大陷将至之时。

高阳氏深切地感受到兵临城下的痛苦，许多高阳的子民渡过济水逃到南方，也有很多曾经依附高阳的小部落皆转向轩辕一方，降伏于华联盟。

高阳氏只剩下尧城、鸣条两座外城及帝丘城，但已是三面受敌。北有共工氏，东有齐充的先锋军，西有贰负的龙族战士，而轩辕的大军也正在推进。

一路上，轩辕的声望不断地疯涨，不为别的，就凭这两万大军的力量也足以将轩辕捧上天，同时也使天下人真正看到有熊和华联盟那无敌的力量，足以使北方千族望风而投，不敢生出半点反念。

轩辕此战并不只是在于攻下高阳，最重要的却是立威，给许许多多意欲与有熊和华联盟为敌的人一个严重的警告。所以，轩辕此次带来了几乎是高阳氏五六倍的兵力，如此一来，不仅镇住了北方诸族，使一些本在犹豫或不想加入华联盟的部落不得不重新考虑一下自己的处境，也加快了北方诸族统一的步伐。

当北方诸族看到华联盟这般威势，自然都争先恐后地加盟，以寻求其庇护，更是害怕被华联盟所灭。是以，轩辕这一路下来，竟有大大小小近百个氏族和部落前来降伏，其结果之理想自然不言而喻，甚至许多的人以能见到轩辕为荣。

南方诸族却是大为震惊，但太昊和少昊两方都未动军，南方诸族自不愿挑起事端，因为谁也不想与有熊两万大军抗衡。但是轩辕之名从此刻起，便足以震慑天下，比之太昊和少昊有过之而无不及。

轩辕大军刚至共工氏，便听有人来报：高阳使者求见！

高林大步行至轩辕的帅帐外，顿觉浑身有一种极不自在的感觉升起，有些心虚。

帐外，太阳剑士列队而立，仅留一条小通道让高林通过，刀枪剑戟寒光闪闪，而这些剑士更是人人气势不凡，目不斜视，军容整肃。只凭高林的感觉，这些太阳战士皆是以一敌百的好手。

高林再跨入大帐，只见轩辕端坐于大帐上堂的虎皮交椅之上，一袭玄衣，剑眉虎目，自有一派王者之气，整个人便像是一柄深埋地底千年乍出的古剑，气势含而不露，但却使人不敢正视。

高林只觉轩辕的目光完全穿透了他的衣衫，透射至他的心底，仿佛没有任何心思可以瞒过轩辕的眼睛，更像是在一刹那之间赤身裸体地暴露于凄冷的北风之中，这使他更是心寒。只凭这眼神，他便知道轩辕确实如传说中一般可怕。

高林的目光扫过大帐两边，自轩辕下首位列着二十余人，左边为首者是叶皇，之后便是柔水，右边为首者是唐宽，之后是满苍夷、土计、青天……火烈则是位列柔水之后。

只看这些人，高林便禁不住倒抽了一口冷气，每个人都以一种异常冰冷的目光望着他，这些人的眼神之犀利，足以洞穿他内心的一切，不用试，高林也深深地明白，这些人无一不是不世高手，任何一人都足以称霸一方，可是这些人却全都成了轩辕的战将。

高林自然认识土计，也认识唐宽和火烈、青天诸人，深深地明白，这之中的任何一人都足以在他高阳氏横行一时。可这些人却同时前来攻打高阳氏，若非他亲眼所见，或许心中还存在着一丝侥幸，但这一刻却连半点侥幸的心理也没有了。也难怪他还未入帐，便已经心虚，只凭这么多高手那无与伦比的气势，就足以使任何人为之心寒。

“来者何人，报上名来！”轩辕神态极为冷然问道。

“高阳氏长老高林见过太阳！”高林慌忙行礼道。

“此来何意？可是高阳王高阳烈派你来的？”轩辕又冷然问道。

“不错，高林确实是奉族王之令前来见太阳，不过只是想请求太阳能回兵……”

“笑话！是不是高阳烈犯起傻来了？”唐宽不禁冷笑着插口道。

“请太阳和唐总管先听我说。”高林忙解释道，“我们并不是这个意思。族王说过，如果太阳愿意退兵，我们不再维护蚩尤，更赔偿太阳此次长途调兵的损失。”

“笑话，我要的是蚩尤的人头，你们能赔得了我此次行军的损失，但你们能赔得了我们华联盟的精神损伤吗？能赔得了我们有熊死去的战士的生命吗？”轩辕漠然冷笑道。

“这个……”高林一时竟说不出话来。

“你回去告诉高阳烈，我轩辕要的不是你们是否维护蚩尤的决定，因为他根本就没有资格说这样的话，当我将高阳氏夷为平地后，自然会取蚩尤之命！我要让他为其愚蠢的决定付出沉重的代价！”轩辕杀意凛然地冷哼道。

高林大惊失色，忙道：“有熊与高阳曾是世代交好，虽然这次我们族王犯下了大错，但我们的族人是无辜的呀，久闻太阳乃是仁慈之主，岂忍心看着生灵涂炭、血流成河？”

轩辕冷笑道：“只要有矛盾，战争总会发生，生灵涂炭、血流成河虽然残忍，但这却也是为了将来天下的安定，牺牲少数愚蠢的人换得大多数人的安宁，这也是积下了大功德。虽昔日高阳和有熊交好，但是既然高阳烈不珍惜这种关系，他不仁在先，我不义也没人能怪我了！”

高林的目光不由得投向两旁的众人，似乎是希望这些人为他说上一些好话，可是却似乎没有人理他，显然轩辕是下定了决心要攻克高阳氏。

“太阳，我有一话想说！”叶皇突然抢前一步，淡淡地道。

“叶皇有何话便请讲。”轩辕客气地道。

高林大吃一惊，他这才看清叶皇的面目，差点没大叫出来，若不是听轩辕称他叶皇，高林定以为他便是蚩尤了。不过，叶皇一脸正气，与叶帝那一脸邪气的阴郁之相截然不同，但其他的几乎没有什么分别。

“高林长老的话不无道理，有熊乃是以德服人，此次天下之劫乃是蚩尤一手挑起，罪魁祸首只是蚩尤，只要高阳氏能将蚩尤的首级献上，并答应永远不与华联盟对抗，降服于华联盟，我们也应体恤上苍的好生之德，给他们一个机会才是。”叶皇肃然道。

“这个……”轩辕故作沉吟状不语。

“太阳明鉴，我们已经下令全城搜捕蚩尤，这便已表明我们的诚意，还望太阳体恤上苍好生之德……”

“哼，高阳烈乃是蚩尤的岳丈，你们搜遍全城只是一个幌子而已，别人不知，但我轩辕还会不明白？”轩辕冷哼着道。

高林忙道：“虽然族王乃是蚩尤的岳丈，但在涉及到族人生存大事之时，相信我们的族王仍能顾全大局，请太阳给我们三天期限，我们一定会给你一个答复！”

轩辕摇了摇头，道：“三天给我一个答复？未免也太当我们是傻子，什么答复？答复什么？就为你这不知所云的要求，我们就白白给蚩尤三天休息的时间？”

高林心中也十分为难，因为若是蚩尤真的在高阳城中，三天内或许有可能将之擒住，当然这也很难说，蚩尤的武功何等可怕，所幸的却是传说蚩尤受了很重的伤。但是如果蚩尤并不在高阳城中呢？那即使给他三个月的时间，他也找不出蚩尤的下落，因此他才会有些含糊地请求三天期限。

“如果你们能够在三天之内将蚩尤送到此地，我们或可考虑退兵之说，否则的话，唯有以武力解决一切了！”叶皇突地扭头向高林道。

高林一听，先不管能不能做到，得到缓口气的机会再说。他正要说话，轩辕却又道："三天的时间太长了，最多也只能给他两天时间，若是两天之中未能拿到蚩尤前来，将高阳烈一家人的首级献上也可以！"

"啊……"高林大吃了一惊，道，"这……"

"如果你以为两天时间太长的话，便给你一天的时间好了。"轩辕又道。

"不，不，不，两天不长，两天不长……"高林一迭声地道。

"好，看在你曾救我族尚九长老的分上，那我便格外开恩地给你们两天时间，两天之后如果没有答复，我将让高阳为此付出最为惨重的代价！"轩辕断然道。

"谢谢太阳的恩典！"高林心中暗骂，但却又无可奈何地谢恩。

"每个人都必须为自己所做的事负责，这是天经地义的，谁犯了错误，谁就要付出代价。好了，你可以立刻回禀高阳烈了。"

高阳勇问了三遍，高林这才将会见轩辕的情况说了一遍。

高阳勇也愣了愣，自言自语道："两天时间，没交出蚩尤便要交出族王一家人？他也欺人太甚了！"

高林苦笑道："或许他也有他的道理。"

"什么道理？"高阳勇有些生气地反问道。

"每个人都必须为自己所做的事情承担责任，谁犯了错误，谁就必须为此付出代价。"

"这是轩辕说的？"高阳勇讶然问道。

高林点了点头，叹了口气道："我早就劝说过族王，让他不要相助蚩尤，至少不能出兵攻打有熊和对付尚九诸人，可是族王硬要一意孤行，将高阳与有熊这百余年的友情断在一朝，现在终于是祸事临头了，可是族王依然不肯悔悟，依我看……"

高阳勇大打断高林的话道："过去的事情都已经发生了，目前我们至关紧要的是要找出蚩尤的下落。"

高林苦笑道："城中几乎已经搜遍了，但是仍没有蚩尤的影子，现在唯一没有搜的地方，便是族王府了。”

高阳勇愣了半晌，与高林对视了一眼，而正在此时，却听得一个冷冷的声音传了过来：“高长老私会轩辕竟然不与我商量，不知道眼里可还有我这个族王存在?”

高林和高阳勇大大地吃了一惊，他们没想到高阳烈竟在这个时候出现了。

高阳氏内部在恐慌之余更多了许多的愤怒。

高阳勇和高林两大长老竟然被人暗害而亡，消息乃是族王高阳烈所放出的，估计凶手乃是轩辕所派的高手潜入所为，这使高阳人对轩辕的大军除多了一丝恐惧之外更多了一些仇恨。

高阳氏中搜捕蚩尤的行动似乎渐渐接近尾声，却并没有蚩尤的消息，倒是轩辕的大军渡过了冰冻的黄河，自九黎而出的大军兵临尧城，贰负的龙族战士绕袭鸣条，只在一日之间，轩辕的大军便逼临高阳城下，几乎将高阳城外出的条条道路全部封死！仅有南面的城外防守稍松，但是夏后氏在济水之畔布下了重兵防守，似乎是担心轩辕乘机渡过济水南侵，同时也是对高阳氏的一种威胁，封死了高阳氏大量南迁的途径。

这样一来，不至于因为高阳氏南迁而引起南方的混乱，导致轩辕大军南征。这自是出于一种地域安全的考虑，当然，对于任何支持蚩尤的力量，太昊也会想法孤立，因为太昊的首要想法便是诛杀蚩尤！

高阳城外，几乎所有属于高阳氏的力量全部被破坏，要不便是降于有熊，要不便是远走，或是撤回了高阳城之中。

高阳烈决意死战，他的观点便是绝不屈服外压！同时在高阳城中宣扬轩辕是如何的残暴，如何的狠辣，如何的欺人太甚，并拿高阳勇和高林之死做例子。

高阳氏的子民却没有多少心思恋战，但既然人家逼到家门口来了，也便只好抵抗了。

轩辕仔细地研究由青云画出的高阳氏地形图，包括尧城、历山、鸣条诸地的形式。高阳城内的消息并不能瞒过轩辕的耳目，他也知道高阳勇和高林死了，却并不在意别人怎么看他。因为，攻克高阳城已成定局，任何相阻之人，他都会杀无赦！谁是蚩尤的帮凶，谁就得死，这是绝对不会改变的规律。

“夫君！”桃红的声音突然在轩辕的身边响起。

轩辕抬起头来，望了桃红一眼，淡淡地笑了笑，道：“你今天好像很开心呀，是不是有什么喜事要告诉我？”

桃红娇笑一声，挨到轩辕的身边，道：“什么事都瞒不过夫君你，你猜谁来了？”

轩辕仔细打量了桃红一眼，笑道：“这还用猜？一定是你那神龙见首不见尾的宝贝师姐来了。”

桃红一蹦而起，笑道：“夫君果然聪明，看来这世上真没什么事可以难得住你了。”

“你别以为他真的聪明，只是早就有人告诉他了而已。”说话间，狐姬以斗篷遮面跨了进来。

“还不去搬椅子来招呼客人？傻愣愣地干什么？”轩辕不由得对桃红笑叱道。

桃红一呆，随即惊喜问道：“夫君原谅师姐了？”

轩辕诚然道：“如果不是她拖住蚩尤的尾巴，蚩尤大军哪那么容易被击溃？因此，功过相抵，我可以不追究她以前的过错了。”

“谢太阳的大度宽容。”狐姬也肃然道，“狐姬以后再也不敢与太阳为敌了。”

“我相信了一半，请坐！”轩辕的语调中有种波澜不惊的感觉。

“那另一半呢？”狐姬讶然，好笑地问道。

“将信将疑！”轩辕不假思索地道，同时目光逼视着狐姬。

“不要这样看着师姐好不好，她这次是真心真意地来投靠你的。”桃红愤愤不平地道。

轩辕只是笑了笑，不搭理桃红，只是向狐姬问道：“不知圣姬给我带来了什么好消息呢？”

狐姬好笑地道："你什么时候也改称我圣姬了？"

"什么时候不行吗？"轩辕反问道。

狐姬摘下斗篷，露出那举世无双的俏脸，这是一张与凤妮的气质绝然相反的面孔，但谁都不能否认其无可挑剔的美。

轩辕的目光却没有一丝波动，并不为狐姬的美所惊艳，他已经不是第一次面对狐姬。

"轩辕的眼神让人感到好害怕。"狐姬娇媚地笑道。

"你也会害怕吗？"轩辕反问道。

"好像在轩辕的眼中，我已经没有一点魅力似的，竟找不到一丝波动。"狐姬煞有其事地道。

轩辕笑了，但却没有再说什么。

狐姬也一肃面容，悠然道："轩辕可是已经备好了十大神器？"

"十大神器？"轩辕突地意识到自己好像已经忽略了这个问题。

"是的！唯有以十大神器封住阴阳两极、天地人三才、金木水火土五行这十面，方能够使蚩尤神魂俱灭，永远不能再借体重生，否则，即使你击毁了他的肉身，也无法摧毁他的魔魂，只能重演昔年伏羲大神的经历！"狐姬认真地道。

轩辕不由得微微皱了皱眉头，十大神器，他也不知道具备了几件，仔细算一算，太虚神甲、开天斧、昆吾剑、尊神刀、极乐弓、损魔鞭、无量尺、含沙剑和辟邪剑等九件，只剩下惊夜枪没有下落，十大神器尚缺一件。

"好像还缺一件惊夜枪。"轩辕道。

狐姬大喜道："那太好了，据我所知，惊夜枪应该在陶唐氏，只要你去陶唐氏取来，定然不会有问题。"

"是吗？如果惊夜枪真在陶唐氏，那便可算是十大神器已聚齐了。"轩辕也喜道。

"那这次你只要对蚩尤布下十面埋伏大阵，他便插翅也难逃了。不过，高阳氏不小，蚩尤的行踪并不好找，而高阳烈似欲与你决战到底，他竟然杀了高阳勇和高林而嫁祸在你的头上，可见他已是下狠心支持蚩尤了。"

狐姬认真地道。

“原来竟是他亲手杀的，我倒要看看他如何阻我大军!”轩辕冷然道。

“能不伤害无辜便少伤害无辜。”狐姬提醒道。

“哦，我们的圣姬什么时候变得这般仁慈了?”轩辕打趣道。

“见到你的时候!”狐姬并不否认。

轩辕不由得笑了，突然问道：“你叫嫘祖?”

狐姬神色一变，不由得将目光投向桃红，却只见桃红在那里神秘兮兮地发笑，她顿时也明白了什么，俏脸突地一红，有些不敢正视轩辕的目光，小声地问道：“她都告诉你了吗?”

“我都忘记了，只有你自己亲自告诉我，我才会记住!”说到这里，轩辕长身而起，笑道，“好了，有没有兴趣与我一起去破高阳城?”

狐姬心神一振，顿时也有些兴奋，道：“当然愿意，只要轩辕不嫌我碍手碍脚就行。”

“怎会呢？师姐又不用别人保护。”桃红忙走过来插口道。

“那好吧，把这个戴上!”轩辕说话间抓起斗篷便戴在了狐姬的头上。

狐姬丝毫没有反抗，心中却是更加大喜，目光扫过一旁的桌面，突然问道：“这是伏羲氏的地形图?”

轩辕一边卷起地图，一边讶然问道：“你对伏羲氏的地形很熟吗?”

“师姐不只是熟悉伏羲氏的地形图，而且对南方诸族的地形都有过研究，还绘过许多地图呢。”桃红插口道。

“哦，那太好了。”轩辕大喜道。

“轩辕真的要乘势南征?”狐姬问道。

“这只是迟早的事情，不过，那必须待蚩尤魂神俱灭之后!”轩辕并不隐瞒。

狐姬笑了，高兴地道：“我第一次感觉到轩辕没把我当外人看。”

轩辕一马当先，左边是桃红、狐姬，右边则是陶莹和跂燕，身后则是满苍夷与青天及火烈。

轩辕只领了精兵四千，但这已经抵得上高阳氏的总兵力，何况贰负和齐充分别自西面和东面出击，与轩辕形成了东、西、北三面夹击之势，使得高阳氏仅剩南面可以逃生。

“让高阳烈出来与我们搭话！”火烈高声呼喝道，其声以功力催逼而出，高阳城头人人都能清晰可闻。

高阳城头，人声俱寂，一副大敌临头之状，每个人都紧张至极地注视着轩辕的动静，弩弓皆拉得满满的，只待轩辕及有熊军一进入射程之内，便立刻放箭！他们根本就不敢出城迎战，谁也没有这个胆量。

高阳烈并没有出现在城头之上，倒是高阳烈的大弟子高阳杰领着一群高阳氏的高手来到城头之上，望着轩辕等人所在的方向，冷喝道：“轩辕小儿听着，我乃高阳王大弟子高阳杰，若是你有胆量就与你家爷爷一对一地一决高下，别人怕你轩辕，但我高阳杰却没将你放在眼中！”

火烈倏闻高阳杰的狂言，不由大怒，正要出言相骂，突听啸的一声轻响，一道暗光破空而出。

城头上的高阳杰还没弄清是怎么回事，便拖着一蓬血雨惨号着倒飞而出，却是满苍夷的极乐神弓开弦了。

高阳杰哪里想到这么远的射程，对方居然会有如此准的眼力，更有如此准头！竟在猝不及防的情况下，被满苍夷一箭射中。不过，所幸满苍夷用的不是极乐神箭，否则高阳杰的小命应该已经完蛋了。他哪里知道，满苍夷的箭曾将天魔罗修绝一箭致命，何况只是他这样一个小人物？

“谁敢出言不逊，他便是你们的下场！快叫高阳烈来搭话！”满苍夷一带马缰，扬弓便来到轩辕之前，向城上兵卒高喝道。

一时之间，城头上的高阳战士尽皆无语，全都被满苍夷的气势所慑，更被满苍夷这神乎其神的一箭所惊，哪里还敢对轩辕出言不逊？迅速有人去通知高阳烈了。

高阳烈王府门外的戒备极为森严，一副如临大敌之状，仿佛轩辕进攻的不是高阳城，而是高阳烈的王府。

高阳烈闻说轩辕已在城外宣战，不由得大吃一惊，忙整装而出。轩辕来得好快，几乎不给他任何喘息和思索对策的机会！与高阳烈同出的还有大祭司胡鸠及长老胡沁、高阳季诸人。

“高阳烈，我现在再给你一次机会，只要你立刻交出蚩尤，我可以不再追究你昔日所犯的过错!”轩辕冷声道。

高阳烈在城头上看着轩辕那整肃的军容，不由得倒抽了一口凉气，再听轩辕的声音，仿佛是来自心底深处，自然让他更是吃惊。

“蚩尤根本就不在我高阳城中，欲加之罪，何患无辞？我高阳氏与你有熊已是势不两立！何况，你这卑鄙小人，竟派人暗算我们两位长老，我们之间根本就没有什么好谈的!”高阳烈硬着头皮喝道。

“真是笑话，若我们要杀你们长老，何须暗算？便是取你首级，也还不是犹如探囊取物？”陶莹怒笑道。

“好！既然你不珍惜这个机会，那我就只好对不起了!”轩辕说话间，一催战马。

战马希聿聿一声长嘶，撒开四蹄便向城门前飞奔而去。

满苍夷、陶莹、桃红、跂燕、青天、火烈、狐姬这几大高手也同时催马相随，朝高阳城下冲去。

高阳烈大吃一惊，轩辕竟说攻就攻，而且这般快捷利落。

“给我放箭!”高阳烈高喝一声，一时之间箭雨如蝗向八大高手洒落。

战马狂嘶，却根本就不曾止步，陶莹在轩辕的身边，只觉一层淡淡紫气笼住了五丈方圆的地方，箭雨一触及这层紫气立刻爆碎成粉末。

有熊战士在阵前疯狂地擂鼓，似在为主帅助威，但他们却并不进攻，因为他们知道，此刻根本还没有到他们进攻的时候，只有盾牌手已经向前推移。

“高阳烈，今天就是你的死期!”轩辕低喝一声，如龙吟凤鸣，声波直送出数十里开外。

高阳烈和城头上的高阳战士皆看得魂飞魄散，那些箭矢对轩辕那八大高手根本就没有用处，便是青天与火烈也是箭未沾身便即弹落，连他们座下的战马也伤不了。尤其是轩辕，他就像是一个巨大的屏障，箭矢一到他五丈之内便即爆成粉末，这是何等的功力，这种气势便是高阳烈也看傻了。

轩辕的进攻，并不是大批战士进攻，只是八大高手齐袭高阳城，八匹战马一字排开，犹如离弦之箭一般，快捷无比地直奔城下！

二十丈……十丈……五丈……没有什么东西能阻住八人的来势！

希聿聿……满苍夷连人带马犹如插上了翅膀一般飞起，直扑向城头。

桃红、跂燕、狐姬也如光影般向城头扑去，不过她们并没有带马而冲，事实上她们的身法比之满苍夷而言仍要差上许多。

火烈也一声长笑，如一团燃起的硕大火球，直升五丈，而后斜扑三丈余高的城墙。

城头上的高阳氏战士全都看傻了，他们哪里见过如此阵仗？连人带马有若天神般冲起五六丈之高，而后飞投城头！

满苍夷气势如虹，战马在空中长长地嘶鸣，更助长了其无可匹御的威势。

跂燕人未至，昆吾剑已飞御而出，犹如五彩的神龙划过一道美丽的弧迹，直射向高阳烈。

高阳烈大惊，几大长老也都几乎被这般声势给镇住，但他们却知道，绝不能让这几人登上城头，否则这几人将会有无人能阻其势！

轩辕却方向不改，直向高阳城那巨大而沉重的石门撞去。

五丈……四丈……三丈，在骤然之间，轩辕身上升腾起一团强烈得刺眼的紫气，直冲霄汉，只在瞬间凝成了一柄无与伦比的超级巨刀，而轩辕自己则是刀锋的一部分。

巨刀，无首无尾，只是带着难以形容的异彩和霸杀之气，仿佛在刹那之间，天地全都陷入了一种无可名状的杀气之中。

轰……轩辕和战马完全融入了巨刀之中，而巨刀则拖起一条凄长的曳尾直斩向高阳城的城门和城头！

碎石以惊人的高速弹射而出，碎天裂地的气劲向四面八方如潮水般狂涌而出。

高阳城的城头摧枯拉朽一般坍塌而下，一时惊呼声、惨叫声以及绝望的凄号声在这狂野而无比暴戾的气劲之中被绞得粉碎，那重逾万钧的巨大石门块块碎裂。

当所有人惊觉之时，轩辕已连人带马穿过了那碎塌的石门，进入了高阳城中，在他的左右则是陶莹和青天两人两骑。

“杀……”有熊战士山呼海啸般向高阳城下狂涌而至！

高阳烈也呆了，所有的高阳战士尽皆像是置身于无法醒转的梦魇中，根本就不敢相信眼前发生的一切是事实。

轩辕竟以肉身化刀，劈开了高阳城那三丈余高、一丈多厚的坚实城墙，连那重逾万钧的大石门也被击碎，这是何等的惊人之势？

城墙裂开了一个三丈多宽的缺口，正是城门之处。城门附近的高阳战士更像纸鸢一般，被那无与伦比的气劲抛飞而出，死的死，伤的伤，有些人甚至与城门一起化为碎片。无论是敌我双方，都短暂地停顿了数息，仿佛一切都在此击之中窒息……

“杀！”火烈诸人在这同时很轻易地登上了城头，他们并不与高阳烈纠缠，而是以最快的速度移动，将城头之上的弓箭手全部踢下城头。

“杀！”城头上一阵大乱，高阳战士皆向火烈诸人围攻而至，但是谁沾了火烈，身上立时着火，哪里还能斗得下去？

满苍夷的极乐神弓与跂燕的昆吾剑更是无人能挡，任何兵刃一触即溃，而且跂燕的御剑之术可长攻近搏。

满苍夷的战马也安然落到城头之上，她驱着战马一路冲杀，谁能匹敌？

高阳烈却急了，这些人丝毫不被他缠住，不与他正面交手，他只好追在后面打，但这些人的速度快极，等他赶上满苍夷时，城头上的箭手已被清理得差不多了。

“杀，杀……”有熊战士少了城头箭手的威胁，更是势若出闸之虎，如潮水般涌入城中。

高阳城根本就挡不住有熊数千战士的进攻！

高阳烈武功确实极为高绝，满苍夷一时之间也被其攻得手忙脚乱，若非她的身法无可比拟，只怕也要惨败于高阳烈的棍下了。

高阳烈能成为高阳王并不是侥幸，直到桃红与满苍夷联手这才扳回了劣势，堪堪与高阳烈战平。

“高阳烈，今天你只好认命了！”轩辕的声音响过之时，桃红和满苍夷知机地退了开来，只剩下高阳烈与轩辕独对。

此时城中已杀声四起，高阳子民都紧闭自家之门。他们也曾听说过轩辕的仁义，虽然高阳烈极力宣扬轩辕如何残暴，但他们仍希望闭户能侥幸不受惊扰。

“降者不杀！”城中四处响起这嘹亮的口号，西面和东面的大军显然也攻破了大门，有熊军如潮水般自三个方向朝中间会聚。

轩辕事先也下过命令，攻入城中不可骚扰高阳子民，是以，所有的交锋都是发生在城头上和街巷之中，城中的几大府宅也立刻被围了个水泄不通。

高阳烈的脸都白了，高阳城竟如此不堪一击。当然，这是因为有熊族那一万多强势兵力根本就是无可抵御的，只要城池一破，高阳便等于完了。

“你现在后悔也迟了！”轩辕冷冷地摇头笑道，双眸中闪动着冷酷而漠然的火焰。

“我先杀了你再说！”高阳烈大喝一声，手中的镔铁大棍一挥，直向轩辕攻出！

轩辕的嘴角边挑起一丝不屑的笑意，眼中尽是怜悯之色。

有熊军以最快的速度守住了高阳城中各处要点，高阳氏几大长老见己方大势已去，竟领着一些亲信自南门而逃。

高阳烈府中之人几乎全已走空，高阳烈早就安排好了自己家人的退路。只要高阳城一破，便立刻自南面没有多少有熊军把守的大门冲杀出去，然后渡济水南去。

高阳氏虽然也高手如云，但是轩辕此次带来的不仅是有熊高手，更有华联盟其他诸族的高手，众多高手会合一起，比之高阳氏自是不知要多上多少倍。

所有的反抗皆是徒劳，许多的高阳战士唯有弃械而降。事实上，他们的反抗只是螳臂当车！

整座高阳城，仅一个时辰便完全操控在轩辕的手中，八大长老因其中两人已死，另外六人已有四人遭擒，另两位则自南门逃去。

高阳烈身受重伤而擒，在轩辕的手中，他仅只挡了十招，这是他做梦也没有想到的。

自南门杀出的是高阳凤和高阳烈的几大弟子，而护送高阳凤的则是长老麻阳、麻注两兄弟，这两位长老乃是高阳烈的亲信。

高阳烈也明白，自己与轩辕的力量相差极远，虽然他从不认为轩辕的个人力量比他强，但是轩辕身边的人无一不是震惊一方的高手。自高阳勇和高林的对话之中，高阳烈知道了这次轩辕所带的人物是何等的可怕。

若是在没有听到高阳勇和高林的对话之前，高阳烈的心中或许还存在一些侥幸，但是听过两人的对话之后，他却没想过真能守得住高阳城。因此，他不能不早早地安排一下后事。

驻守高阳城南门的便是麻阳和麻注两位长老，而这也是高阳烈准备后路的方向。

事实上，唯有南方可以退，西面有贰负所领的数千大军，而龙族战士最擅追踪和逃逸，这乃是出了名的，如果向西逃去投靠有虞，那绝对不是一个明智的选择，那么便只有南行。

南行，那里毕竟是太昊的地盘，尽管太昊不愿意出兵相助他们共抗轩辕，但他相信要太昊收留他的家人还不会有什么问题。

在伏羲氏之中，高阳烈也有许多朋友，而夏后氏虽是依附伏羲氏，但同为五虎族，又只是隔着济水相对，相互之间的交往也甚为密切，在不正面与轩辕相冲突的情况下，伏羲氏和夏后氏绝对不会袖手不理高阳烈的家人。

夏后氏屯兵于济水之南，一是为了防备有熊大军渡过济水，同时，他们还为高阳烈的逃兵作接应。而这些，只有高阳烈和他的家人心中才明白，外人只会以为夏后氏是在担心有熊的入侵和蚩尤的外逃。

当然，这一切也是因为高阳烈那几大车的礼物所起的作用，那里面有许多让人很难拒绝的礼物。

高阳凤乃是高阳烈唯一的女儿，所以高阳烈才会这样疼爱她，即使是城毁人亡，他也不想毁掉女儿的一生。

高阳凤的武功深得其父真传，在高阳烈众弟子传人之中，高阳凤是最为出类拔萃的一个，相比几大长老，也毫不逊色。是以，高阳凤在高阳烈的心中，分量极重。

高阳凤所领之人乃是五百高阳精锐战士和两百王府亲卫，这些人都是经过精心挑选出来的，乃是以一敌十的精英。

南城外，只有一千余名有熊战士，在城中高阳战士的冲击之下，竟破开了一条裂隙，而高阳凤便在此时领着七百精锐，乘鹿骑突破。这千余名有熊军本只是想封锁南城门，却没料到居然会遭到如此多骑兵的冲击，因此根本就不能阻住高阳凤的外逃之势。

这时，高阳城几乎已经被破，有熊军甚至已自城内直接杀到了南面的大门，甚至自南面大门直追而出。

高阳凤诸人哪里敢停留？轩辕大军攻城之快，简直让人吃惊，竟然在如此短的时间之中使整个高阳城完全失陷。高阳凤似乎已经知道了父亲高阳烈大概已是凶多吉少了，但是她却不能回头，那只是羊入虎口，连半点生望都没有。

高阳烈的家眷们只能暗暗为他祈祷，希望他能杀出城外与之会合。

这自是因为他们根本就没有见过轩辕的武功之故，否则，他们绝不会抱半点希望。

高阳城距济水并不是很近，高阳凤不敢取道鸣条经历山，因为此刻鸣条和历山已经归属了有熊军，走那条捷径，只会是自投罗网。是以，高阳凤必须取道西去，再绕过鸣条，在靠近黄河之处渡过济水，那里自然有夏后氏的人马接应。

有熊大军追了高阳凤一程，但是却被其甩开了。而这一路上，有熊大军并不是很多，似乎这些人的目光全都锁定在高阳城，而忽视了高阳凤这支逃窜的人马，抑或是因为高阳凤的这支骑兵速度太快，有熊战士根本就没能及时发现和追赶。

谯明山，高阳城西南五十里，高阳凤便是要绕过谯明山，再顺谯水西走，在谯水快注入黄河之处选地越过济水。

谯明山下，高阳凤倏地停住坐骑，麻阳也显得紧张起来。

地面之上有一堆折断的树枝，树枝呈错乱交杂之状，似有意无意地指向谯水。

高阳凤的目光向谯水的方向投去，已经干枯的芦苇在冬日里显得异常凄瑟，但在芦苇荡之中，杂草相缠，使得河中的景色一片模糊，根本就无法得知其中藏有何种玄机。

麻阳与高阳凤相视望了一眼，却突然点了点头，而后又抬头望了望谯明山的方向，依然是一无所见，但他们的目光之中闪过一丝冷厉的异彩。

高阳凤一挥手，竟突地转向，不往河边去，而是向山顶冲去。

高阳氏的战士都是经过强化训练的，尤其是这几百人，更是高阳的精锐，自然会对主帅的动作心领神会。

高阳凤向山头之上冲去之时，芦苇荡突地如被巨浪劈过一般，向两边哗然分开。

“杀……”芦苇荡之中一排排竹筏暴露在所有人的眼下，却是共工氏的战士。

共工氏的战士最善于水战，却没想到高阳凤竟然识破了其埋伏，使得这一切的伏击全都白费了，他们只好追上岸相杀。

高阳凤冷笑着向山侧绕去，她实在不想跟共工氏的人纠缠下去，虽然她并不害怕共工氏的这几百人，但是共工氏在此设下伏兵，便可以想象轩辕已经猜到他们可能逃走的路线。以有熊和华联盟的兵力，应该不会只设下这一路伏兵，因此，高阳凤不想也不敢与共工氏的战士交锋。

共工氏的战士追上岸，一轮劲箭却未能伤到高阳氏的战士。那些骑兵的速度，他们根本就赶不上，是以，只好眼睁睁地望着高阳氏的战士远去。

领兵者乃是共工氏的相繇。相繇也无可奈何，但他很快便发现了地上那一堆杂乱的树枝，不由得脸色大变。

“快飞鸟传书公主，他们可能有人接应，我们的行踪被人发现！”相繇吸了口冷气，望着那堆杂乱树枝吩咐道。

第一百四十八章　无处存身

高阳凤甩脱相繇，心神并未放松，事实上也确实是这样。

刚越过谯明山，便听得路边的坡地上一声异响，顿时箭雨纷飞。

高阳战士虽人人紧张戒备，但仍被杀了个措手不及。一时之间，也有百余人中箭。

高阳凤诸人并没有一点停留与之交锋的念头，只是谁挡路，便避谁。两边虽箭雨横飞，可他们此刻最要紧的不是作战，而是突出重围。

这次为首者乃是阳亥长老，他早就受了轩辕密令，在此地设下伏兵，以截住高阳的残余势力。

轩辕之所以留下南门而不完全封闭高阳城所有的外逃之路，只是不想激起高阳人的死战之心，若是高阳氏拼死力战，对他绝对有害无利。因此，轩辕给了这些人南门一线生机，便是要分化这些人的斗志。

人性就是如此，当他尚有一线生机之时，便不想死，而一个不想死的人，其斗志再高也有限，但一个完全没有希望的人，要么颓丧，要么拼死相杀，这就是人性最顽强与薄弱的一面。

所以，轩辕便将伏兵设在谯明山畔。

阳亥长老这一路人马并不是太多，但是却极具杀伤力。他领着人马自坡上杀下，立即将高阳氏的队伍切成两半。

阳亥长老并不对高阳凤作太多的阻截，反而是任其而去。

高阳凤欲转身而战，但是有熊战士的弩箭却使她不得不放弃这个打算，而且高阳凤一时也不知道山坡之上究竟有多少有熊的伏兵，因为山坡之上不仅有箭手，更有许多旌旗。这种虚不虚、实不实的感觉，使得高阳凤根本就无心恋战。

高阳凤一去，留下的高阳战士虽然勇悍，但是却已经被包围了，在乱箭之中，他们唯有或降或死一途。

当然，也有许多人逃出了重围，但逃出者并不是很多。

高阳凤本来的七八百人，逃出伏击时只剩下三百余人。不过，他们此刻离夏后氏接应之地也已不远，无奈的是，高阳凤诸人却已经不能够顺着谯水而下，他们怕谯水之畔有共工氏的伏兵。共工氏的战士，在水道之中，对任何人都是一个强大的威胁，至少此时是这样。

高阳凤的计算并没有错，夏后氏的人不再仅仅是固守济水南岸，他们一部分人竟越过济水北进了数十里。

逃出谯明山二十里，高阳凤便已经望到了夏后氏的大旌旗，飘扬在风中，远远望去，似乎比任何时候都让人感动。

或许，那便是所谓的希望，因为希望，一些本不是很生动的事物都变得让人异常敏感，此时的高阳凤便有这种感觉。

蹄声惊起，自远而近，高阳凤的心这才真正地落了下来，她看到了来人，那并不是夏后氏的重要人物，而是叶帝最忠实的部下——化金。

化金，一个有邑氏的叛徒，当日使凤妮和施妙法师诸人被擒，降于九黎成为叶帝手下的化金。

化金确实是叶帝的忠实属下，无论是叶帝在与蚩尤合为一体之前，还是在与蚩尤合为一体之后，都对化金极为看重，其分量完全可以与渠瘦老祖破风和盘古氏兄弟相并论。

虽然化金的武功比之破风和盘古氏兄弟都要差上许多，但是化金却是为蚩尤打理事务的大总管。因此，高阳凤在见到化金之时，心中的担忧终于平息下来。

“化金相接来迟，请夫人恕罪！”化金所领的却是渠瘦和花蟆的战士，一来到高阳凤的面前，便立刻跃下牛背行礼道。

高阳凤对化金也极为信任，化金并没有跟叶帝到高阳氏，而是在叶帝成为高阳氏的女婿之后，叶帝才将化金介绍给高阳凤认识。这样，化金也便慢慢地被高阳氏接受了。又因叶帝的变化，化金也跟着相应地变了。

化金已非昔日之化金，在叶帝与蚩尤结合之后，叶帝便极力改造化金，这使化金在武学上得到了一个飞跃性的升华。

“是帝君让你来的?”高阳凤问道。

“是的！帝君已经安排了渠瘦战士和花蟆战士在此相候……”

“不必了！这里已经无路可走!”突的一声冷哼自一旁的草丛之中传来。

地面蓦地爆开，一张张大弓自地面上露出，更在路边探出两排脑袋。

化金和高阳凤全都大吃一惊，当他们看清之时，阵脚却是大乱。

道路的两边竟已被挖出了许多的壕沟，而壕沟之中所伏的正是有熊的弓箭手。这两排弓箭手不下两百人，而在这两排箭手之后的草林之中也同样站起了两排箭手。

箭已上弦，弓如满月，只待一声令下，便万箭齐发，那也就是高阳战士的死期!

化金蓦然转身，脸色骤然变得极为难看，他看到的人竟是叶皇!

化金认识叶皇，而对于叶帝和叶皇两人之间的区别，若是在叶帝未成为蚩尤之前，他或许会不知道，但是自叶帝与蚩尤合为一体之后，叶帝和叶皇两人的气质已经完全不同了，虽然仍改变不了孪生兄弟的事实，不过内在的，两人已是一邪一正，两人的眼神也发生了截然相反的变化。

高阳凤却是一愕，她在一开始竟错觉地当叶皇为叶帝，但旋即她便已觉察到两人的不同，那是一种女人的直觉。

“化金，我们又见面了!”叶皇的声音极冷，仿佛是自冰缝之中吹出的寒风，又像是以木棒搅动着桶内的薄冰。

化金竟不由自主地打了一个寒战，他读懂了叶皇语调之中的杀意。

叶皇要杀化金，有一万个理由。若不是化金，凡浪怎会死?化铁虎怎会死?一切的一切，都是因为化金这个有邑叛徒。

或许，这是命运安排的一场游戏。也许，若没有化金当日的出卖，叶皇也便不会有今日，轩辕也便不会有今日，但是，这一切，并不足以成为原谅化金的借口……

“是呀，是好久未曾相见了。”化金硬着头皮干笑道。他知道今日之局已经不是怕就可以解决问题的，他必须面对!只是他有些不明白，何以叶皇竟能在这里设下如此多的伏兵，而他却完全不知道？他根本不知自己究竟是在什么地方出了漏洞。

高阳凤举目一望，只见四面的人头涌动，大批有熊战士已向这里包围而至。

叶皇高居马首，自有一股沛然而浩大的霸杀之气，目光之中更有着说不清的情绪。

“你们今日无路可走，要么战死，要么束手就擒！”叶皇冷然道。

“你早就知道我会在这里接应？”化金似乎想知道其中的原因。

叶皇高深莫测地笑了，道：“不错，便是你在谯水边留下标志时，我也了若指掌。可笑的是，你自诩计划周全，却根本只是在轩辕的计算之内，没有人可以逃过我们的追捕！”

“难道你就一点也不念及你们的兄弟之情吗？”高阳凤明白叶皇的厉害，在这种敌众我寡的情况下，她唯有企图一丝侥幸，欲以兄弟之情打动叶皇的心。

对高阳战士而言，此刻的局势确实是一个死局，四面的有熊战士不下千余，而在高阳凤后面，阳爻长老的追兵也很快追至，若是这两路大军会合一处，那他们更是连一点侥幸的机会也不再存在了。

叶皇的脸色微微有些难看，高阳凤的话像是一柄利刃般刺得他心痛。叶帝是他的亲哥哥，也可谓是这个世上最亲的人，而高阳凤却是叶帝的夫人，论起来是他的大嫂，可是现实却又要让他不得不面对一个无情的事实：叶帝已不再是昔日的叶帝，而是一个无恶不作、祸乱天下的魔王！他已成了蚩尤的共同体！

因此，叶皇不能不对付叶帝，而高阳凤却是无辜的，她爱上的并不是蚩尤，而是叶帝，所以此刻叶皇的心情极为矛盾。

化金见叶皇的神色一阵犹豫，他哪里肯错过这个机会？尽管他知道此刻反抗的结果会很糟糕，但他却更明白叶皇对轩辕的忠心，绝不会因为高阳凤的话而手软，而他们再拖下去的结果唯有死路一条，因此，在叶皇犹豫的一刹那，他出手了。

化金对自己此刻的武功极为自信，只不过，他却太小看了叶皇！虽然他已不是昔日的化金，但叶皇也再不是昔日的叶皇了。

叶皇冷笑一声："找死！"他最后一点犹豫也没了，大手一挥，"放箭！"

高阳氏一战，后因大祭司胡鸠臣服于轩辕，以致全城未战而降。

高阳烈的大殿则成了轩辕临时议事之处。

在轩辕完全控制高阳城后，一个多时辰之后，叶皇、柔水和阳爻长老诸人先后自南门赶到，却带来了另外两位自南门而逃的高阳长老，包括高阳烈的家人，一个不漏，还包括已嫁给叶帝的高阳凤，更令人高兴的是叶皇还带回了有邑氏叛徒化金的首级。

以轩辕的兵力，随便抽出一些人便足以应付高阳这些残余力量了。

大军搜遍了高阳烈府中的每一个角落，却并没有发现蚩尤的踪迹，而此时，土计已飞速奔来。

"太阳，蚩尤已自地道离城，向北逃走，属下追赶不及。"土计自责地道。

轩辕一惊而起，他故意安排土计及其族人监视所有地道，以防蚩尤借地道逃遁，却没想到，最终蚩尤仍然是借地道遁走。

"放出灵鸠！"轩辕沉声吩咐道。

狐姬此时也大步自外赶来，肃然道："轩辕，我感到蚩尤离我们越去越远！"

轩辕点了点头，道："是的，他逃了！"旋一抬头，怒视着高阳烈，冷杀地道，"很好，你就是宁死也要庇护蚩尤，连你族人的安危也没有一个比蚩尤重要，真是愚不可及！"

高阳季和胡沁诸长老也被绑在一边，一听此事，不由皆面如死灰。

"高阳烈，你不配做高阳王，全族之人的性命居然比不上一个蚩尤吗？这么说来，勇长老和林兄弟是那个魔王所杀了！"高阳大祭司胡鸠悲愤地叱问道。

"你这个叛徒无权说我什么！"高阳烈呸了一声，冷笑道。

高阳季诸人的心确实很痛，高阳烈一直坚持说蚩尤不在城中，而高林和高阳勇两位长老则坚持要搜他的府宅，这才死于非命。事后他们也有些怀疑，眼下见轩辕身边如此众多高手，根本就没有必要暗杀高阳勇和高林两大长老，而且也根本就找不到任何证据是轩辕所为，仅高阳烈一面之词而已。这时再看高阳烈如此自私的脸孔，他们怎不心寒？

“很好！”轩辕冷笑了一声，大手一挥，喝道，“来人，将高阳烈一家无论老小全部斩首！就让高阳烈在一边看着他们一个个地死去好了！”

立刻有刀斧手将高阳烈一家人推了出去，有几个已经吓软了，小孩子更是大声哭叫。高阳烈脸色唰地一下惨白，嘴唇抖动着向轩辕骂道：“轩辕，你这个畜生，不会有好下场的！”

“高阳烈，我要你受刑三天三夜再慢慢死去！这就是你愚不可及犯下的错误应付出的代价！我已经给了你机会，但你一错再错，还要放走那万恶的蚩尤！”轩辕显然心中已动了真火，想到凤妮的死，他所有的怜悯之心都变成了浓烈的杀机。

高阳季诸长老也都骇得脸色大变，迅速有人将重伤的高阳烈拖了出去。

“非我轩辕好杀，而是该杀之人必须诛之，倒让各位受惊了！”轩辕扭头望了望高阳季诸人，语调一变，又悠然接着道，“来人，给诸位长老松绑。”

高阳季诸人大惊，心中忖道：“难道轩辕会不杀我们？”但答案显然是肯定的，因为他们很快便被松开了绑。

“高阳与有熊乃是世交，只因个别极度自私且愚蠢的人从中作梗，这才使两部关系弄成这样，我希望今后高阳氏仍能够像昔日一样，与有熊共进退。不过，这一切便要看各位长老和大祭司的意思了。”轩辕突然客气地道。

正在此时，外面传来急促的马蹄声，而后便是一阵沉重的脚步声。

唐宽那健硕的身影有些踉跄。

轩辕吃了一惊，忙一把扶住唐宽，急问道：“怎么会这样？”

唐宽惭愧地道：“唐宽有负太阳所托，居然让蚩尤那魔头杀了出去，我一时竟追之不及，只好回来向太阳请罪了。”

轩辕的脸色再变，土计也变了脸色，刚才他告诉轩辕蚩尤北逃的消息时，轩辕一点也不急，看来是因为他早已料到，所以才让唐宽这个不世高手断住北方之路了，而此刻蚩尤居然还是跑了。不过也可看出，轩辕确实是料事如神。

“看来，只怕青云前辈和共工也挡不住蚩尤了，他一定会改道!”轩辕自言自语道。

“那我们现在该怎么办?如果让他又返回北方，只怕会祸患无穷!”陶莹急道。

“我绝不会放过他，便是追到天涯海角，我也要让他魂飞魄散，永不超生!给我备马!”轩辕语调坚决，果断地吩咐道。

“太阳要返回北方追杀蚩尤?”青天问道。

轩辕望了高阳的数大长老一眼，道：“这里的一切就交由大祭司和宽伯处理了。”

轩辕大军只撤走了一半，多是轻骑，另外一部分则居于高阳城中，由唐宽、青天等高手指挥，但其主要任务只是将高阳城中被破坏的地方修补好，并立胡鸠为新一代高阳王，将高阳城中的兵力和各路力量清理一番，而所有与高阳烈有关系的人进行重点处理。而后唐宽则领大军退出高阳城，分兵居于鸣条、厉山、尧城和偃朱，只余高阳城给高阳氏自治，事实上也等于间接地控制了高阳城。

这次唐宽更提拔了一些曾经与陶唐、有熊关系极为密切的人掌管了高阳的大权，这乃是轩辕的意见。

轩辕带走了许多的人手，但贰负的四千龙族战士依然稳守西面，蛟龙依然屯兵九黎，但所屯之兵却已达三千之众，而黄河北岸的共工氏也屯有一千精兵，随时准备对付任何突发变故。

高阳氏确实不敢再存任何异心，不仅仅是因为轩辕在黄河和济水附近布下了一万多重兵，更是因为高阳人见过轩辕那不可抗拒的天威，见过轩辕身边高手的可怕，根本就不敢生出反抗之心。何况，轩辕对高阳的子民并未侵犯，虽然双方在交战之时，死了许多高阳战士，但大部分仍然被释放。因此，这些人对一来一去的有熊大军不是很恨，反而恨族王高阳烈的自私，竟陷族人危难于不顾。

有虞氏比高阳氏要好一些，在得知轩辕领兵两万前来大举相攻，而他们与高阳氏的通道完全被贰负截断的情况之下，明白高阳氏大势已去，他们极为聪明地先下降书，愿意臣服于华联盟，与有熊永世和好，并恳请轩辕不记其过，允许他们加入华联盟，同时还送来了十余车厚礼。

在这种情况下，有虞氏确实不想与高阳氏共进退，毕竟，他们要为自己的族人着想，而且他们打内心也对魔帝蚩尤有所排斥。在看到天下诸族都在想对付蚩尤之时，他们也不敢强行出头而遭到诸族的孤立，因此才不战先降。

事实上，在东夷诸族失去了北方的势力之后，黄河以北基本上已是有熊的力量，而这次轩辕一发兵，便连有邑氏这些小部落皆相依附，华联盟向西面扩展已成了定局，只是迟早的问题而已。识时务者为俊杰，有虞氏也不得不转移自己的战略。

轩辕的实力早就伸展到西部诸小部落，因为西部散落的许多小部落本是有熊的后裔，如有侨、少典、有邑、褒氏诸部都是绝对支持有熊的，而有虞氏绝不愿再远程迁徙。要知整个部落迁徙，最费力耗神，许许多多的问题使得有虞氏不敢动此念头。

对于有虞氏的礼物，贰负自然是照单全收，不过，却让有虞氏的使臣亲自去熊城或是陶唐氏。当然，贰负会派人相陪。

轩辕北返，他只是带着一千骑兵和众高手快速北上追杀蚩尤。

灵鸠对蚩尤的行踪追得极紧，因此蚩尤很难逃过这些灵鸠的追踪。

确实，始鸠族立下了极大的功劳，他们训练出这许多灵鸠，不仅使通信更方便，便连追敌打仗也方便多了。

蚩尤的功力显然没有恢复，或许是其伤势确实太重。与凤妮那一击，他几乎承受了所有的攻击力，能侥幸得以存活，这已是一个奇迹，当然，这却不能不感谢太昊和少昊两人。

蚩尤也太小视有熊了，能够与鬼方僵持数百年而不倒，确实有其过人之处。不过，他绝没有想到世间居然会有太阳神盾这么一件神秘而奇异的兵器，竟可接引天外天的力量而发出强大的攻击力。

轩辕调军七千返回北方，这些多是驻在黄河北岸的。不过，这些将以最快的速度赶回有熊，听候轩辕的命令。

蚩尤向北逃遁的速度极快，想必也以坐骑代步，更似乎是毫不停歇，连夜晚都在赶路。

蚩尤所过之处，那些小部落几乎全都遭到清理，只有少数人逃得性命。余者，无论老少，皆被杀绝，一路上留下了无数的兽行和血债，几乎是无恶不作，只让人看得发指。

叶皇心中更多了许多酸楚和无奈，这人曾是他的兄长，可是眼下却成了令人发指的凶魔，似乎魔性在蚩尤的伤后完全暴露出来，无法遏制。

在蚩尤的心中似乎充满了仇恨，对华联盟的仇恨，对有熊的仇恨，对轩辕的仇恨，他恨所有的人！这个世上似乎所有的人都背叛了他，所有的人都与他有仇。

他感应到轩辕正在追他，他也有着超乎常人的直觉和思感，完全可以感应到轩辕正在他后面狂追而至。不过，他不怕，他要回到他重生的地方，在那里，他将会再一次找到重生的感觉。

这是凤妮给他的启示，在他沉顿的魔魂之中，似乎存在着天外天的记忆。因此，他这才会选择再一次逃返北方，而且，他要返回釜山！

轩辕的心中充满了愤怒，愤怒是因为蚩尤的暴行。若是让蚩尤这般一路杀过去，不知将会有多少人会丧生在其魔爪之下。

轩辕没有睡着，桃红诸人和战马一样极为困顿，毕竟他们已经追了三天，每天只是合一下眼睛，战马也换了两匹。

轩辕并不想休息，但在这夜里，他根本就不能找到蚩尤所在的方向，因此他只好强迫自己稍作休整。

半梦半醒之中，轩辕突然感到自己的思感像是乘风而飞一般，向四面八方无休止地扩散，仿佛可以清晰无比地捕捉到方圆十里内的任何动静，即使是蚂动叶落也不例外。

倏然间，轩辕一震醒来，心中大喜，他记起了广成子的话：“精神是无限的，所以，梦非梦，醒非醒。当精神与天地融合后，天非天，地非地，我非我，整个人已与天地同在、同感。那也就是说，只要将精神嵌入天地大自然之中，思感便可以触摸天地间任何一个角落了。如果真是如此，那蚩尤又怎么可能在自己眼下遁迹？”

思及此处，轩辕敞开心扉，在吐纳之间将所有的杂念全都排斥身外，思感也逐渐延伸，一切渐渐变得毫不实在起来。

轩辕恍若进入了一个绝美的梦的世界，心神仿佛是在万水千山之顶横渡、飞跃，便如同乘坐在一只大鸟的背上巡游天地，没有什么东西可以挡住他的视线。

倏然之间，轩辕竟仿佛看到了有邑氏的那条小河，看到了有邑氏的那石殿。

是的，轩辕的思感竟来到了有邑氏。他看到了凡三，当初是他让凡三返回有邑氏接叶清的，不过凡三此刻似乎睡得极香。他的思感扫过每一间屋子，一切全都毫无遗漏地映射在他的脑海之中，他竟看到了叶清！她的身边还有几个打了结的包裹，显然是欲远行，轩辕的思感扫过她的身上之时，她显然抖动了一下，仿佛有所觉。她没有睡，却瘦了许多。

轩辕的心中多了许多怜惜和歉疚，他的思感又转到了另一个地方，突地，他浑身一震，差点惊醒。

轩辕看到了许许多多的尸体，死状各不相同，但却与这几天所见到的被蚩尤击杀的死者死状相差无几。

是的，轩辕看到了蚩尤，他还看到了一个女人，一个正在蚩尤那焦寒躯体下挣扎却又无法挣脱的女人。

蚩尤的状态已陷入了疯狂，以暴戾的形式蹂躏着身下的女人，而在他的身边更有几具女人的尸体赤裸地摆放着，下身一片狼藉……

轩辕一下子惊醒过来，额角渗出了一丝冷汗。蚩尤又在做伤天害理之事了，他哪里还有睡意？

轩辕的惊动让与他相偎的陶莹也惊醒了。

“夫君怎么了？”陶莹睡意未减，迷糊地问道。

“蚩尤又魔性大发了，我不能再等，我一定要赶去制止他，绝不能让他再乱杀无辜！”轩辕深深地吸了口气道。

“难道夫君知道他在哪里？”陶莹讶然问道。

“我的思感刚才感应到了他的存在，我想，应该可以找到他！”轩辕肯定地道。

“思感？”

轩辕点了点头，再次闭上眼睛，可是在迷糊中，他思感感觉到的竟是高阳城内的动静。

轩辕不由有些急了，这思感好像并不由他控制，或者说不全由他控制，总是乱跑，想找蚩尤却找不到，不需找的地方反倒去了。

轩辕感应了半天，感应到了有侨氏的龙潭，感应到了高阳氏、陶唐氏、有熊氏，可是就是没有再找到刚才蚩尤所在的那个地方，不禁大急之下醒过神来。

“找到没有？”陶莹轻问道。

轩辕不由有些沮丧，摇了摇头，道：“没有，思感好像全不听我指挥，只会向我熟悉的地方跑。”

“那你故意想想蚩尤，说不定便可感应到他的所在也未为可知。”陶莹提议道。

轩辕苦笑道：“那样更不行，这一切必须顺其自然，方能够融入自然。”

陶莹听到此处，也是无能为力，不由有些担心，问道：“若是你一人，能追得及吗？蚩尤的武功只怕……”

“难道莹莹不相信为夫的实力吗？”轩辕微责道。

陶莹亲了轩辕一下，不好意思地笑了笑道：“这叫关心则乱嘛。”

轩辕一笑，道：“我得立刻起程，你们在熊城会合，你去向你爹借来惊夜枪，或将你爹请来，然后再会同木青聚齐十大神器，我要让蚩尤永远不得超生！”

轩辕别过桃红诸女，不等大军拔营起寨，独自一人携带尊神刀而出。

轩辕绝对不能让蚩尤继续为祸作乱！他弃马徒步，但其速绝对比马快，只要他能够察觉蚩尤的方位，就定然能够在最短的时间内赶到。

天刚亮，轩辕找到了那个村落，那是一个并不大的小部落，但是此刻却没有一个活人，鬼气森森，地上的鲜血已经全部冰冻。

轩辕找到了那间小屋，但是蚩尤已经不在，地上全是一些不堪入目的女尸，蚩尤杀死了最后一个女人。

这是他昨晚思感所到过的地方，可是他却没有能力阻止蚩尤作恶，这确实是一种悲哀。

轩辕看到了一行以血书写的字符，正是蚩尤所留。

“轩辕，我要你的女人也都落得这般下场！”一串猩红的字符写在一具赤裸女尸那白皙的胸脯之上，更显得触目惊心。

轩辕的指骨不自觉地发出一串爆响，他知道，蚩尤已经感应到了他的追击，所以才留下这一行血字。

轩辕一振臂，他所处的小屋轰然崩塌。他不想让这些尸体再袒露在世人的面前，是以，便让这间屋子变成一座坟墓了。

轩辕自尘十之中走出，抬头望了望天空，灵鸠正向北方飞旋，似乎正在搜寻蚩尤的踪迹，显然灵鸠也追丢了蚩尤。

轩辕闭上眸子，努力地静下心来，思感跟着灵鸠的目光不住地延伸。他知道，一定可以凭借思感找到蚩尤，因为这里是蚩尤作恶之处，仍旧残存着蚩尤的魔气，他的思感便可以在魔气的刺激之下找到蚩尤的所在。

轩辕想得没错，他的思感真的捕捉到了蚩尤的所在。

蚩尤的坐骑竟是一只巨虎，白额金睛，纵跃如飞，此刻已在五十里开外。

轩辕恍然，难怪蚩尤的速度会如此快捷，自己诸人在其后日夜不停也追不上他，而且蚩尤还有时间作恶，看来全是因为这只巨虎的功劳。

有这样一只巨虎代步，蚩尤一路上根本就不用停，而战马要不断地休息补充草料，巨虎却只需蚩尤用人去喂它，它便很快地可以补充体力继续奔跑。是以，如果是以战马追赶这只巨虎，那根本就不可能追得上。虎的速度，在全力疾奔的情况下，比马更快许多，其纵跃如风的去势，战马根本就无法企及。

轩辕的精神紧锁住蚩尤，他不想让蚩尤再次自他的思感之下走脱。

蚩尤似乎也已经感受到来自轩辕精神的束缚，向北逃逸得更快。他并不想现在便与轩辕正面冲突，仿佛明白此刻的轩辕已不再是昔日的轩辕，如果反身迎战的话，唯有败亡一途，因为他的伤并未痊愈。

轩辕急速疾追，他的力气似乎是无穷无尽的。他知道，巨虎的速度不会比他更快，事实上，天下间能比他速度更快的只有飞鸟，但蚩尤所乘的并不是飞鸟，只要蚩尤稍作停顿，他便完全有机会在到有熊势力范围之内将其截住，更逼得蚩尤不敢在中途停下来作恶。

蚩尤似乎在与轩辕较劲，巨虎也仿佛是后劲无穷，一直以急速奔驰，两人这一日皆一直跑到天黑，这时巨虎才出现了疲怠之相，速度也渐慢了下来。

轩辕和蚩尤虽可以几天之中不食不饮，但是巨虎却是肉身凡胎，没有食物填肚子，便很难有力气维持原有的速度。

轩辕绝不停歇，这种结果正是他所估料到的，也是他追到蚩尤最好的机会。

蚩尤也心中大急，如果这样下去，到明日天亮之前，轩辕就会追上来。那时，他便必须要面对轩辕的正面攻击了。他与轩辕的精神紧锁在一起，所以当轩辕知道他的方位之时，他也自然地知道了轩辕的方位，这是相互的，是以他有些着急。

蚩尤急，不只是因为轩辕的武功，更是因为再往前便是有熊的势力范围，如果他在那里被截住，不仅将面对轩辕，还要面对有熊的许多高手，所以他必须要甩开轩辕。

夜已极深，轩辕的速度有增无减。此地已处常羊山麓，地形复杂，山峰林立，奇林怪石极多，正好给轩辕以借力之用。而对于蚩尤来说，地形复杂更增了其行动的不便。

轩辕便像是夜鸟一般，滑翔于山林之间，思感依然遥遥地紧锁住蚩尤。他明白，此刻他已追近了蚩尤近五十里，只要再有地形之助，明日太阳出来之前他便可以与蚩尤痛快一战了。

但轩辕正在得意之时，倏觉另一股阴冷的思感契机直切入他与蚩尤紧锁的契机之中。

轩辕吃了一惊，他感到了那股契机深深的敌意，一时之间竟冲淡了他与蚩尤的联系。

轩辕的眉头紧紧地皱了起来，这股异常阴冷的契机他并不陌生。当日他在崆峒山正要出关之时，正是这神秘的思感干扰了他，差点让他走火入魔，若非太乙子及时出手，只怕他极有可能步上广成子的后尘。

广成子一身修为虽已达天人之境，但是仍然无法逃脱天劫之灾，钻研太深，使其仙心入魔。这一百多年来，广成子不只是在深窥结界，更在强压自己心中的魔火。是以，这一百多年来，他从未出过紫霞洞天，便连那块大石头也不曾离开过。因此，他的身体已与大石被青苔完全结在了一起。

这一百多年来，广成子一直都在找一个可以继承他精神和武功的传人，他也知道如果不将自己的功力和精神嫁接给别人的话，因最终总难免走火入魔，而为祸天下。而轩辕正是他梦寐以求的对象，是以他毫不犹豫地将一切让轩辕全部继承了，包括他对结界的领悟。而轩辕在消化广成子给他的一切之时，便一直在与这股神秘的思感和精神力纠缠。而今日，他终于再一次相会这股奇异而神秘的精神力。

轩辕只好放弃追袭蚩尤，他的思感顿时与这股神秘的思感结集，他找到了对手！

是的，轩辕找到了对手，他从未见过这个人，但是直觉告诉他，此人便是天神据比，也就是真正的刑天！

刑天竟然在这里，而且正朝轩辕的方向以最快的速度奔来。

轩辕明白，追杀蚩尤的事只能放在一边了，他根本就不可能在同一时间中能对付蚩尤和刑天两人，更不想这样面对这两大无敌凶魔，而天下间也根本就没有人可以对这两人以一敌二，即使是当年女娲和伏羲重生，也是无能为力。

轩辕不追，他只是等，静静地等，他的位置便在常羊山的主峰之上。

山风凛冽，轩辕的心却平静得难以形容，仿佛整个天地全都装在他的内心，抑或他便是山风，山风便是他，天与地与他，三者一体，随天地动而动，随天地静而静，所以他的心有着难以形容的平静。他知道，刑天一定会来的，而且这是不可能躲得过的，再说他根本就不想躲。

夜色，并不能挡住轩辕的思感，更不能束缚他的思想。生命，便像是存在于虚空任何角落的空气，随一呼一吸之间不住地流转。

轩辕知道，刑天来了，就在山峰的另一面，于是他缓缓地转过身来，神色依然静如五岳。对于他来说，黑夜与白天没有什么区别，至少，他已经看清了刑天的所在。

阴沉的杀气顿时弥漫了每一寸空间，契机随着凛冽的山风不住地爆炸变异，虚空之中似乎无端地多出了无数的鳞火，诡异之状莫可形容。

鳞火之下，刑天身上泛着惨绿的光泽，没有人知道这是什么原因所造成的，不过，轩辕并不在意这些，只是淡淡地笑了笑道："你终于来了。"

"宿命定下的一切，你必须以血偿还我弟弟的血债!"刑天的声音瓮声瓮气，但轩辕仍听得清这只是通过腹膜振动发出的声音，也可以算是一种腹语。

"刑地?"轩辕反问道。

"还有刑月，你不该杀他们!"刑天的脚步缓移，声音更为沉郁。

轩辕看见了刑天脸上的表情，但看与不看都一样，对于这种人来说，他是不会产生什么异样表情的。

"或许正如你所说，这是宿命，即使没有他们，你我今日仍会相遇的，因为正邪不两立!"

"何为正?何为邪?胜者为王，败者为寇，广成子那老儿会这么庸俗吗?"刑天冷哼着反问道。

轩辕笑了，他不想与刑天纠缠太久，淡淡地道："出手吧!"

刑天踏前一步，倏觉地上的草茎将脚绊了一下，不仅如此，四周的生机以无法理解的形式疯长，本来枯萎的草、凋零的树，以不可思议的速度生枝长叶。

刑天一声低吼，身子拔地而起，他知道轩辕已经出手了。

刑天身子飞起之时，地上的草茎如千万条灵蛇一般向天空中狂长，仿佛欲追上刑天食其筋骨皮肉。

大树的枝丫上突地长出许多的长枝，直延向刑天。

所有草木全都活了，以难以理解的方式活了过来，仿佛是有了灵魂有了思想，而且它们似乎有一个共同的目标——袭击刑天！

常羊山的草木全都疯了，全都变得野性而狂暴，连缠于古树上的长藤也离树而出，直射向天空中的刑天。

刑天大大地吃了一惊，他知道，这个世界最为实在而强大的力量便是生机，而常羊山上的草木之所以在突然之间疯狂起来，正是因为刑天的生机无休止地向常羊山聚敛，可此刻这一切并不是因为他，而是因为他的对手轩辕。

刑天狂吼着向轩辕扑去，在空中掠过的躯体引下八道电火，而后整个人如一团冰焰般迎向轩辕的面孔。

锵……一道冰电划破长空，轩辕划出的刀与冷电交接，身子推移之中，这道冷电仿佛是一柄直插天顶的神刀，将夜空划分为两半。

叮……龙吟凤鸣般的轻响传遍了整个常羊山麓，震天彻地。

刑天的身子随着八道电火一齐被切成两半，但这只不过是一道光影而已，刑天并非已成两半，而是化出了两道身影，依然速度不减地直袭向轩辕。

“来吧！”轩辕一声轻号，手腕翻旋的同时，一道浓烈的紫色火气升天而起，在刹那间化成一条巨龙，吐着电火直撞向刑天。

轰……两道身影同时幻灭，只是带着一道电火又坠落回原来立身之处。

刑天一落地，所有的植物，包括花草树木，全都如一条条蛇一般在刹那间缠住了他的四肢，每一种植物都如饥渴的蚂蝗抽吸着他体内的生机。

刑天骇然大惊，这些花草在刹那间变得凶残无比，全都似乎成了食人之物，而且越缠越紧。

刑天冷哼一声，那些草茎、树枝、花藤在顷刻间爆散成飞灰，而此时轩辕的刀已经劈至！

轩辕的刀，拖起一抹紫电，以开天劈地之势直斩刑天！

刑天竟无法感觉到轩辕这一刀会自什么方位劈来，这是一股绝不同于寻常的契机。

不同寻常之处便在于，你根本就感觉不到它力道的中心究竟是在哪里，仿佛天地每一个方位，每一个角度都是它的出刀点，尽管那一道紫电是自上空而至，可是刑天并不知道，他根本就无法看，他只是一个凭着知觉而活的人，对敌时全都凭着思感去对敌。眼、耳、口、鼻全都已经在一百多年的休眠中退化，他靠肌肤去感受周围空间的振动而判断对方的方位，靠腹腔的振动来说话，可是此刻的轩辕无论是思感还是精神，都已与天地融为一体，刑天对轩辕的契机与思感的敏感度也随之下降。

而常羊山的生机在不断地狂升之际，那些草木的生机也与轩辕的生机逐渐融为一体，使刑天对轩辕生机的触觉了变得薄弱起来，甚至是感受不到轩辕所在的方位，辨不清哪是草木，哪是轩辕。

第一百四十九章　精神之战

面对轩辕的攻击，刑天骇然，他知道自己已陷进了轩辕所设下的圈套之中，轩辕故意选择这个草木繁茂的常羊山与他交手，正是因为这里可以更利于他自己的发挥，更利于他自己隐敛契机，而轩辕也知道他只是一个凭思感和精神去察敌的人，正是利用他看不见、听不到的弱点来对付他。

刑天明白，世间知道他弱点的人只有广成子一人，因为这一百多年来，他的精神和生机一直被广成子的思感和精神所催眠，这才使他根本就不可能自己苏醒过来。

广成子乃是除伏羲之后的天下第一奇人，即使是蚩尤和他刑天也绝不敢轻易上崆峒山挑战，百年前是如此，百年后依然是如此，而此刻广成子的许多思想和精神已与轩辕结合，是以轩辕也明白了刑天的致命弱点。

此刻轩辕将自己的思感、精神和功力全部融入天地之间，他的功力本就是借用天地之力，这使他无法辨清哪是天，哪是地，哪是自己。而轩辕的生机与常羊山的花草树木结合，共同吸敛天地的生机，化为另外的一种神秘莫测力量，这使得刑天分不清哪是常羊山，哪是轩辕。因此，刑天只会处于绝对的下风。

刑天的头发蓦地炸开，根根倒竖而起，山风似乎在一刹那之间变得更疾、更狂，地面之上似乎有无数道邪火直冲向刑天，所过之处，地面便出现一道焦灼的痕迹，花草如剧毒的大蛇行过一般，由远而近，自四面八方各分开一道焦黑的道路。

八股邪火的力量以快得不可思议的速度，在刑天的脚下汇集。

轰……刑天的衣衫尽裂，整个人都化成一团狂暴的邪火，犹如地底击射而出的熔岩一般，直冲向轩辕迎头砍下的刀！

“尝尝我的九幽罡劲吧！”刑天腹语有若雷鸣。

轰……轩辕的刀与刑天的邪火相撞，两人皆向不同的方向暴射而出，犹如弹丸流星一般。

常羊山的主峰一阵摇晃，整个山头几乎铲平了丈许，在天空雷电的交舞之下，仿佛是森罗地狱、世界的末日。

轩辕暗惊，刑天竟可借九幽的力量来抗衡他天地的生机，这确实可怕。

刑天更惊，他只感到轩辕的力量浩瀚之中却又带着仿佛来自地心热力的力量，这种力量，几乎将他的九幽罡气冲散。

九幽罡气乃是地底至寒之气，而地心热力乃至阳之气，因此，可谓是九幽罡气的克星。那当然，轩辕若没有另一股来自天地正气和生机的力量，仅凭那具有地心热力的气劲自然无法对刑天造成影响，可是轩辕的真气似乎分成数种不同的气劲，更分成数波，一浪高过一浪，那使刑天极为难受。

刑天一落地，那些被气劲灼焦了的草木似乎又活了过来，并急速生长。

刑天确实恼火至极，他知道这是轩辕捣的鬼，可是他根本就想不到根除的办法。轩辕所借的生机无穷无尽，除非他能断绝轩辕生机的来源，但是这有可能吗？

自然是不可能抑制的！另一个让刑天吃惊的还有轩辕手中的刀，轩辕手中之刀乃是神族十大神器中的刀中至尊，此刀之神锋，便是以他的不坏之躯也无法硬抗。如果依照这种形势发展下去，他今日之战有败无胜。

这或许是因为轩辕得到了广成子的记忆，而广成子又太了解刑天和天神据比了，所以刑天的弱点全为轩辕所知。但是，刑天对轩辕的弱点一无所知，他对轩辕所拥有的只是仇恨，因为轩辕不仅将鬼方的势力化为乌有，更连他最亲的两个弟弟也杀了。他无法摒弃仇恨，本就是一大错误，而此刻又是先机尽失，那结果连他也不敢想象。

陶萓诸人追丢了蚩尤，她们只好寄希望于轩辕，她们对轩辕极有信心。

陶莹在既失去了与轩辕的联系又找不到蚩尤的踪迹之下，只好返回熊城。

蚩尤并没有再作恶，他似乎也不想暴露自己的行踪，因为这里已是有熊所辖范围，高手如云，以他眼下的状态，根本就不宜再与有熊的那一群高手冲突。是以，蚩尤也收敛了很多，这也便是陶莹等人找不到线索的原因。

由于蚩尤是连夜赶路，一个夜晚奔行了数百里，早在灵鸠的搜捕范围之外，而且又借助密林之助，竟让他摆脱了灵鸠的追踪。当然，这也是因为蚩尤极为狡猾的原因，使用种种疑兵之计，分散了灵鸠的注意力。

蚩尤不敢行凶的原因之一还是因为轩辕已经追得太近，虽然暂时他甩开了轩辕思感的束缚，却不敢保证，轩辕是不是仍在身后紧追。是以，他根本就不敢停下来，这也便使得他侥幸逃过了有熊在北方的封锁。

陶莹等人返回熊城，木青、剑奴诸人也早已归返了熊城，众女相聚自有一番欣喜，但是此刻熊城已物是人非，一些人的逝世，使得熊城往日喧闹的气氛难以恢复。

熊城之内的许多人仍然戴孝挂白幡，为自己死去的亲人，也为敬爱的凤妮太阳及元贞长老。

熊城要为凤妮和元贞戴孝一月，这是有熊的习俗。

陶莹得知轩辕尚未归返，不由得有些急。燕琼和褒弱诸女也都十分担心，因为她们明白蚩尤的可怕，但却并未真正见过轩辕出手，是以她们比任何人都着急轩辕的行动。

不过着急当然没用，陶莹按轩辕的吩咐，聚合十大神器以备对付蚩尤之用。

以狐姬的话说，只有聚集十大神器，方能让蚩尤魂飞魄散，所以在轩辕没有回来之前，最要紧的便是聚齐十大神器。

其实，十大神器并不难聚齐，因为在熊城已经有了七件，还有三件分别在少典神农、轩辕和陶基的手中，只要此三人一聚集，十大神器也便可以轻松聚齐了。

陶莹飞鸟传书，嘱父亲亲带神器来诛除蚩尤，另外传回在外采药的少典神农，嘱其带回无量尺，只等轩辕一回来，或是一找到蚩尤的位置，便即发起强大的攻势。

伯夷父已发出全面搜索的大令，整个有熊与君子国那一带全都全面戒备，寻找蚩尤的行踪，只要有任何关于蚩尤的消息便立刻传报。

灵鸠也尽皆放出，希望通过灵鸠的眼睛而发现可疑之人。

而在此时，轩辕却突然回来了。

轩辕归返，是在戌城战士的相护之下，而早有探马报进了熊城之中。

陶莹诸女大喜，城中众将纷纷远出相迎，但他们见到轩辕之时，不由得都吃了一惊。

轩辕受伤了，看其状态，显得极为疲惫，衣衫凌乱，更是血污模糊。

“怎么会这样?”跂燕诸人都相拥而至，惊讶而关切地道。

轩辕似乎并没有多大的焦虑，只是伸手自马鞍处递出一个包裹。

“是不是与蚩尤交手呢?”桃红和狐姬也赶了过来，或吃惊或疑惑地问道。

轩辕摇了摇头，跂燕却接过了那个包裹，包裹被血染得猩红，直觉告诉她，这是一颗首级。

“这是一颗首级？谁的?”跂燕没有打开包裹，却只是向轩辕问道。

“你可以拿它去祭女王和圣王的在天之灵了。”轩辕淡淡地道。

“刑天?”跂燕尖叫一声，问道。

轩辕沉重地点了点头，道：“不错!”

“你杀了刑天?”桃红诸人全都大喜，有熊前来相迎的众人也都大喜过望。谁也没有想到，轩辕居然能够力杀刑天！要知道，刑天乃是可与蚩尤相比拟的绝世凶魔，当年，此魔足可与伏羲大神相抗衡，可是今日却死在轩辕的手中，这怎不让人心神振奋?

“那你……”陶莹担心地望着轩辕，她并不是不欢喜，可是轩辕想要杀刑天，自己都成这样了，她担心轩辕身受重伤。

轩辕笑了笑，他明白陶莹这两个字的意思，道：“我没事，只要休息两天就会好的。”

跂燕却眼圈一红，差点哭了出来。

当晚，轩辕与刑天一战确实是大耗元气，但他最终凭借神器尊神的神锋斩下了刑天的首级！

那一战一直战到日上三竿，这才真正地结束。整个常羊山的主峰几乎都因此而踏平了，没有人能够想象那种激烈的场面有多么火爆。

刑天之所以败，便是因为他的躯体本已残缺，战到最后，两人都几乎将功力耗得差不多之时，思感和精神都很难保持在最佳的状态，而此时，眼睛和耳朵就要起到绝对性的作用，遗憾的是，刑天既不能听又不能视，因此他便注定唯有败亡一途了。

轩辕斩杀了刑天，便将其埋于常羊山，仅将首级带回来给跂燕。可是他却也耗费了极大的元气，也被刑天所伤，但不管如何，轩辕最终还是杀了刑天。

正如广成子所说，只有他才是真的是属于自己的，而刑天与蚩尤却是各有缺陷，他们有永远都难以摒弃的阴影，而这便是他们致命的弱点。是以，轩辕绝对有信心战胜魔帝蚩尤！

轩辕回到熊城后并没有闲着，而是以最快的速度调集了五千战士直奔釜山。

蚩尤在釜山，轩辕在斩下刑天首级的那一刻，他突然明白了蚩尤心中所想，同时之间，他又感应到了蚩尤的所在，所以轩辕调集五千战士包围整个釜山所有的路口，绝对不能让蚩尤逃出釜山的范围。

在这一天之中，自高阳而回的战士已经赶返了熊城，这次回返的都是步兵，共计七千余人。

这批人一归返熊城，轩辕便再一次调出五千熊城战士奔赴釜山，而这回归返熊城的七千战士则负责有熊的守护工作。

事实上，此刻熊城四面根本就不再存在着什么强大的敌人。

鬼方可以说是彻底被清除，剩下的也全都依附了有熊。

鬼方连刑天、刑地这两大巨头也都死去了，便没有谁能够再一次威胁得了熊城的安危。

东夷也没有这个能力，因为黄河以北的东夷力量几乎已全部被有熊征服，剩下的只有少昊所居的黄河以南的穷桑之地。

而东夷想进军北上的话，就必须与轩辕布防于黄河与济水之间的兵力相面对。

轩辕之所以只领数千战士归返，仍留下一万余战士在济水之地，一是为了防止东夷和伏羲氏借机再向北扩展，二是为他再次远征南方埋下伏笔。只有让那许多人在那块地方扎下根，立稳足，轩辕才能更轻易地南征伏羲氏和东夷，而达到天下一统的局面。

轩辕绝对不会做一些无聊却又浪费人力物力之事，每一步都是经过精心考虑后才作出决定的。

在外人看来，轩辕这支大军南征，又很快地将几乎是一半兵力立刻调回熊城，这一来一回，不仅浪费力气，又耗了很多物资，使得人疲兵乏，但事实上这是出于一种战术上的考虑。

太昊在济水对岸设下了关卡和哨寨，也便是说，太昊和少昊对轩辕的大军极为在意，如果轩辕一直在那里踞下那么多大军，那太昊和少昊绝对明白，轩辕已经决意南征。那时，他们就定会想法破坏，而轩辕又不在那里，很可能会弄出很大的乱子。

当然，南征并不是一件容易的事，轩辕征讨高阳之所以带着几乎两万战士，便是要借这个机会将势力根植于济水那片土地，为将进军南方做一个跳板。

如果不是有征讨高阳这个借口，轩辕无故地调集一万多战士至济水，一定会引起太昊的强烈反应，甚至在自己未稳住阵脚之前，就被伏羲氏攻击，但是现在的情况却已不同。

现在轩辕留一万多人在济水附近，看似是在监视高阳，暗中却是要在那里稳固势力，所以带回一半人，减缓太昊和南方诸族的猜疑，使他们不再感到有太大的威胁，同时也是让齐充和唐宽、蛟龙诸人在那里自由发展，而太昊在没有多大的外压之下，自不必无故地去惹华联盟的大军。

轩辕这一进一退之间，也便名正言顺地将自己的中坚力量留在了济水等地，现在只等时机一到，便立刻出兵南方诸族，一统天下！

轩辕此次对付蚩尤却调出了一万精兵，以这一万人施行对釜山的全面封锁。

一万人分十路，一路分两组，每组之中至少有五名顶尖高手。因此，轩辕对蚩尤此战是志在必得！但这些人却不可以行上釜山与蚩尤交手，必须等待轩辕到来后，才可听候调令。

这一万人的总指挥则是伯夷父，不允许山上的任何人行下山来。

布置妥当之后，轩辕这才安心地休息。他要在两天之中养好身上的伤，恢复到最佳状态，他相信自己可以做到这一点，同时他也明白，在这两天之中，蚩尤的伤势绝对难以全部恢复，这是一种直觉，也是他精神的一种思感。

釜山，被一层冰雪给封盖了，这两天来，天气似乎极为寒冷，天上下着鹅毛般的大雪，所有的道路全都在雪封之下。

雪原中的釜山脚下，随处可见营帐关口，有熊大军早已封锁了每一条上下山的路口，天空之中，更有数只灵鸠四处盘旋。

无论是天上地面，都布下了有熊的眼线，蚩尤绝对没有可能逃得出伯夷父的包围。此刻，他们只等轩辕的到来，然后便发动最强烈的进攻，这些人完全可以踏平釜山！

四处而出的探报，已经发现了盘古智高的行踪，他也在釜山之上。

当日帝大遭花猛和猎豹所杀，但是盘古智高却杀出了重围，后不知所踪，四处探寻都没有结果，却没想到他居然也跑到了釜山之上。

盘古智高的武功比帝大要胜上一筹，即使是伯夷父也难是其敌手，之所以败北，却是因为陶基那神鬼莫测的枪法。

蚩尤大概也只剩下这个战将了，不过，在釜山之上并不只有盘古智高，更有花蟆人和渠瘦的残余力量，但也仅止数百人而已，不足为虑。

这些人在有熊大军进驻釜山脚下之时，都极为紧张了一阵子，甚至忙在山上各处设关口，似有意在釜山之上与有熊大军负隅顽抗。

伯夷父却并不理会这些人，因为轩辕下过命令，在他未曾到来之时，不可轻举妄动地去攻击釜山上的任何人。

轩辕既然这样说了，自有其道理，即使是伯夷父，也只能遵令而行。毕竟，这是在对付蚩尤，而不是对付其他的普通高手。天下间，只有蚩尤是伯夷父最不敢轻举妄动的，这个魔王的一身武学实在是太让人难以揣测。

当然，伯夷父也不会闲着，每天总要像是做游戏一般的对山上那几个关口攻击一阵子，让对方紧张紧张，那种感觉至少不会显得太过于沉闷，这也使得盘古智高辛辛苦苦建成的寨口毁于一旦。

伯夷父毁了他们的寨子，也不追袭，反而退回山脚之下，再继续扎营。

第三日一早。

伯夷父调集人马，正准备再上山骚扰盘古智高，但却见远处旌旗飘展，一队骑兵拖起高高的雪尘飞扬而至。

伯夷父见之大喜，他一看便知道是轩辕赶了过来，不禁一挥令旗，高喝道："儿郎们，快去欢迎太阳！"

号角声顿时四下而起，有熊的大军迅速向一面会聚而至，如潮水般在雪原上滚动，旌旗蔽日遮天。

一时马嘶声、鹿鸣声、牛吼声……在飞扬的雪花之中此起彼伏，每个人都涌起了无限的斗志。

近万有熊战士以最快的速度会聚，以最快的速度列开阵势，十队人马，队队整肃，战意昂扬，旌旗在风中轻舞，杀气却腾空而起，整个釜山都似乎在战栗。

伯夷父一马当先，直迎轩辕的队伍。

来者不仅仅是轩辕，更有陶基，而陶基也带来了五百名骑兵。

轩辕与陶基并骑而行，在其左右，桃红、跂燕、狐姬、陶莹、褒弱、燕琼、蛟幽竞相斗艳，在雪光相映之下，尽皆超凡脱俗，让人叹为观止。

燕琼、褒弱诸女紧随轩辕而行，似乎一个个都变了样，从外到内，无不焕发出惊人的生机，更多了一层莫名的气质，有着一种透自骨子里的娇媚。但此刻，众女皆一身戎装，英姿飒爽，犹以陶莹、跂燕、狐姬三女最为惹眼。

轩辕的身后，叶皇与柔水并行，叶皇之旁则是土计、青天、神农、木青，柔水的身边则是满苍夷、歧富、剑奴、火烈。

这些人无一不是顶尖高手，虽然少典神农武功稍逊，但这些日子以来，其进步也是一日千里，更因他乃轩辕之兄，身份特殊，在熊城也有着极为重要的地位。

少典神农的武功确实进步快捷异常，早已超越其父虎叶，只可惜虎叶却死于蚩尤之手。木青的武功，却已经可以直追土计，能与土计一较长短。

这些人没有人是伯夷父敢轻视的，也皆可以独当一面。

轩辕的身上似乎笼罩着一层难以言喻的生机，便像是初升的朝阳，让人心中生出无限的温馨。

轩辕的眼睛更透着莫可名状的玄机，仿佛天地之间的一切事物都深深地潜藏于他的眼中。

“恭迎太阳!”近万有熊大军齐声高呼，人人将手中的兵刃高高举起，与日光相辉相映，一时之间寒光漫天，呼声震动山岳。

陶基与伯夷父打了招呼，与轩辕并行至大军之前，不由得也斗志狂升。只见眼下兵层层，甲层层，旌旗如云，士气如虹，刀枪林立。军容之肃整，气势之磅礴，只让人热血沸腾。

轩辕蓦地抬起头，斜望着釜山之顶，他淡淡地笑了笑，他知道，蚩尤已经看到自己了。此时蚩尤便在釜山之顶，距离，并不能阻隔轩辕的目光，他的心灵已在如怒潮惊涛的狂呼声中，准确地找到了蚩尤的位置。

注意到了轩辕表情的，只有三个人，一个是陶基，他会意地举目望向了釜山之顶，另外两人却是陶莹和狐姬。

陶莹也顺着轩辕的目光望去，但是她却什么也看不见，能看到的，只是层层密林和一片皑皑白雪。

狐姬的目光之中却也闪过一丝异样的神采，但却不是望向釜山之顶，而是望向轩辕。她知道轩辕发现了蚩尤，她从来都没有今日这般认真地打量一个人，可是只有轩辕才是她所无法抗拒的。

狐姬并非没有野心之人，但此刻看着轩辕受到如此拥戴，拥有如此强大的力量，她心中竟也有着一股莫可名状的喜悦，为轩辕而欢欣。在这千军万马之前，在这山呼海啸般的呼喝声中，她无法抑制内心的激情。这时，她似乎明白，何以桃红会死心塌地地爱上轩辕，何以凤妮也无法自制地爱上轩辕，连伏朗也弃之不顾。

事实也是如此，试问天下之间，有谁能与轩辕争夺光芒呢？有谁能与轩辕相媲美呢？

柔水的手不自觉地与叶皇握在了一起，她发现叶皇的手心一片冰凉。

叶皇眉头轻轻地皱起，仿佛他完全超然于这个世界之外。他的表情依然是那般平静，但柔水却发现了他眸子之中的忧郁。

柔水明白叶皇心中所想，无论怎么说，蚩尤所借的乃是叶帝的躯体，叶帝乃是叶皇最亲的兄长，尽管他与蚩尤结合，可是他生命的本质和血缘关系却没有任何两样，所以叶皇心中难免会难过。

轩辕突地回过身来，伸手拍了拍叶皇的肩头，仿佛在刹那间明白了叶皇的心思，深深地吸了口气，道：“我知道这是一个残酷的现实，但我们必须面对，如果有可能，我可以放过叶帝，但绝不是蚩尤！”

叶皇身子一震，眸子中闪过一丝感激之色，涩然地笑了笑，道：“谢谢！不过，我却不希望因我的自私换来无穷的祸患，你的心意我领了，但，你一定要全力而为！任何犯了如此罪孽的人，都得为之付出代价，叶帝也不能例外！”

轩辕笑了，大手自叶皇肩头收回，却伸到了叶皇面前。

叶皇伸出右手，在万道目光之中，两手紧紧相握。

“好兄弟！”轩辕激动地道。

“你也是我的好兄弟！”叶皇由衷地道。

啪啪……一时之间，在陶基、陶莹、柔水诸人的带动之下，所有的呼声全都变成了热烈如潮水般的掌声。

燕琼、花猛、猎豹及褒弱诸人似乎又回到了昔日在有邑氏的野火会上，是的，就是那一次轩辕与叶皇握手，于是改变了轩辕与叶皇两人的命运，也改变了燕琼的命运，而这一次轩辕和叶皇再次握手，却是为了改变整个天下的命运！他们比其他的任何人都要激动，内心也洋溢着莫可名状的情绪。

掌声渐息，轩辕与叶皇并骑而坐，遍观众将士，又望了望身边的众高手，心中涌起了无限的斗志。

铮……伯夷父利剑龙吟而出，同时高喝道，“蚩尤必败，太阳必胜！”

“蚩尤必败，太阳必胜！蚩尤必败，太阳必胜……”有熊战士再一次山呼海啸般高呼起来，声势之壮，只让整座釜山都在震颤。

轩辕的目光不由得投向东方天空中的朝阳，心中默然念道：“爹，凤妮，我一定会手刃凶魔，以慰你们在天之灵！”

轩辕大步向釜山之顶行去，他已让一万大军后撤三十里，这里似乎已用不上他们。在他之后，则是陶基、跂燕、狐姬、满苍夷、叶皇、桃红、剑奴、木青、土计、柔水十大高手。

盘古智高的关口由伯夷父与陶莹诸人轻易击溃，那些人哪里有什么斗志？只要看到有熊那满山遍野的战士，便已吓破了胆。何况，轩辕和身后的十大高手，谁人能敌？即使是盘古智高也无法抗拒轩辕的龙威。

轩辕并没有出手，他没有必要出手，这些人也轮不到他出手。他只是很自然地自那群渠瘦和花蟆战士之中走过，那些人自有陶基和狐姬诸人去对付。

陶基手中所握乃惊夜神枪，狐姬手中却是伏朗的损魔鞭，叶皇的手中乃是开天斧，满苍夷手中是极乐神弓，跂燕手中乃昆吾神剑，木青依然是含沙剑的主人，土计手中是无量尺，剑奴的手中乃辟邪剑，八大神器同出，谁能与其争锋？再加上柔水和桃红两大顶级高手，杀这群蚩尤残兵，还不是斩瓜切菜？

轩辕的脚步所行正是昔日神门的方向，他知道，蚩尤就在这昔日被囚禁的地方，也是在这里让蚩尤的魔魂得以重生。而今天，他将在此地与蚩尤决一生死。

釜山，乃是伏羲大神昔日为筑神门才移石筑山。

昔日之釜山绝无今日之奇，而整座釜山更是以先天八卦为脉气，使得天地灵秀钟于一身。但是，便在蚩尤重生之时，釜山先天八卦的脉气被毁，整座大山顿时灵气尽泄，草木渐枯，更遭到烈火的焚烧，这片山头已经只剩下秃秃的石头。

当然，此刻的石头已经全部被掩埋在积雪之下，看不出其形状如何，但任何人都可以清晰地感应到，在这沉沉的死寂之中，无法掩饰的是一股浓烈的煞气，与生机截然相反的煞气，便像是闹鬼的古宅冢地，而沉重得让人窒息的是那逐渐腾升而起的杀气。

轩辕知道，蚩尤在等他。只不过，这处战地不是轩辕所选，而是蚩尤自己所定。

这些，轩辕并不在意，他的目的只是击杀蚩尤，无论蚩尤在哪里，他都绝不会退缩，绝不会！

轩辕悠然立定，神门已在望，那里，只不过是一道山隙的裂缝，昏暗而幽深。

神门所在的谷中却没有半丝积雪，只有一片焦黑的岩石，火灼的痕迹依然清晰可见，这是当日蚩尤破出神门重生之时带出的毁灭性的地火所致。

轩辕立定，并不是因为看见了神门，而是因为蚩尤。

蚩尤，就立在神门之顶的另一边山崖之巅，正在遥遥地望着轩辕那凝立的步伐，又似乎什么也没有看见，只是陷入了一片沉思之中。

轩辕冷笑而立，在举目之际，蚩尤的目光也悠然而至，犹如两道利箭在空中交击。

轰……一道闪电在雷声响起之前，以无可比拟的速度劈落而下，正是两道目光交接的中心。

正邪两大无敌高手终于正面相对，在精神和思感相接相缠之际，天人交感，天地顿时色变，整个釜山都似乎在颤抖。

积雪飞扬而起，犹如扬起的漫天玉蜂，越舞越烈。

杀机，如浪潮一般，侵蚀着每一片地面，每一寸空间。山崖仿佛在片刻之间像是融化的冰一样，散裂、滑塌……

云飘过，渐渐日光只能自云隙间透出一些金色的光亮。

“我等你多时了！”蚩尤的声音自空中滚了过来。

轩辕漠然地笑了："你终于不再回避了。"轩辕并没有什么特别的话，他觉得说任何话都是多余的，一切的一切，只能以武力来解决，而且便在今天！无论谁生、谁死，天地之间，只能有一个主宰！

轩辕已不将太昊和少昊之辈当作对手，也许，世人会认为太昊和少昊是高不可攀的，可是当轩辕见到了广成子之后，才真正明白，什么才叫高不可攀，什么才叫天外有天，人外有人。相对广成子而言，太昊和少昊依然是很幼稚，而他此刻所代表的不再只是轩辕，更代表着广成子，代表着几十万华联盟的子民。因此，太昊和少昊对他来说，已经不再是问题，天下间唯一可以威胁他的只有两个人，一个是天神据比，也即是刑天，但在三日前，他力杀了这个对手。如今天下间也便只剩下蚩尤才能够真正地成为他的对手，他的威胁！

决战蚩尤，轩辕也不知道是为私多一些还是为公多一些。

是的，为天下的安宁，为万民的幸福，这是任何人都可以找的最好借口，任何人对付蚩尤都可以这么说，但这个借口未免太冠冕堂皇了一些。也或许，这确实是一个原因，但却不是最原始的动力。

自私，是每个人生下来便存在于心底的，轩辕也不能例外，他要杀蚩尤，就是不想让蚩尤威胁到他的霸业，这自然也是一种自私。

仇恨，也是一种动力，而且是一种与自私 样强大的动力。

凤妮的死，使轩辕怨恨填膺，身负无敌的武学，手掌盖世的权力，可是连自己最心爱的女人也保护不好，这确实是一个悲哀。虎叶的死，对轩辕也是一种打击。

开始之时，轩辕对这个父亲并不是很热心，因为自小他便是一个孤儿，从未享受过父爱，而母亲的死更让他对这从未谋面的父亲有着一种打心底的愤怨。是以，他并没有很重视虎叶，只是后来，虎叶总在默默地为他尽心尽力地办事，那一切看在轩辕的眼里，他也为之感动了。他知道虎叶是想补偿欠下自己的父爱，事实上虎叶越是默默地不说话，他心中便越是愧疚，可是当他想好好地对父亲尽一些孝道之时，虎叶却已死在蚩尤的手中……

轩辕心中的恨，使他绝对不会与蚩尤同时拥有一片蓝天，就像轩辕对待地祭司一样。

虽然地祭司与天魔二妃一起降于有熊，但轩辕绝对不会因为他的归降而放过他，最终让地祭司受尽酷刑而死。不过，这一切都只是轩辕让蛟梦秘密去做的，并不会让鬼方降兵看到。对外只是声称地祭司被调走了，实际上已经死了。

有些事情，轩辕根本就不必亲自动手，只要他一句话，立刻就会有千万人为他去办事，这种感觉其实不坏，是以，轩辕很珍惜眼下的一切，他不希望有任何人威胁到他。

有些事情，轩辕却必须亲自动手，就像是对付蚩尤，除他之外，根本就不可能有人能够成为蚩尤的对手。

想到了许许多多的事情，轩辕的心中慢慢充盈着无限的战意，蓦然之间昂首长啸！

顿时崖裂、雪崩，山石飞舞。

蚩尤也一声厉啸，在他脚下山崖崩塌的一刹那，犹如鼓满腹翼的怪鸟向轩辕这边射来。

战意和杀机催发至巅峰之际，这本已脆弱的山崖立刻土崩瓦解，轩辕这一边也是如此。

轩辕脚下一挑，重逾万钧的巨石如横空的流星，带着炽烈的火芒直撞向蚩尤，而他的身子在同时也追上那块巨石，仿佛是站在飞鸟的背上，连人带石，直撞蚩尤！

噼……千万道电火自密云深处射下，在阴暗低沉的天空之下，雷电如同自虚空中探出的无数道无限长的魔臂，紧摄住蚩尤在虚空之中横掠而过的躯体。

在虚空中的蚩尤成了一个完全被电火所包裹的光球。

轰……轩辕足下所踏的巨石一触及蚩尤身上的电火，立刻爆散成漫天的尘雾。

锵……轩辕却在此时化成了一道亮丽的虹彩，伴随着尊神刀的出鞘，天空裂开了一道如河界般的云峡，阳光便自这云峡中透射而落，使轩辕的气势更无可遏制地暴增。

轰……哗……轩辕与蚩尤的气劲第一次相触，天空之中的暗云，竟像是被炸成了无数的小块，被无可约束的气劲冲击得向四面的天空爆散而开，如奔涌的怒潮。

气劲所冲的天空，阳光自碧蓝的天顶洒落，而在这太阳光柱的四面八方却尽是电火。

云挤云，云撞云，便像是石头碰石头一样，火花四射，冰雹如巨石一般无情地砸落！方圆二十里，唯以轩辕和蚩尤为中心的地方有一片碧蓝的天空，这便如黑暗世界中唯一的通天之道，又像是一个巨大的天井，这里的暗云全被气劲逼开。

山峰也在这强烈的巨爆之中震颤，整个两座对峙的山崖全部崩塌，本已是废墟的山谷更是一片狼藉。

轩辕和蚩尤的身子也都化成两个巨大的火球，向两个方向弹射而开，他们都被电火所裹，一切便以最狂最野的形势展开，而这，却只是两大无敌高手的第一击。

蚩尤、轩辕都是经历过天劫、身具通天彻地之能的人物，他们之间的战争，所代表的，却是天与天的决战。

谁胜？谁负？谁又能明白？但轩辕却明白，蚩尤身上的伤势并未痊愈。

蚩尤的伤不是肉体，而是在精神和生机上的耗损，来自天外天的力量并不会首先伤人肉体，而会先耗尽人体的生机和精神，然后才会将人彻底地爆散，灰飞烟灭！因为生机代表着这个世界最高的力量，而天外天的力量却代表着另外一种决然不同的力量，因此对人体的作用，必先与生机相互排斥。正因为这样，蚩尤与凤妮一战之中所留下的重创乃是最难以弥补的损伤。

轩辕与刑天之战，所用的全是这个世间所存在的最高力量，因此，所损伤的不会是生命的本源——精神和生机，最先伤的只是体力、元气和躯体，而这都是极为容易恢复的。

此刻，轩辕并未占到多大的优势，他的优势不会这么快便可以体现出来，但只这一击，已经让他明白了许多东西。

轩辕与蚩尤一退，但很快又自两个相反的方向弹射而回，就像是正在向中间合拢的密云，但在气势和声势上，两者却远远胜过这密云。

两人的移动，仿佛是拖起两座大山，在他们的身形周围，千万块万钧巨石、无数的雪花尘末仿佛都找到了轴心一般，紧紧地将人包裹着，更不停地旋转，带着无数道飓风，在千万道电火狂舞的虚空之中逼近，就像是两道快速合拢的峡谷，与天上的密云相映成趣。

当最后一道阳光快要消失之时，那个焦点所在，正是轩辕和蚩尤再次交手的中心。

轰……

地动山摇的气劲相触之中，所有的招式都是毫无花巧地硬碰硬。

事实上，在这里任何的花巧动作都是多余的，任何武功练到最后，便只有一种形式，那便是力量！

只有力量才是真实的，而余者尽皆毫无意义。

两股气劲冲击在一起，虚空中的石山犹如击碎的巨大海啸，化成无数的浪花喷洒而下！又如美丽的烟花，在电火的光亮之下，喷洒成漫天的流萤。

这些石屑竟全都带着光亮，如可以燃烧的炭末，有着极为诡异的惊艳。

蚩尤与轩辕冲破了所有的包裹，在漫天飞舞的光点之中再次出招！

第一百五十章　涿鹿争雄

伯夷父在杀尽渠瘦和花蟆战士之后，立刻退下山，与大部队会合，迅速后撤二十里，但还未曾撤出二十里之外，便遭遇到巨大的冰雹袭击。

冰雹的块头便像是一只只大拳头，只打得有熊大军叫苦不迭，幸亏有盔甲相护，再举盾相挡。尽管这样，仍有数百战士被这场突如其来的冰雹给击死，伤者更逾千人。

伯夷父大骇，他不只是下令后退三十里，而是退出五十里，只留下一些装备精良的战士在三十里外相候。

谁都明白，这场突如其来的冰雹乃是轩辕和蚩尤的杰作，只听那惊天动地的震响就明白。而那无数道自天上劈下的电火也不能不让人心惊胆战，如伯夷父之辈，还可以抗拒电火之击，但是这些普通战士若遭电火一击，即使不死也得重伤。

陶基诸人所在之处却又是另外一回事，釜山之顶的冰雹之大，简直是骇人听闻，每块都像是葫芦一般大，大得更像是磨盘，许多石头皆被击碎，那些树木就更不用说了，大多数只剩下一根光秃秃的树杆。

即使是如陶基这一群不世高手，也只好找个山洞躲起来。可是他们才进山洞不久，又一阵强烈的震荡传了过来，竟将他们存身的山洞震塌。

陶基诸人只好再次走出山洞，不过，此刻天空之中所下的，是瓢泼般的大雨，釜山之上的积雪全部被化了开来，遭遇大雨这么一冲击，那些因强烈震荡而松散的积雪，被冲得点滴不剩，巨大的冰雹也被冲入山沟，再化成另类的山洪自釜山之上狂泄而下。

让陶基诸高手骇然的是釜山之顶的天空，那片天空中的密云随着一声声疯狂的震响不停地开合着，像是一张巨大的鱼嘴，吞吐着奇异的光彩。

那密云如煮开了锅的热粥，激荡、奔涌、翻转、咆哮地吞吐不休，电火肆掠着釜山之顶的每一寸土地。

陶基众高手携手，气劲贯通一处，形成无比强大的气罩，任凭电击、雨打、山震，气旋相冲，都稳若磐石，他们所在的地方，依然是一片干燥。也便在他们携手的那一刻，众人感应到了一股股浩瀚而狂野的生机自四面八方如暗潮一般奔涌而至。

强大的生机所过之处，那秃石的缝隙内竟奇迹般的蹿出了一株株小草，那本来秃秃的树杆仿佛也在刹那间进入了春天，以不可思议的速度发芽、生枝、长叶，本来需要一个季节才能够发生的事情，此刻竟只在盏茶时间之中完成了。

一个个人便像是坠入了一个无法醒转的梦中，一切的一切都是那么不真实，那些小草以惊人的速度疯长，很快便在本来光秃秃的石头之上盘根错节地生长出来。

石头上，湿地上，很快映出了一片幽绿之色，竟然在短短的一盏茶时间长出了青苔。

风中，竟有阵阵花香。

狂风肆掠之下，许多花儿尽皆折损，但很快又再长了出来，并再一次开花，像是永远都不知道疲倦，永远也不会向风暴示弱。

陶基诸人一个个都看得呆了，他们几乎不敢相信自己的眼睛，一切都太过玄奇，太过虚幻。不过，这本来死气沉沉的釜山之上已经拥出了一片欣欣向荣的生机，这是不可否认的。

生机依然如潮水一般自四面八方涌来，闭上眼睛，陶基诸人仿佛可以感到一层层绿色的浪涛自地底向釜山之顶涌去，那便是生机——生命之源！

现实和梦，仿佛没有多大的分别，谁也无法想象，在这样一片天地之间，竟然会有如此矛盾的奇迹发生。

毁灭与成长并存，宁静与喧嚣同在，这不是天意，而是人为。

是的，就因为这里有两位正邪举世无敌的高手在生死对决！

陶基突地睁开眼睛，淡淡地说了一句：“我们应该按原计划行动了。”

顿时所有人都睁开了眼——剑奴、木青、跂燕、桃红、土计、叶皇、柔水、狐姬、满苍夷、陶莹这十一大高手相视而望，他们感到时机已经差不多了。

轩辕与蚩尤谁也不示弱，以快攻快，相互抢攻，一口气拼了百余招，整座釜山之顶几乎被碾为齑粉，整个山头没有一块完整的石头，全都是沙砾。

没有人能够想象那是怎样的一种可怕场面，密云只是在釜山之顶时开时合地露出一片湛蓝的天空和金色的阳光。其他的地方，密云不断地向四面延伸，直至五十里之外，天空之中的电火便像是一颗巨大乌黑的榕树倒垂、闪耀着呈现异彩的根须藤蔓。

若非亲眼所见，世上绝不会有人相信居然会有这般恐怖诡异的场面。

这里并非只有一道闪电，日常所见的闪电有先有后，一道击过后，一道又生，但眼下不同，千万道闪电一同击落，使得本来暗淡的虚空闪烁着刺眼的光芒。

闪电是因为密云与密云相击而生出的高压电流，日常的密云乃是有规律地汇聚相撞、挤压，可是眼下天空中的密云却犹如一锅煮开的粥，哪里有规律可寻？是以，天空中的电火也丝毫没有规律。

轩辕毫无疲态，天地之间的生机不住地向他体内奔涌，使得他的体能无限补充，这便是广成子为他开经破脉的结果。他成了一个可将能量转换的巨大容器，自他体内流过的生机都会变成无穷的能量。

蚩尤却微显出疲态，因为他的生机和精神犹未能自损伤中修复，在吸纳天地生机之时的速度无法胜过轩辕，其结果便只能使自身的战斗力不断地减弱。

蚩尤也明白这种状态若持续下去，他唯有死路一条，拖得时间越长，对他就越是不利。他本想速战速决，但是轩辕的境界也已经完全超脱了生与死的边缘，进入了一种超世的境界。

蚩尤突地暴退，他击出最狂的一招后，便即暴退。同时以一个极端奇异的姿势冲天而起，竟直上密云之顶！与一道闪电相接，如一个倒吊于空中的葫芦般停在虚空之中，形态十分诡异。

轩辕也吃了一惊，蚩尤的姿势确实是太怪，他也不明白蚩尤的意图，而更让他吃惊的是蚩尤竟停顿在虚空之中，借闪电之力悬于密云之下，这是什么武功？

事实上，今日之战的一切，都已超越了武功的范畴。

轩辕愣神之际，蚩尤却爆出一阵长长的厉笑，整个身子似乎在缓缓地膨胀。

“轩辕，今日便将是你的死期！天下将会唯我蚩尤独尊……”

轩辕落足于被碾成沙砾的废石堆中，冷笑打断蚩尤的话道：“死的人只会是你，如果你技仅于此的话，天下间不会有任何人可以解救你！”

“别以为你能吞吐天地的生机就可以杀我，小子，我给你上一课，天外有天，人外有人。真正厉害的境界乃是运用天外天的力量！是以，这里注定会成为你的葬身之地！哈哈哈……”蚩尤狂笑道。

“天外天的力量？”轩辕的心中升起了一层疙瘩，反问道。

“不错，来自天外天的力量乃是这个世间一切力量的克星！”

“难道你已懂得了如何运用？”轩辕不屑地反问道。

“本魔帝之所以再返这曾囚我魂灵之地，便是要找回当年的记忆。当然，这还得谢谢你那可爱的小情人凤妮，若不是她引用天外天的力量，启发了我，只怕我永远也无法参透天外天之秘！但这一刻已经不同了，你来到此地实是最失误的一种举措！”说到这里，蚩尤再一次狂笑，然后不无得意地道，“我将重演当年伏羲对我的历史，让你肉身灰飞烟灭！不过，当年伏羲凭借先天八卦才接引天外天的力量，而我却只需自己的智慧就可以办到，我终于可以超越伏羲了，哈哈哈哈……”

轩辕听对方提到凤妮，心中不由得一痛，不过，他随即又摇了摇头，冷然笑道：“即使你能够引用天外天之力，但是在你无法突破生命结之时，你的身体根本就不可能承受得了天外天的力量，伤人先伤己，你只会使自己走上绝路！”

蚩尤一怔，他似乎有些意外轩辕对天外天力量的理解，但他却丝毫不为之气馁，无论怎样，他都必须尝试！因为对付轩辕，只有接引天外天的力量才有效。在这个世间，任何力量都无法胜过轩辕，至少，以蚩尤此刻的状态，与轩辕相比，正如轩辕所说，若是技仅于此的话，他唯有死路一条。

蚩尤也明白，在短时间内，若想胜轩辕，就必须借助天外天之力，这也是他为何要逃回釜山的原因。

釜山，乃是昔日他与伏羲大战之地，本只是涿鹿之地的一个小山丘，后来，伏羲以先天八卦集众神之力引下天外天之力，击碎了蚩尤的肉身，更将其魔魂封于神门之中，这才移石积山，形成了釜山之地。

在釜山之下，蚩尤的魔魂受先天八卦囚禁了一百余年，而他在这些年来也自先天八卦之中窥得了一些天外天的秘密，这也是他一百多年后得以挣脱先天八卦重生的原因之一。但是他借叶帝之体重生后，许多过往的记忆便消失了，有关于天外天力量的记忆也变得模糊不清。可是在与凤妮交战之后，竟勾起了他对天外天力量的记忆。是以，他在南逃回高阳后，又逃返釜山，再一次潜入已废弃的神门之中，欲借这之中熟悉的环境刺激自己的记忆，让自己想起当日自先天八卦之中所悟的东西。

天幸，刑天竟让轩辕受了伤，从而给了蚩尤三天的思索时间。在这三天中，他终有了一些回报，已隐约掌握了接引天外天力量的方法。

蚩尤岂会不明白，接引天外天的力量是一件极为危险之事，他与凤妮交过手，凤妮也是接引了天外天的力量，而且是借助另外一种工具，可是最终凤妮依然身化灰飞。可见一个不好，接引天外天之力乃是伤人先伤己之事，是以，蚩尤不到最后时刻，他绝不轻易借用天外天之力。

此刻，蚩尤已经不得不借用天外天力量了，如果此刻不利用这种力量与轩辕全力一拼，待会儿身陷轩辕那密不透风的攻击之下，他根本就没有机会。在生与死之间，他必须要赌一赌。

蚩尤的身体似乎在膨胀，电火愈来愈亮，竟像是一根粗大的光索，系着蚩尤与暗云。

密云渐渐合拢，由空隙透入的阳光竟然是血红色的。

轩辕的须发根根倒张，他也感到了那沉重的压力，天地之间的生机无穷无尽地注入他的体内。他在等待，等待着蚩尤那致命的一击落下！他知道，这一击，将会决定生与死！

契机的狂拥，也接引下了密云中的电流，仿佛有一股氤氲紫气将轩辕的身子缓缓托起。

紫气之中，一团奇异的彩芒愈来愈亮，电光闪烁之中，那自轩辕体内散射而出的彩芒竟幻化成一条巨龙，盘绕着轩辕，缓缓地升空。

龙眸之中电光闪烁，奇异的鳞甲都似乎可以看见，栩栩如生。

一切都仿佛置身于莫名的梦幻之中，乌云竟裂开了一道狭隙，透过狭隙的阳光依然血红，那本湛蓝的天空，也是一抹血色，不仅如此，那乌云也都渐渐成了血红之色。

天地一片血光时，蚩尤竟嘶吼起来，犹如疯狂的野兽，声音掩过了响遍天地的惊雷之声。

自蚩尤的体中，竟射出一道电芒！蚩尤的身体也变成了血红之色，天地一时变得诡异莫名。

“啊……”惨号之声自釜山的另一个角落之中传来，正是自蚩尤体内射出的电火所击之处。

轩辕吃了一惊，并不是因为蚩尤那诡异的变化，而是因为自另一角传来的惨号声。

那是叶皇的声音，叶皇那边出事了，轩辕怎会不急？要知叶皇和陶莹在一起，那里有如此多的高手，可叶皇还是出事了，又会是什么人所为？

轩辕回头一看，更是吃惊，只见叶皇也与蚩尤一样浑身散发出血红色的光芒，整个人变得扭曲狰狞，蚩尤身上射出的电火还继续射向叶皇。

轩辕顿时明白，叶皇与蚩尤的身体血脉相通，而此刻蚩尤吸纳了太多的天外天力量，他的肉身也承受不了，便泄出了体外。而血脉相连的叶皇自然便最容易接引这股来自天外天的力量，这才使叶皇也无法自控。

“叶皇！”柔水和桃红也大惊，忙赶了过来。

“不要碰我！快！快杀了我！”叶皇弯下腰身，如野狼一般厉吼道，而此刻他的身上也有电火闪烁。

“夫君！”柔水大骇，她想伸手去扶叶皇，却被叶皇勉力闪开。

“快，用神器杀了我！杀了我！”叶皇的开天斧落在地上，嘶哑着号道。

轩辕也大骇，他欲赶过去，而便在此时，天空中的蚩尤却狂吼一声：“轩辕，去死吧！”

轩辕再扭头，发现整个血红的天空都向他直压而下！那延伸至数十里之外的血红色的云层像是被蚩尤全部牵动了一般，以无可比拟的力量向地面砸落！

沉重的压力几乎让轩辕都为之窒息！试问，当一块方圆数十里的巨大钢板向你的头顶平平压下时，而且还不知这块钢板有多厚，那将是怎样的一种压力？虽然事实上压向轩辕的并不是钢板，但这些血云却是带着电火和罡气的，比钢板更可怕，更致命！

轩辕也不知道该如何迎敌，他能够托起整个天吗？

“轩辕小心！”四面的惊呼响起，便连柔水和桃红也被蚩尤这气势所慑。如果蚩尤这一击砸下的话，方圆百里之内的所有生命将尽被毁灭！云下之物，必被碾成粉末。而云外数十里地，将无法承受天地撞击所产生的罡气和电流，甚至数百里之外也会受到无情的飓风肆掠，没有人能够想象这一击将会造成怎样的后果！

“不要！”叶皇号叫了一声，他竟在此时以最大的意志抬起了手。

柔水一听叶皇的喊叫，忙扭头，但他所见到的却是叶皇的手掌极速戳向自己的丹田！

“不要！”柔水惊呼，飞速地向叶皇扑去，但是她却迟了！还没有冲到叶皇身边，便被一股散自叶皇四肢百骸的气劲冲得倒跌而出。

叶皇如瘪了气的球一般，软了下去，他竟在这个时候散去了自身的所有功力。

轩辕的手心渗出了一丝丝冷汗，这种压力实在让他难以想象，难道这便是天外天的力量？那也真是太可怕了！但不管如何，他绝不能坐以待毙，绝对不能！为凤妮，为父亲蛟梦，为整个有熊和华联盟，也为他和他所爱的人，他绝对不能坐以待毙！是以，他出击了。

那腾跃的彩龙身边更出现了一条紫色的巨龙，轩辕的双掌化为双龙，直向蚩尤撞去，而在此时，奇事突然发生了。

轰……蚩尤的身体在虚空之中突然炸成了飞灰，根本就不曾与轩辕击出的气劲相触。

那无边的红云更是倒升上天空，炸裂开来，天地一时之间陷入了无尽的混乱之中。

蚩尤的魔魂，在血色的天地间如一座大山一般狰狞。

叶帝的肉身竟然在突然之间爆炸成飞灰，这个变故实在是太过出乎轩辕的意料之外。

“快！十面埋伏！”叶皇虚弱地呼叫了一声。

一旁的桃红和柔水立刻明白过来，这是因为叶皇和叶帝血脉相连，叶皇突然废除了自己的功力，而几乎在同时叶帝的躯体爆成飞灰，这之间自然有着极大的联系，而此刻叶皇一说，也便说明事实的确如此。

柔水知道，叶皇和叶帝自小血脉相连，两人在一方受到极大痛苦之时，另一方也会有所感应。因此，此刻叶皇废了自己的武功，自然会引起叶帝的经脉收缩。

在这种最要命的时刻，叶帝体内充盈着无法排泄的天外之力，别说是经脉收缩，就是稍有外力相触，便很可能会爆成碎末。本来，在与轩辕相击之时，这股外力便可泄于轩辕之身，可是此刻蚩尤身在虚空，上不着天，下不着地，自然唯有自爆一个结局了。

桃红拾起开天斧，大喝道：“十面埋伏大阵！”

轰……轩辕的力量正击在蚩尤魔魂所凝的巨大影像之上。

“呀……”蚩尤魔魂爆出一声长长的凄叫，化成碎片，向四面八方逸散开去。

四面尽是蚩尤的光影！

“蚩尤，你死定了！”轩辕大喜之下，神器尊神划过一道紫色光影，破空而出。

轰……土计竟自地底蹿出，无量尺化成一幕光盾。

满苍夷的极乐神箭自天空之中射落！

陶基的惊夜枪主攻东面；木青含沙剑主攻东北面；狐姬的损魔鞭攻向北面；剑奴的辟邪剑攻向西北面；跂燕的昆吾剑守住西面；陶莹身着太虚神甲守住西南面；轩辕则主守南面，桃红手持叶皇的开天斧自东南面击出。

十大神器，天上地下、四面八方十面埋伏同时出击！

十大神器同出，立刻爆出一种前所未有的奇异光彩，仿佛全都充盈着生命，全都活了过来。

十大神器的光芒相互连接融合，织成一个巨大的光球。蚩尤那四面迸射的魔魂一触光球内壁，便立刻倒弹而回，根本就无处可逃。

魔魂在光球之中重组，再一次组成蚩尤那如山般狰狞的模样，这是与叶帝面容完全两样的面容。

魔魂绝望地怒吼着，但这光球越凝越小。

噗……极乐神箭正中魔魂的眉心，满苍夷手持极乐神弓自天空之中压下！

“啊……我不甘心……”蚩尤的魔魂发出最后一声凄长的惨号，立刻爆散成无数光点，被十大神器所结成的光球吸收，点滴不存。

尾声

天空中血红色的云彩渐渐向四面八方扩散，下起了一阵血红色的雨。

血云所至之处，便有飓风肆掠，整个釜山几乎只剩下一堆沙丘。

红雨所落之处，植物尽皆枯死，草木生机断绝。

轩辕立在已经不成形的釜山之巅，望着电火和飓风远去，不禁幽幽地叹了一口气。他知道，蚩尤虽被击杀，但是蚩尤所引下的天外天力量永远都会成为这个世界的祸害，因为在这个世上没有任何力量能够容纳和吸收它，那这股力量将永远自成一体四处肆掠，并将所有排斥它的力量毁灭，直到它的每一滴能量都耗尽在这个世界之中……

蚩尤之战后一年，轩辕统一了黄河以北所有的部落，更娶狐姬为妻。

蚩尤之战后二年，轩辕举兵南征，于济水受阻于太昊和少昊联兵，双方僵持不下，各自退兵，济水之北尽归华联盟所辖。

同年，轩辕派兵西扩，直抵崆峒山两百里地尽归华联盟，逼死亡沼泽之中的渠瘦人远迁西域。

同年十月，由于蚩尤之战引起的天变，引发的天灾越演越烈，轩辕派共工氏治水。

蚩尤之战后四年，天灾在南方也被引发，轩辕乘机大举南征，破夏后氏，驱伏羲氏南迁淮水以北。

次年，太昊与少昊联兵反攻华联盟，被轩辕大败于亳地，太昊战死。

同年九月，轩辕兵进穷桑，逼一败再败的少昊退至羽山之地，穷桑尽归华联盟。

蚩尤之战后六年，少昊领淮夷、九夷两部再次反攻，却再次被轩辕大败，并将少昊斩杀于洪泽湖。

从此天下诸族尽皆臣服，华联盟更胜昔日神族之声势。

蚩尤之战后十五年，轩辕被天下人尊为黄帝，东拜岱宗以祭天地，始以黄道日计时，此年为黄帝元年。

同年，歧富老死，神农尽得歧富医道，继承歧富之遗志，遍历万山，尝遍百草，并教农耕播，《易系辞》云："神农氏作，斫木为耜，揉木为耒……耒耨之利，以教天下。"更培植了麦、稻、菽三种可食之物，成为名垂千古的一代佳话，更被尊为"农业之神"。

黄帝二年（即蚩尤之战后十六年），轩辕黄帝大封功臣，更将万族合为一体，划分为一百个大的部落，每个部落以同一种姓氏而称。于是，天下百姓便延用了下来。

此时，轩辕在有了陶莹、狐姬、歧燕、桃红、燕琼、褒弱、蛟幽、叶清等正妃之后，又再纳嫔妃百人。

正妃之中，因狐姬在太昊与少昊之战中最为出名，所以其故事最为人们所流传。于是后人以为只有狐姬才是轩辕的正妃，这才有了嫘祖教人织布养蚕植桑之传说，实则轩辕黄帝正妃还有七人。

黄帝五年，黄河洪水泛滥，共工氏治水难成，共工为此深感愧对轩辕，于是怒触不周而死。

轩辕大感悲痛，再派鲧去治理洪水，在鲧之后，便是鲧的儿子大禹接着治理洪水，于是便传下了无数关于治理洪水的故事。

而这洪水的造成者，正是当年轩辕与蚩尤之战所留下的天外天力量。

出如此大灾，轩辕深感天外天力量的威胁，他恐有后人再造成同样的灾难，便放下封神之咒，使世上再无人能够接引通神之道，更限制了人体生机的延续。是以，世上再无人能活两百年也。这样，人的生命有限，自然不能得通天之道，窥天外之力，结界也便成了后人永远无法参透的死结。

黄帝十年，轩辕远征三苗，却因其地多为洪荒绝域，战士病死无数，这才迫不得已退兵，后也曾多次与三苗发生冲突，但因三苗之地太过荒绝，轩辕并不欲征取。

附 记

传说，轩辕黄帝曾与炎帝决战于涿鹿，但史书上无法考证炎帝究竟是何人。因此，笔者将炎帝略过，而以鬼方荤育的天魔代替，实则天魔罗修绝便是神话传说中炎帝的缩影。

也有说炎帝是神农氏，也有说神农氏另有其人，而炎帝也另有其人，各地的神话传说不同，因此，各执一见，孰是孰非，无从考证也。是以，敬请读者们只需看故事，而不必究其历史真实程度。

洪荒第一神器——太虚神甲

十大神器之首，也是唯一一件不具攻击性的神器。

相传，当年盘古始祖开天辟地之时，一斧裂天地，清气升为天，浊气坠而成地，在清浊之间则是玄黄一片。

天地虽裂，但盘古始祖却发现巨斧竟被一物所缠，神斧不仅无法将其毁坏，更被缠于其中，无法拔回，于是神斧便在混沌渐开的天地之中横放了三百年。

盘古始祖在三百年后再取神斧之时，却发现斧头之上包裹着一玄色皮膜，呈玄黄之质，耀日月之光华，灵气四溢。

拔回神斧，那皮膜则若霓虹般飘落，盘古始祖这才恍悟昔日便是这东西在混沌之中缠住了神斧，但它经历了无数风雨雷电的洗礼，在日月下暴露了三百年，这才逐渐干燥成皮，使神斧得以松脱。

盘古始祖后来花了数百年的时间，将之缝为一件奇衣，这便是后来的太虚神甲。

世人不知其质地，皆因它乃天地的胎膜，天地混沌之初，便是因为这层胎膜所粘。而盘古始祖破天地，使天地分开，而这以玄黄所凝成的胎膜则独成了一体。

也正因太虚神甲乃是天地之轴，是以被列为十大神器之首，排在开天斧之上。

轩辕黄帝就曾经用它挡住天魔罗修绝的致命一击。在涿鹿之战后，此甲就由轩辕存封起来，后传给了其孙帝颛顼。

洪荒第二神器——开天斧

十大神器中排在第二位，乃是攻击力最强的神器。

传说乃盘古始祖的一魂三魄借混沌之中的至阴之气所凝而成。

盘古始祖乃是混沌中的异物，也有人说，他是来自天外之天，开天斧乃是他带自天外的神物。他来到这个混沌的世界后，觉得极不适应，于是挥斧劈开了天地。

此斧本无名，但因其有劈开天地之功，因此后人将其命名为开天之斧。

盘古氏也是依靠这神器征服天下万族而建立了神族，直到后来神族没落，开天斧被天神据比偷走，再落到刑天手中，而刑天就以手中的神刃横扫漠北，终在极北之地立下了不灭神威，后他在神魔大战之时被伏羲所伤，再闭关修炼前将此斧传于其弟刑地。但他做梦也没有料到，拥有天下排名第二的神刃在其弟刑地手中竟不能完全发挥它的威力，终被轩辕所夺。

涿鹿之战后，当华联盟统一天下之时，轩辕将此神斧赐给了最大功臣叶皇，后流入祝融氏的手中，一直封存，到百余年后大禹治理洪水之时才复请出开天斧劈山开路，清除河道，以泄江流，造福苍生。

洪荒第三神器——昆吾剑

十大神器之中排行第三，乃剑中之祖。

昆吾剑乃是盘古氏第八代始祖的脊椎骨所化。

盘古氏第八代始祖功夫通天，在昆仑之巅大悟结界之秘，终于让他在苦悟了两百七十年之时，打通了精神结，思感和精神竟可无休止地引动天外天之力，但他却做了一件最失误的事，他根本就未能打通生命结。

在他调引天外天之力时，突然发现已经无法控制这股力量，在不能承受之时，他便只好将所有生机和精神全部内敛于脊椎骨中。虽然他有天纵之资，却无法抗拒天外天的力量，终于被爆成粉碎，唯有一根完整的脊椎骨化成了一柄剑。

凝于剑中的是盘古氏第八代始祖的精神和生机，而这股生机和精神却在天外天的力量摧逼之下与他的脊椎骨完美结合，也便创出了一柄完美而奇异的剑，因其出于昆仑，因此叫昆吾剑。

后世之剑便是仿照此剑而炼，因此，昆吾剑乃是剑中之祖。

在轩辕一统中原之后，他忆起九天玄女门对亡妻雁菲菲的再造之恩，亲自将昆吾剑送回姬水旁边的九天玄女门。而后，九天玄女门逐渐西传，其剑再未出现神州大地。

有人猜测，可能是被西王母国的人暗中从九天玄女门取走，但西王母国是一个极为神秘的国度，即使轩辕曾三踏西昆仑，也没找到其所居之地。

洪荒第四神器——尊神刀

十大神器之中排行第四，乃是刀中之祖。

此刀出自盘古氏第九代始祖，而且此刀乃是以盘古九代始祖一位亲兄弟的骨骼所铸而成。

那年，盘古氏因夺权，其宗族内部发生了极大的矛盾。九代始祖之弟与其兄争夺帝位，而展开了大战，后来其弟大败，九代始祖便将其弟之骨肉放入火炉之中煅炼。

九代始祖与其弟都是功力通神的人物，其筋骨早已刀枪不入，皮肉比金铁还硬。

而九代始祖也是极为暴戾残忍之人，竟将其弟骨肉置入火炉之中苦炼三月有余，并不断以重锤敲打。其弟在烈火重锤之中挣扎之时，其生机自然也慢慢内收转化，后终于死于炉火之中。但其整个躯体已成了奇异的物质，无血无水，竟被煅造成一柄奇异的兵刃，其锋芒不下于昆吾剑和开天斧。

后人也便将此兵刃列为神族十大神器之中，排在第四位。

轩辕在一统中原之后，将此刀赐给了贰负，留于龙族，成为龙族之宝。

洪荒第五神器——极乐弓

十大神器中排行第五，乃是弓中之祖。

传说，极乐神弓乃是盘古第九代始祖的肉身所化。

盘古第九代始祖乃是死于其侄手中，当年他狠心将亲弟煅造成刀，却未斩草除根。后来，其侄长大成人，暗中害死盘古第九代始祖而登上帝位，即为盘古十代始祖。

十代始祖为报其父仇，竟以仇人之椎骨为弓背的基本材料，将几根骨头拼接而成弓形。以仇人之筋与皮搓成弓弦，以肋骨打制成极乐箭。而后，十代始祖将弓与玄放入地火之中，以奇异的方式炼化为一体，使得弓背晶莹如玉，弯角更呈碧绿之色，肋骨箭身则呈乌黑色，弦丝也化成了金黄之色。

到目前为止，仍没有人明白，那是以怎样的一种方式炼化的。

极乐弓后来为满苍夷所得，满苍夷也是为轩辕打得天下的大功臣，后被轩辕封为电母。

数百年后，逸电宗出了一个极为出类拔萃的人物，那便是——后羿。

极乐神弓传到后羿之手，更被其发扬光大，因此，也流传着许许多多关于后羿的故事，更传说后羿用此弓射落九个太阳。

当然，那只是后话。

洪荒第六神器——惊夜枪

十大神器之中，名列第六，乃枪中之祖。

此枪乃是取自天外陨星之精华所铸而成。当年，盘古第十二代始祖在英山之巅练功，因其引动天劫，使划过夜空的慧星失控，坠落地面。

慧星所落之处，正是英山之下，没有燃尽的慧星陨石，正是其精华所在，盘古第十二代始祖大喜，将之拖回宫中，花了五十六年的时间，终于铸成了一柄神枪，而此枪使许多工匠血溅其中。

经过了一万余次的反复磨炼才成形，同时之间，还炼出了另外一件神器——无量尺。

第十二代始祖有感于慧星坠落当晚的奇异天象，是以，他为此枪命名为惊夜神枪。

后来，此枪为陶唐氏所得，一直存于陶唐氏之中。一百余年后，帝尧更凭借此枪威服南方三苗，成其不朽帝业。

洪荒第七神器——无量尺

十大神器之中，排行第七，乃是十大神器中唯一不像兵刃的兵刃。

无量尺，乃是惊夜枪的兄弟兵刃，同取于天外慧星之精华，经过五十六年才煅造而成。

之所以将其列入神器之中，只是因为它是取自天外慧星之精华，有着与惊夜枪一般的历史，颇具纪念价值。

当然，无量尺还有另一个好处，那便是可以排解百毒，因其具有慧星之中奇异的力量，而拥有了这种奇异的能力。

惊夜枪却无此功效，因惊夜枪上沾有太多铸造者的血液，使那种奇效消失。而无量尺却没沾过血液，因此少了一份杀性，多了一份灵性，这也是无量尺能排在十大神器之列的原因。

无量尺后来被轩辕赠给其弟神农，神农带着无量尺行遍天下，尝遍百草而不死，正是因为无量尺的功效，使其中毒立解。

神农能遍尝百草，发现五谷，无量尺功不可没。

洪荒第八神器——损魔鞭

十大神器之中排行第八，乃是鞭中之祖。

鞭长七节，乃是盘古第十三代始祖所驯服的一只奇兽之椎骨。

此奇兽以人喂之，食虎豹，凶恶无伦，大如巨象，力大无穷，却没有人叫得出其名字。

盘古十三代始祖驯养此兽一百二十余年，而此兽年龄早已逾两千多岁，后因此兽食人太多，使得神族内部众神联合抗议。盘古十三代始祖不得不将此兽诛杀，并用此凶兽之椎骨铸成兵刃——七节之鞭。

却不想此鞭竟具开山裂地之威，于是便将之列入神族十大神器之中，排行第八，更名为损魔。

洪荒三大高手齐攻熊城之时，太昊之子伏朗因没有接下魔帝蚩尤一招，在此战自刎而亡，而太昊也因此战身受重伤，忘了收回此鞭，以致落在轩辕手中，在涿鹿之战后轩辕将此鞭送给狐姬。后来，此鞭也不知什么原因落入帝舜的手中，使其立下不灭之威德，而被帝尧所欣赏，终传帝位于他。

帝舜也曾凭此鞭大战三苗。

洪荒第九神器——含沙剑

十大神器之中名列第九，乃是取自九幽之玄铁而铸就的神器。

比之前八件神器，它除了锋利和坚韧之外，别无所长，但这却是因人而出名的神器。

此剑不知是谁人所铸，但却在四百年前，由剑宗的创始之人青鹤开始，带着此剑行走洪荒万国，战无敌手。

后来青鹤仗剑与大神伏羲交手，交手千招，最后落败，后加入神族，成立剑宗。时值神族八大神器的太虚神甲和尊神失窃，不能凑足八件神器，便将青鹤的含沙剑也列入神器之列。

后来此剑一直在剑宗之中流传，直至传到木青的手中。

在轩辕未成名之前，全仗木青所送的此剑，多次解危，以至后来可一统洪荒，成为千古第一黄帝，此剑可谓功不可没，涿鹿之战后，轩辕将此剑还于木青，而木青也依凭成为剑宗之主。

洪荒第十神器——辟邪剑

十大神器之中，名列第十，此剑以地火中之精铁所铸而成。

与含沙剑一样，乃是因其主人而成名，无异力，只具神锋和坚韧，无人知其铸造者。

它的第一位主人乃是与青鹤同出洪荒的年轻高手伯鸣。

伯鸣的名字传遍洪荒并不是像青鹤一样，打遍天下万国，而是因为他偷了神族的太虚神甲和尊神刀两大神器，而后被神族众高手追杀。

青鹤最后也与伯鸣交过手，两人战了三天三夜不分胜负，而伯鸣也因此战而名动天下。后与青鹤惺惺相惜，不仅交出了偷盗的神族两件神器，还将自己的剑也一并交给青鹤带回向盘古大帝交差，而他自此之后再也未露面洪荒，许多人都以为他已死了，但也有人知道青鹤当年无法杀他，伯鸣只是退出了洪荒。

后来有人传说伯鸣与广成仙派有着很密切的关系，是以，神族许多高手都去找广成子比斗，就是因为伯鸣；也有人说广成子就是伯鸣；还有人说，广成子是伯鸣的师兄……总之各种说法不一，但传说终归是传说，没有人能证实。

伯鸣的辟邪剑由青鹤带回神族，便被放入了圣殿之中，这是青鹤的要求。

剑宗之人更将辟邪剑与含沙剑并称为两大神剑，称为剑宗两大宝物。

而此时神族加上青鹤的含沙剑共有九件神器，为了凑齐整数，便将辟邪剑也列入其中，并称为神族十大神器。

后来，涿鹿之战，轩辕将它赐于剑奴，没再收回，而剑奴成为君子国的护国长老后，此剑便留在了君子国，被君子国子民视为镇国之宝。

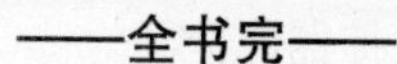